AF432035

Les Hurleurs

*

Adélaïde :
Tome XIV

*

Philippe Rosenberger

« On appelle Hurleur une personne qui aurait rencontré une de ces créatures de terreur dont les apparitions sont recensées depuis quelques années partout dans le monde. » — Théodore Charles, journaliste au *Times*.

Dans un souci de compréhension, à la différence de certains tomes, les différents dialogues en langues étrangères sont transcrits en français.

Personnages :

Le Club des Damnés

Le Club des Damnés a été reconstruit ailleurs ! Découvrant avec joie neuf mois après l'incendie des Rodiers que Phileas avait investi la Cathédrale abandonnée, les membres tout aussi bien que les Reines furent informés de sa réouverture. Le nouveau lieu, consacré et immense, fit tout d'abord regretter le précédent. Mais avec le temps et des aménagements continus, le mystère reprit de plus belle. Rien n'avait changé donc, si ce n'est un nouveau décor et une nouvelle magie des plus enivrantes.

Adélaïde

Adélaïde était une jeune étudiante comme les autres jusqu'à ce qu'elle réponde à une annonce et rejoigne le Club des Damnés. Après des débuts difficiles, de la peine et de la tristesse, elle devint néanmoins sous le nom de Méphala l'une des Reines les plus épanouies et les plus appréciées par ses consœurs et par les Cavaliers. Elle fut également l'une des plus sollicitées par les membres. Le Club lui apporta beaucoup. De la confiance en elle, un épanouissement sexuel, mais aussi et surtout l'amour en la personne de son directeur, Phileas, dont elle tomba éperdument amoureuse. Après la construction du second club, Phileas et elle se revirent et elle tomba enceinte. Dans le même laps de temps, elle découvrit qu'il était agent secret, et finit par le rejoindre au sein du *Service*. À la mort de *D*, la directrice, elle en devint la cheffe avant de finalement accoucher de ses premiers enfants, des jumeaux ; Adrien et Jean. Mais en représailles de ses ingérences dans leurs affaires, l'*Organisation* fit enlever les nourrissons. Remontant la trace de leur chef les deux parents pensèrent arriver au bout de leur peine, mais malheureusement ils ne les retrouvèrent pas. Ils ne surent même pas qu'ils les avaient seulement manqués d'une heure. Tout cela affecta grandement Adélaïde, qui déprima de plus en plus. Un soir totalement déboussolée elle alla même jusqu'à se faire tatouer, et plus tard, quand Phileas fut obligé d'aider la C.I.A. à appréhender un tueur en série, elle se résolut à le quitter pour retourner à sa vie d'avant. Elle s'apprêtait à le faire lorsqu'elle découvrit qu'il l'aimait toujours autant, bien qu'il ne lui montrait pas assez à son goût. Décidée depuis à rester, et plus déterminée que jamais à retrouver ses enfants, elle s'est battue pour y arriver lorsque finalement, quatre ans après leur enlèvement, le miracle s'accomplit. Les deux parents suivant une piste fournie par une ancienne amie de Phileas, retrouvèrent Jean et Adrien. Sa famille depuis réunie, Adélaïde nage dans le bonheur. Mais il y a malgré tout une petite ombre au tableau : conformément à ce qu'ils s'étaient promis, Phileas et elle ont mis fin à leur liaison avec leurs multiples amants. C'est une promesse qu'ils s'étaient juré de tenir, pour offrir un cadre de vie sain à leurs enfants s'ils les retrouvaient, seulement la frustration risque d'être grande.

Phileas

Personnage obscur appelé Phileas ou Léopold, simple mais intrigant, il est à l'origine du Club des Damnés, bien que personne ne sache vraiment ni quand ni comment il l'a créé. Les rumeurs et les légendes circulant à son propos sont légions, et il serait pour certains un personnage séculaire, un envoyé du diable ou n'importe quoi qui pourrait justifier son influence. La vérité est pourtant toute autre, car Phileas est en réalité un multimilliardaire qui a notamment réactivé un vieux service secret chargé de stopper des menaces échappant à la justice. Mais il s'évertue surtout à démanteler une *Organisation* aussi dangereuse que mystérieuse. Après s'être fait tirer dessus, il apprit qu'Adélaïde, qu'il aimait et qui avait découvert son secret, avait été nommée agente secrète par *D*. Pour la protéger et la retirer du terrain, il la désigna pour la remplacer quand cette dernière mourut.

Par la suite, quelques mois plus tard Adélaïde et lui durent faire face ensemble à l'enlèvement de leurs enfants, événement qui le traumatisa tout autant que sa femme. Puis l'homme du club vécut une nouvelle épreuve tout aussi difficile. Appréhendé par la C.I.A, celle-ci lui demanda dans un dernier espoir de les aider à arrêter un tueur en série sévissant à travers tout le pays. S'acquittant avec brio de sa mission, Phileas accepta cette tâche éprouvante, mais il découvrit au cours de son enquête certains odieux secrets de l'agence et qu'ils essayaient de le capturer. Leur ayant échappé de justesse il estima dès lors que le *Service* et le Club des Damnés n'étaient plus assez efficaces face à leurs ennemis et aux hommes de loi. Il eut alors une révélation, un dénominatif ; *les Artificiers*.

S'isolant, il passa dès lors plusieurs mois à créer à l'insu de ses proches ce nouveau service secret, basé sur la peur, l'intimidation et la manipulation.

Dernièrement, alors qu'ils venaient de récupérer Jean et Adrien, Phileas décida de démissionner du *Service*. N'ayant pour l'instant prévenu que sa femme, l'homme du club compte désormais passer ses journées à s'occuper de ses enfants et du club, loin des armes et des missions secrètes.

Chloé

Première Reine qu'elle ait rencontrée, Chloé est devenue la meilleure amie d'Adélaïde.

Les deux femmes se sont quasiment tout de suite attachées l'une à l'autre et sont depuis deux amies complices et solidaires. Leur histoire ne s'arrête cependant pas qu'à leur amitié sans faille. En effet entraînées par la tension sexuelle qui régnait constamment au Club des Damnés, elles sont devenues à plusieurs occasions amantes avant qu'Adélaïde ne sorte avec Phileas, tissant entre elles un lien qui ne s'effilera jamais. Reine d'Or du Club, Chloé est une alliée fidèle et une figure de proue pour les Damnés. Les cheveux d'un blond caramel et le visage angélique, elle est une femme agréable et chaleureuse ouverte aux nouvelles amitiés et qui n'aime pas se prendre la tête pour un rien.

Il y a quelques années, suite à une nuit en tous points particulière, les rapports entre Chloé et Adélaïde devinrent de nouveau d'ordre intime. En effet Phileas et celle-ci décidant de croquer la vie à pleines dents après le rapt de leurs enfants, ils invitèrent leur amie et une de leur collègue, Bella, à venir passer la nuit avec eux. Entretenant depuis ce jour une étrange liaison à quatre, les trois jeunes femmes et le maître des Reines se considéraient comme amants et se voyaient régulièrement, jusqu'à ce qu'Adélaïde invite d'autres collègues à se joindre à eux. Ayant depuis ce jour eu des rapports avec les deux époux et trois autres femmes, Chloé se satisfaisait d'avoir une vie sexuelle qu'elle jugeait fun et complète, jusqu'à ce qu'Adélaïde et Phileas retrouvent leurs enfants. Heureuse pour eux, elle accepta donc la fin de leur liaison en la fêtant dignement au cours d'une dernière nuit mémorable.

Jean

Jean, seconde Reine Rouge ou Reine de Sang du Club des Damnés était la meilleure amie de Chloé et d'Adélaïde. Tuée par l'*Organisation* que combat Phileas, celui-ci garda sa mort secrète jusqu'à ce que la vérité éclate d'elle-même. Personne ne sait vraiment quel lien les unissait, mais Jean restera dans le cœur des Reines et des Cavaliers comme une amie très chère perdue trop tôt.

Wanda

Wanda est la fille ainée de Phileas. Italienne fière et arrogante aux premiers abords, elle était au début une jeune femme déboussolée vivant difficilement sa situation. Sa mère étant morte très tôt, elle vécut seule avec son père et appréhendait mal, malgré son confort luxurieux, sa fausse vie de conte italien et surtout ses absences à répétitions. Elle alla jusqu'à créer des tensions avec Adélaïde avant de finalement faire la paix avec elle-même et son père, et d'accepter sa vie d'agent secret telle qu'elle était. Chagrinée par la disparition de son petit frère et de sa petite sœur, Wanda décida d'intégrer le *Service* contre la volonté de son père, et entreprit des entraînements plus poussés avec ses agents. Puis lorsqu'elle apprit que Jarod, un jeune homme dont elle était tombée amoureuse, était toujours vivant, elle s'installa avec lui pour filer le parfait amour. Ces dernières années, Wanda a cependant eu un comportement plus que dérangeant et en totale contradiction avec sa vie de couple. Désireuse de tester l'inceste mais sachant pertinemment que son père refuserait, elle s'arrangea avec Adélaïde pour pouvoir faire l'amour avec lui. Phileas découvrant la chose, leurs relations furent tendues, mais avec le temps les choses s'arrangèrent malgré tout. Son père lui pardonna, et tâchant de continuer sa vie comme si de rien n'était, Wanda continue à chercher sa voie. Tombée enceinte de Jarod, elle se satisfait toutefois maintenant d'être bientôt maman et semble heureuse au possible.

Alfred

Cavalier confident d'Adélaïde, Alfred est un ancien agent de la DGSE, serviable, poli, loyal et toujours là pour prêter main-forte. Considéré par beaucoup comme le chef des Cavaliers, il est officieusement le bras droit de Phileas. C'est aussi lui qui a poussé Adélaïde à lui déclarer sa flamme. Après qu'elle ait découvert des mois plus tard la vraie nature de ses activités, elle apprit la nature de leur lien : Alfred est le père de Phileas, et par conséquent le grand-père de Wanda, d'Adrien et de Jean.

Jean & Adrien

Jumeaux d'Adélaïde et Phileas, Jean et Adrien ont été enlevés à la demeure familiale de Bretignolles-sur-Mer alors qu'ils n'avaient même pas trois mois.

D'abord cachés par leurs ravisseurs pendant plus d'un mois, ils ont ensuite été remis à l'*Organisation* qui avait payé pour le rapt. Phileas et Adélaïde furent très marqués par cet événement, car en plus de la peine et de l'incertitude concernant leurs enfants, ils étaient à deux doigts de les sauver, d'abord le jour de l'enlèvement, puis quand la transaction entre les ravisseurs et l'*Organisation* eut lieu, et enfin lors de leur attaque contre la demeure de Dru. Déterminés à les retrouver, amers et revanchards, les deux parents remuèrent ciel et terre pour les retrouver, d'autant plus qu'ils reçurent par le biais d'un agent une photographie d'eux, toujours vivants et en parfaite santé.

Et puis un jour Phileas fut enlevé sur les ordres du docteur Dru. Séquestré, malmené, il vit malgré ses tourments une lueur d'espoir au bout du tunnel quand il aperçut Jean et Adrien. Âgés de presque deux ans, jouant ensemble, il tenta de les approcher mais fut stoppé dans son élan. Bien qu'ils ne se revirent plus, les enfants furent interloqués par son intervention, et les devinant très intelligents, Phileas espéra qu'ils comprendraient qui il était.

Probablement émue par ce père qui tentait de les récupérer, leur nourrice, Laura, s'enfuit peu après avec eux pour les soustraire à l'*Organisation*. En fuite mais entre de bonnes mains, Jean et Adrien continuèrent donc à grandir quelque part, leurs parents faisant leur maximum pour les retrouver, jusqu'à ce que les retrouvailles surviennent enfin. Adélaïde et Phileas remontant leur piste grâce aux anciennes relations de ce dernier, ils réussirent à les soustraire à Dru qui les avait de nouveau enlevés.

Les Reines

Les Reines du Club des Damnés sont des créatures de rêves dans un lieu propice aux plaisirs et aux mystères. Chacune unique, chacune délicieuse, chacune pouvant être conquise... mais aucune acquise. Depuis la création du Club des Rodiers, le nombre de Reines n'a fait qu'évoluer. Bien qu'il n'y ait jamais eu à ce jour un seul instant où toutes furent réunies au club, il est rare que le nombre d'actives soit inférieur à une vingtaine. Il y a donc à chaque instant passé dans les lieux de délices, autant de visages que de désirs. Exotisme, fraîcheur, maturité... Il y a une Reine pour chaque goût.

Les Cavaliers

Vous désirez un verre ? Une collation chaude ou froide, une soupe de chocolat, un bouillon de légumes ? Vous aimeriez rejoindre une Reine dans une loge ou une salle de bain ? Vous vous êtes perdus dans les méandres du Club ? Demandez votre chemin, demandez un renseignement. Ces hommes en redingotes toujours serviables, toujours là, sont vos plus fidèles amis. Mais n'oubliez pas, un mot de leur part à l'oreille de ces dames et vous serez châtié.

Le Service

Le *Service* est un organisme secret agissant sans reconnaissance officielle et chargé d'appréhender ou à défaut d'éliminer toutes personnes échappant à la justice. Son fondement est basé sur la légitimité et non la loi, dans un souci de faire respecter les droits de l'Homme. Totalement officieux, il est la réincarnation du *Syndicat*, un groupuscule créé dans les années 40 et réunissant des représentants de chaque nation, de chaque ethnie, de chaque religion et des deux sexes. Utopistes, ces gens voulaient créer un monde meilleur et plus juste, mais au lendemain de la Seconde Guerre mondiale, se rendant compte que l'argent avait gangrené le monde et que les gouvernements ne se souciaient plus de leurs citoyens, ils décidèrent que la seule façon de rendre le monde un tant soit peu plus juste était de mettre hors d'état de nuire les gens échappant au système pénal officiel. De rêveurs, ils étaient devenus des agents secrets impitoyables.

Bella

Bella est l'agente *Quatre* du *Service*, autorisée tout comme Phileas à tuer. Apparue d'abord aux yeux d'Adélaïde comme une rivale, la jolie brune ayant eu une aventure en mission avec le maître des Reines des années plus tôt, elle finit par devenir une collègue qu'elle respecte grandement.
Peu de temps après l'enlèvement des jumeaux, Bella devint un personnage prépondérant dans la vie des deux parents pour avoir participé avec eux à la mission *Margate*, des plus macabres.

C'est également au cours de cette mission qu'Adélaïde chercha du réconfort auprès d'elle, les rapprochant intimement. Toutefois gênée de ce dernier point la jeune femme marqua ses distances avec Phileas et elle, avant de finalement devenir leur amante quelque temps plus tard, trouvant apparemment le bonheur dans cette relation.

Elle joua malheureusement d'infortune. Lors de l'attaque visant à appréhender le chef de l'*Organisation* et à récupérer Jean et Adrien, elle fut défigurée. Son bras droit et toute une partie de son visage brûlés, Bella est encore à ce jour meurtrie par cela, bien que ses amis aient réussi à lui redonner confiance en elle.

Cela ne l'empêcha toutefois pas de profiter de la vie. Elle multiplia les aventures avec ses collègues jusqu'à ce que Jean et Adrien soient retrouvés, et Phileas lui ayant annoncé qu'il payerait ses opérations, elle compte désormais faire de la chirurgie esthétique pour effacer ses cicatrices.

D

D est l'ancienne cheffe du *Service*. Femme de caractère âgée d'une soixantaine d'années, elle voyait d'abord l'arrivée d'Adélaïde dans la vie de Phileas d'un mauvais œil, mais au fil du temps elle se montra plus douce. Lorsque Phileas se fit tirer dessus et oscilla entre la vie et la mort, elle intervint pour arrêter Adélaïde qui avait tué son agresseur, puis la nomma membre du *Service*. *D* fut abattue sous les yeux de Phileas quelque temps plus tard par le chef de l'*Organisation*.

Billy Daniels

L'agent Daniels du *Service* fut l'assistant de *D* durant les cinq dernières années de sa vie, puis est devenu à sa mort celui d'Adélaïde. Fidèle, observateur, et dévoué corps et âme à la tâche, il est un allié essentiel des deux parents, car il fait la liaison avec tous les agents dispatchés à travers le monde. Billy est un agent de bureau. Il n'aime pas particulièrement aller sur le terrain, et la seule fois où il le fit, sur la demande d'Adélaïde, cela fut tragique. Participant à l'enquête sur le docteur Sandre, supposé membre de l'*Organisation*, il se lia instantanément d'amitié avec une jeune Anglaise nommée Maggie, mais eut l'horreur le soir même de découvrir avec les autres que le fameux docteur la leur avait servie en repas. Daniels fut le seul à avoir commencé à en manger… Profondément choqué par cette affaire, où de vengeance il martela de coups Sandre, il sombra peu à peu dans la déprime. Quelque temps plus tard en dépit de sa peine il regagna malgré tout son poste, encore plus décidé à arrêter l'*Organisation*.

Alors que Phileas fut porté disparu, Adélaïde proposa à Billy qu'ils passent une nuit ensemble. La jeune femme et son mari ayant décidé d'avoir des relations extraconjugales contrôlées, elle s'offrit à lui en remerciement pour son dévouement. L'assistant étant attiré par elle s'en trouva ravi. Après deux ans de liaison, Billy est cependant maintenant affligé d'avoir dû lui dire adieu. Il savait que leur aventure aurait une fin, mais très amoureux, il vit très mal de ne plus pouvoir la toucher. Et ce, même si pour leur dernière nuit, il eut également le droit de coucher avec Corie, Céline, Bella, Nathalie et Chloé.

Corie

Corie était la secrétaire de Phileas au *Service*. Chargée de gérer ses dossiers et de lui faciliter la vie en s'occupant de sa paperasse, elle s'est avérée depuis le début de ses attributions un soutien fidèle et dévoué. Quelque peu attirée par Phileas, elle eut il y a quelques années une aventure avec lui un soir alors qu'ils étaient en déplacement. Se servant de cette infidélité pour faire pression sur elle, Adélaïde la força ensuite à avoir un rapport sexuel avec elle. À partir de ce jour, leurs rapports furent très tendus, Corie n'appréciant pas d'avoir été utilisée pour leur jeu et vivant mal le fait d'avoir trompé son petit ami. Un soir alors qu'ils furent obligés de dormir ensemble, la jeune femme fut toutefois extrêmement contrariée par celui-ci, et décidant de se venger, fit volontairement l'amour avec les deux époux. Leur annonçant alors clairement que tant que son petit ami lui ferait des cachoteries, elle leur serait soumise, ils furent amants jusqu'à ce qu'elle le quitte en lui montrant ses ébats avec Phileas, Adélaïde et leurs collègues. Deux ans plus tard, Corie est tombée enceinte au cours d'une nuit organisée par Phileas. Toujours amoureuse de lui, elle essaye de se faire à l'idée qu'ils ne se reverront plus sexuellement et qu'elle ne sera jamais avec lui.

L'Organisation

L'*Organisation*, appelée ainsi par le *Service* mais nommée par ses membres *D.N.C.* ou *Fantôme,* fut découverte lors de la mort de Jean. Personne ne sait vraiment grand-chose sur elle, si ce n'est qu'il s'agit d'un groupement organisé et bien plus dangereux que n'importe quelle organisation du crime. Après s'être rendu compte qu'elle avait infiltré la plupart des gouvernements et des services secrets, le *Service* a fait sa priorité numéro une d'arrêter ses exactions… et en représailles, elle a enlevé les enfants d'Adélaïde et Phileas.

Après l'enlèvement de Phileas il y a quelques années, le *Service* eut toutefois accès aux comptes bancaires et à des données sensibles de l'*Organisation*. Les utilisant à profit, ils lui portèrent un grand coup et la détruisirent pratiquement. Aujourd'hui il n'en reste presque plus rien.

Le Docteur Dru

Ce personnage était pendant longtemps inconnu de tous… Mais alors qu'Adélaïde et Phileas croyaient toutes les pistes perdues concernant leurs enfants, un agent du *Service* basé en Italie leur fit parvenir une information capitale, un simple nom qui leur en apprit beaucoup : le docteur Eugène Timothy Dru était le chef de l'*Organisation*.

Cherchant dès lors sans relâche des informations à son propos, ils remontèrent avec difficulté sa piste, apprenant même avec stupeur qu'il était à l'université avec *D*, là où il l'a connue. Finalement lors d'une attaque sur sa demeure et l'une de ses bases, Phileas finit par abattre Dru. L'homme du club agit de la sorte, car il savait pertinemment qu'il ne révélerait jamais où étaient ses enfants et que l'entreprise qu'il avait bâtie perdurerait quand même.

Mais ce que Phileas ignorait c'est qu'il s'agissait en réalité d'un sosie. À l'insu du *Service* le docteur Dru était donc toujours vivant et dirigeait toujours l'*Organisation*, jusqu'à ce que l'homme du club rencontre un autre de ses doubles au cours d'une mission, et le tue également. Conscients dès lors qu'il était peut-être toujours vivant, ils reprirent de plus belle leur enquête.

Des mois plus tard, lorsque Phileas se fit enlever, il se retrouva finalement nez à nez avec le véritable Dru et s'engagea alors un duel de force entre eux deux. Aucun des deux ennemis ne le gagna vraiment, mais leurs échanges leur permirent toutefois d'en apprendre plus l'un sur l'autre. Aujourd'hui, le docteur Dru est en fuite. L'*Organisation* aux abois, il pensait avoir regagné en puissance en récupérant Jean et Adrien, mais Adélaïde et Phileas les lui reprenant, il n'a désormais plus rien à quoi se raccrocher pour tenter de rebâtir son empire.

Céline Dru

Céline Dru est la fille ainée du docteur Dru. Sollicitée après l'enlèvement des enfants par Adélaïde et Phileas pour les aider à trouver son père, d'abord réticente, elle accepta finalement de rejoindre le *Service*. Bien que promue agente Double-zéro, Céline évolua relativement loin des deux époux, jusqu'à ce qu'elle décide de participer à leur jeu et de s'offrir à Phileas pour tromper son ennui. Couchant depuis régulièrement avec lui, elle finit après son enlèvement par également avoir des rapports avec Adélaïde. Elle participa même avec celle-ci, Chloé, Bella et Corie, à l'orgie que cette dernière avait programmée pour se venger de son petit-ami. Dès lors profitant de son célibat, elle continua à voir ses collègues jusqu'à ce que Phileas et Adélaïde récupèrent leurs enfants. Et les méfaits de son père en partie corrigés, la jeune femme n'a désormais plus qu'une seule idée en tête, retrouver sa sœur toujours portée disparue.

Les Artificiers

Créé par Phileas après son démêlé avec la C.I.A. le service des *Artificiers* est une version bien plus agressive que le *Service*. Chargés non pas de faire régner la justice mais de punir par la peur et la machination ceux qui y échappent et que le *Service* ne peut pas atteindre, les *Artificiers* sont en roue libre depuis que Phileas en a cédé la tête. Totalement indépendants et dénués de limites, agissant dans l'ombre des ombres, ils sont devenus une légende urbaine, marquant le folklore mondial de leurs interventions aux apparences surnaturelles.

Nathalie

Ancienne voisine de Phileas et Adélaïde, âgée de 21 ans, Nathalie a été pendant quelques semaines leur amante, et participant notamment à l'orgie d'adieux organisée par les deux époux le soir de leur mariage, elle aimerait malgré leur décision continuer à les revoir sexuellement.

Esméralda

Esméralda paya pour sa baguette et sortit de la boulangerie. Apeurée, elle retourna immédiatement vers la maison. Pourquoi ne partait-elle pas tout de suite ? Pourquoi ne pas s'enfuir maintenant, alors qu'elle était à l'extérieur, pour s'en aller à la gare ou demander de l'aide ? Mais non, c'était impossible, Esméralda le savait. Ils avaient des sbires partout en ville, et qui plus est, elle avait ces horribles puces sous la peau qui leur indiquaient sa position… Les larmes aux yeux, Esméralda poussa donc le portail du domaine à l'abandon, en friche, et gravit la colline pour retourner à sa prison. Disant adieu au ciel bleu et aux petits pains au chocolat, elle ouvrit la porte d'entrée grinçante de sa nouvelle demeure, referma derrière elle, et monta au premier étage pour aller toquer trois fois à la porte du bureau.

— Oui ? demanda une voix grave et masculine.

— C'est moi monsieur, annonça Esméralda.

— Entre.

Esméralda tourna la poignée et entra dans la pièce, un vieux bureau d'une vieille bâtisse comme on n'en faisait plus. Le mobilier en bois massif bancal, les murs sales et couverts de vieux tableaux de famille, les bibliothèques remplies de livres poussiéreux d'un autre temps, tout à l'intérieur était lugubre et oppressant, laissé à l'abandon, comme le reste de cette maison. Mais Esméralda détestait encore plus ce bureau, il la rendait mal à l'aise.

Traversant la pièce le poil hérissé de frayeur, elle se rendit jusqu'à l'homme installé au bureau dos à la fenêtre. Le soleil illuminant les lieux et son visage à contrejour, Esméralda n'arrivait pas à le distinguer clairement. Seul son crâne chauve bardé de deux longues et fines cicatrices se démarquait.

— J'ai votre pain, il est encore chaud, déclara-t-elle d'une voix qu'elle voulut douce.

— Bien, pose-le sur la table, annonça l'homme en transcrivant le nez plongé dans un carnet en cuir noir.

Esméralda déposa la baguette sur la petite table près du bureau et s'apprêta à faire demi-tour, lorsque la voix de l'individu émergea de son fauteuil sur un ton glaçant.

— On m'a dit que tu es sortie manger hier soir. Que tu as quitté ta chambre pour aller en cuisine.

Esméralda se figea, tétanisée par la peur d'une nouvelle correction.

— Ce n'est pas vrai ! s'exclama-t-elle, le corps tremblant en se retournant.

— Tu insinues que Victor et Alain mentent ? prononça l'homme sans lever les yeux de son bureau.

— Je vous en prie, je n'ai rien fait de mal, commença à s'affoler Esméralda.

— Tu es une petite menteuse… tu seras punie.

— Non ! Non ! Pitié ! se mit-elle à pleurer.

— Et je n'aime pas les pleurnicheuses… Tu seras punie et privée de repas. Tu n'auras pas à manger pendant deux jours et Alain et Victor disposeront de toi.

— Non, non monsieur, pitié ! Je vous en supplie ! Ils me font mal et ils me touchent ! Pitié… pleura Esméralda.

— Il suffit. Sors maintenant.

Esméralda s'avança vers le bureau malgré tout.

— Je m'excuse, je vous en prie, je m'excuse, punissez-moi si vous voulez, mais ne les laissez pas me toucher ! l'implora-t-elle.

Elle posa ses mains sur le bureau pour affirmer sa détresse, mais ce fut la chose de trop. L'homme se redressa d'un coup et la gifla avec une telle force qu'elle tomba au sol, la joue marquée de ses cinq doigts rouges.

— Disposes.

Esméralda regarda cette terrifiante masse noire cachant la lumière, le visage apeuré. En larmes, abandonnant, elle se releva alors abattue en se massant le côté du visage et sortit de la pièce en tachant de le déranger le moins possible. L'homme ne se souciait toutefois déjà plus d'elle, il s'était rassis sans se préoccuper de son sort. La porte refermée derrière elle, Esméralda descendit donc les escaliers pour se rendre dans sa chambre et se jeter sur la couche qui lui servait de lit. Elle versa toutes les larmes de son corps. Qui l'arracherait à ce monde ? Pourquoi n'était-elle pas libre comme toutes les autres filles de son âge ? Pourquoi vivait-elle ce supplice ? Elle aurait mille fois préféré mourir plutôt que d'être ici… Et Alain et Victor allaient encore abuser d'elle. Ces ordures allaient la violer, la souiller, elle devrait de nouveau tuer ses bébés… Elle devrait vivre avec des touffes de cheveux en moins, des bleus au visage, des doigts ou des côtes cassées… Esméralda vivait un enfer. Comment pouvait-on encore faire subir cela à des gens ? Comment des humains pouvaient-ils être aussi ignobles ? Pourquoi diable le monde ne voulait-il pas voir vers elle ?

Esméralda pleura encore, à bout. Qui viendrait à son secours ?

La porte de la chambre grinça. La jeune femme tourna la tête vers l'entrée de la pièce, et tremblotante, paniquée, elle se recroquevilla instinctivement et avec expressément dans le coin du mur. Entrant un sourire malicieux aux lèvres, Alain et Victor avaient reçu l'autorisation de la violer encore une fois et ils comptaient bien en profiter.

Prélude 2

Cérémonie noire

Perdu parmi les hauts conifères dans une nuit glaciale et ténébreuse, à l'intérieur de cette immensité verte et terrifiante, tout était hostile. Le dénivelé de la litière forestière devenait des crevasses parsemées de pièges et les arbres morts couchés au sol érigeaient des obstacles, leurs solides morceaux de branches transformés en pieux mortels. Haletante, Camille courut aussi vite que possible. Effrayée, le corps meurtri, sa jupe déchirée, sa culotte arrachée, ses cuisses dégoulinantes, son haut en lambeau et son soutien-gorge retiré, elle s'appuya un instant contre une paroi rocheuse et regarda en arrière. Elle distinguait les torches au loin et reprit paniquée sa course. Continuant à courir pour quitter la forêt, elle fuyait. Passant entre deux sapins, elle se protégea le visage avec les mains mais frappée par une branche, elle poussa un cri. Des aiguilles d'un épicéa s'étaient plantées dans la chair de son bras et de son sein gauche, tous les deux nus. Camille fit fi de la douleur, beaucoup trop occupée à s'enfuir, mais quand elle marcha sur des cailloux et des aiguilles, elle ne put plus se contenir. Hurlant de souffrance, elle s'arrêta et s'asseyant au sol, pleurant affolée de cette perte de temps, elle tâta la plante de son pied. Elle avait mal à cause des cailloux, et elle sentait une ouverture et du sang… Entendant des pas et voyant les torches se rapprocher, elle se releva avec hâte et repartit quand même. Courant le plus vite possible, elle essaya toujours de mettre de la distance entre elle et ces monstres. Des monstres. Il n'y avait pas d'autres mots.

Camille essaya d'accélérer le pas, ignorant son point de côté, sa douleur au pied, la fraîcheur de la nuit, et les écorchures et les éraflures que lui faisaient les branches et les obstacles sur sa route. Fuyant pour sa vie en pleurant sans cesse, effrayée, elle espérait réussir à gagner l'orée de la forêt avant qu'ils ne la retrouvent. Puis elle entendit un cri sur sa gauche. Tournant la tête, elle tenta un instant d'estimer la distance de cette plainte mais c'était trop loin. Reprenant sa course, elle essuya son nez coulant et ses yeux en pleurs. C'était la voix de Mathilde, elle l'avait reconnue… Camille pleura encore plus et continua à courir pour sa vie. Tout avait basculé si vite, si… imprévisiblement. Elle sortait simplement d'un restaurant avec ses quatre amies pour aller au pub quand soudain on lui plaça un mouchoir sur la bouche et le nez. Puis elle s'était réveillée parmi les arbres, attachée sur le dos à un autel en pierre avec des cordes. Effrayée, elle avait ensuite vu la cinquantaine d'hommes portant des toges noires à capuches l'entourant. Des torches plantées dans le sol autour d'elle et éclairant les lieux, elle avait reconnu le bas de la falaise et avait alors compris avec horreur qu'elle était au pied de Satan. C'était le nom d'un endroit que tout le monde connaissait en ville. Perdus dans la forêt, il y avait ici depuis des années cinq autels placés dans les branches d'une étoile formant un pentagramme. Camille le connaissait bien parce qu'au lycée, certaines soirées avaient été organisées ici pour l'ambiance. Mais à cet instant, l'heure n'avait pas été à la fête. Entourée de ces inconnus qui psalmodiaient en chœur des paroles incompréhensibles, prise d'horreur devant la situation, elle avait essayé de se dégager mais elle n'y était pas parvenue. Puis elle avait reconnu les voix de Mathilde, Suzanne, Claire et Ophélie criant au secours. Réalisant qu'elles étaient toutes là, chacune sur un autel, elle avait alors supplié pour qu'on les libère, elle avait hurlé à l'aide, elle avait ordonné aux hommes d'arrêter… mais personne ne vînt, personne ne l'écouta, et personne n'arrêta. Et l'horreur commença. On avait déchiré leurs vêtements, retiré leurs culottes pour exposer leurs intimités… puis on les avait offertes. Tournant la tête vers Ophélie, elle observa ainsi impuissante des hommes encapuchés lui maintenir les jambes pendant qu'ils défaisaient ses liens, et finalement la retourner pour qu'elle soit attachée à quatre pattes sur l'autel. Avec effroi elle vit ensuite un des individus s'approcher d'elle en tenant un bouc par une corde. Le faisant monter sur l'autel, il l'amena alors entre ses jambes et l'animal visiblement en rut et conditionné, chercha à s'insérer. Ophélie hurla de terreur, cherchant à se dégager, paniquée à l'idée de ce qui risquait de se passer, le sexe du bouc essayant de faire son entrée entre ses cuisses, ses sabots frappant ses côtes… Mais le sang glacé, Camille la vit se tordre et hurler alors que le bouc la prit sous le regard silencieux des gens présents. Camille avait fermé les yeux devant une telle horreur, elle ne voulut pas voir ça. Les bruits du bouc, les hurlements d'Ophélie, elle ne put toutefois ne pas les entendre, et lorsqu'elle comprit que Claire, qu'elle n'arrivait pas à voir, car elle était à une des branches opposées commença à crier elle aussi, Camilla pleura de plus belle. Puis avec frayeur elle sentit qu'on attrapait ses mollets. C'était son tour. Elle tenta de se dégager, elle essaya de se libérer, mais les quatre hommes dont elle ne distinguait rien sous leurs capuches la bloquèrent. Camille hurla, elle leur ordonna de la lâcher, mais sans succès. Lui libérant la main gauche et les deux jambes, ils l'amenèrent fermement à se retourner sur l'autel et la rattachèrent pour qu'elle soit elle aussi à quatre pattes. Les mains liées, les jambes solidement ligotées au niveau des genoux et des pieds, elle se retrouva alors la tête vers le centre du cercle, vers l'intérieur du pentagramme. Voyant toute la cérémonie, ses rotules martyrisées par la dureté de la pierre, elle vit ses amies se faire violer par des animaux devant une assemblée hermétique à leur douleur, impassible à leur calvaire. Leurs tenues noires les cachant à sa vue sans qu'aucun signe distinctif ne soit perceptible, ils étaient simplement là, tournés vers elles, les regardant subir leur supplice. Le rituel tiré de l'obscurité par les torches, le crépitement des flammes sonnant comme le rythme sur lequel les animaux hélaient et ses amies criaient de douleur et d'horreur, Camilla assista à tout ce cauchemar. Leurs corps éclairés à travers leurs vêtements déchirés, elle les voyait se tordre de douleur, essayant de se dégager tandis que le bouc, l'âne, le mouton et le cochon s'accouplaient avec elles. Puis Camille s'effraya. Sentant un halètement chaud sur son sexe dévêtu puis un reniflement animal, elle hurla de peur, suppliant pour qu'on la laisse. Puis on lui lapa l'entrejambe et les cuisses, et après quelques secondes, des pattes se posèrent sur le bas de son dos dans un besoin frénétique de copulation. On la montait. Tout en hurlant de terreur, elle sentit des griffes érafler ses flancs et qu'on cherchait l'entrée de son vagin. Elle s'écria, elle tenta de se débattre, mais elle n'y put rien, le chien qui essayait de la monter réussit à la prendre. Camille poussa un cri de dégoût, horrifiée par sa situation, le sentant aller et venir en elle, sentant le nœud de son sexe passer avec force. Les côtes griffées, l'animal en elle, elle pleura encore plus, frappée par l'effroi de cette nuit horrifique. Puis elle sentit son sperme couler en elle et s'effondra de chagrin. Elle venait de se faire jouir dans le corps par un chien. Elle sanglota de désespoir, sa dignité souillée, quand finalement sans un mot on la détacha. Ses amies elles aussi relâchées, elles descendirent toutes des autels et Camille et ses camarades tout aussi meurtries et en larmes qu'elle se rejoignant et se serrant les unes contre les autres, elles regardèrent ces hommes immondes les entourant. Le cercle des individus s'ouvrant, l'un d'eux leur montra du doigt la forêt pour les inviter à partir, et les cinq filles s'en allèrent alors, kidnappées, torturées, violées, mais libres. Fuyant ce lieu de cauchemar, elles prirent leurs jambes à leur cou pour regagner leurs foyers. Seulement après quelques minutes, des cris animèrent soudain le pied de Satan au loin derrière elles, et elles comprirent pourquoi on les avait réellement libérées. Les hommes qui les avaient enlevées et utilisées pour leur cérémonie se lançaient à leur poursuite, torches et couteaux en mains.

Camille courut, ne sachant pas où étaient ses amies, ne sachant pas à quelle distance étaient ses poursuivants. Essayant de fuir ce lieu d'effroi, elle fit toujours fi de la douleur et de ses blessures pour sa propre survie. Certaine de bientôt rejoindre la sortie de la forêt, elle accéléra le pas du mieux qu'elle put. Elle ne réussit cependant jamais à s'échapper. Finalement rattrapée, elle tenta de se débattre mais l'individu lui maintint bien haute la tête en l'empêchant de crier, et d'un coup sec, lui trancha la gorge jusqu'à l'os. Camille tomba au sol, se vidant de son sang.

La seule chose qu'elle perçut avant de s'éteindre, ce fut la voix de Claire. Son amie poussa un cri terrifié, comme si on la poussait pour qu'elle aille s'empaler sur des branches cassées et hérissées comme des piques.

Chapitre I

Adieu, 006

Lundi 8 mai 2017

« Ce fut un plaisir de travailler avec vous tous. Vous allez très honnêtement me manquer. Certes, je ne vous cache pas que j'apprécie de retrouver ma liberté, c'est certain, mais c'est malgré tout avec un pincement au cœur que je m'en vais. Vous fûtes tous exceptionnels, d'un soutien décisif lorsque j'ai eu besoin de vous, et cela je ne l'oublierais jamais. Je pars donc en sachant que le monde est entre de bonnes mains, les vôtres, et vous souhaite une bonne continuation.

Sincèrement, Phileas Queneau. »

Satisfait de ses mots, Phileas envoya son mail d'adieu à tous ses collègues. Cela y était, c'était la fin, il quittait la boutique. L'homme du club souffla, réalisant le tournant que prenait sa vie. Il n'était plus agent du *Service*. Cela faisait déjà deux semaines qu'ils étaient rentrés avec Adélaïde, Jean et Adrien de leurs vacances en famille à la Réunion, et tout autant qu'il avait annoncé à son entourage qu'il prenait sa retraite. Préparant depuis lors cet instant, ses proches collègues avaient plus ou moins bien pris la nouvelle. Isaac et Scott furent comme beaucoup surpris, mais le félicitèrent pour sa décision, estimant qu'il avait raison de partir avant d'être définitivement rongé par le travail, tandis que Céline et Bella ne cachèrent pas qu'elles furent déçues de sa décision, conscientes comme la plupart des agents qu'il laisserait un vide. Comprenant cependant sans mal qu'il veuille passer son temps avec ses enfants nouvellement retrouvés, et surtout qu'il puisse vouloir raccrocher après vingt ans consacrés au *Service,* elles se voulurent heureuses pour lui. Corie elle par contre eut du mal à accepter la nouvelle. Toujours amoureuse de lui, elle vivait déjà difficilement leur séparation intime, et en toute âme et conscience, elle n'était pas prête à ce qu'ils se séparent professionnellement. En larmes depuis qu'elle avait appris son futur départ, elle avait du coup décidé malgré sa grossesse de revenir travailler pour pouvoir passer ses derniers jours de service avec lui. Touché par le geste, Phileas l'avait en remerciement invitée au restaurant. Il ne pouvait pas effacer la tristesse de son visage, mais au moins il pouvait lui donner un dernier bon souvenir de son supérieur direct, et lui offrit une soirée qu'ils passèrent au restaurant donc, puis au cinéma.

Et finalement cela y était, après une quinzaine de jours à préparer ce moment, c'était le jour J, Phileas quittait le *Service.* Bon gré mal gré, il tournait cette page de sa vie.

Le sourire aux lèvres, il se leva donc satisfait de son siège, réunit les quelques notes volantes qui traînaient encore sur son bureau, et les mit pêle-mêle dans sa caisse. Prenant ensuite près de son écran d'ordinateur la photographie de Jean et d'Adrien envoyée par Isaac il y a de cela plus de deux ans, il ne put s'empêcher de la regarder attentivement. Ce cliché lui rappelait ces quatre années de doutes, de séparations et de tristesse dont ils venaient de sortir, et il était heureux de les avoir finalement retrouvés. Cette photographie avait une valeur unique à ses yeux. Puis Phileas saisit celles d'Adélaïde et de Wanda trônant également sur le bureau et rangea les trois cadres dans la caisse. Observant autour de lui, il chercha alors des yeux ce qu'il avait oublié de prendre. Il décrocha la lithographie de Blacksad[1] du mur, la posa à côté du bureau, puis se dirigeant vers sa bibliothèque de dossiers, prit les quelques bibelots qu'il y avait placés pour décorer les lieux. Il y avait un petit bonhomme en pâte à sel tenant la main d'une fillette en robe rose que Wanda lui avait fabriqué quand elle était à la maternelle, une labradorite sculptée en forme de crâne humain qu'il avait ramenée de Madagascar, une Aston Martin DBS12 miniature que lui avait offerte *D* après sa première mission au *Service*, et enfin un vieux Colt 45 appartenant au premier homme qu'il avait dû abattre en tant qu'agent 006. Phileas plaça tous ces souvenirs dans la caisse avec le reste de ses effets, et ouvrit une dernière fois ses tiroirs pour vérifier qu'il n'avait rien oublié. Il ne restait cependant plus rien de personnel ici, il avait tout pris.

L'homme du club se pencha donc une dernière fois sur son ordinateur, et tapant son code, vida son disque dur. Prenant sa caisse et son cadre, il sortit ensuite de son bureau, éteignit la lumière sans même un regard nostalgique sur la pièce, et traversant l'office de Corie, s'en alla. En se dirigeant vers l'ascenseur, Phileas se sentit bien, détendu. Ils avaient retrouvé leurs enfants, et il mettait fin à vingt ans de bons et loyaux services envers la justice. Heureux de ne

---

[1]—Blacksad, de Juan Diaz Canales et Juanjo Guarnido, édité chez Dargaud. Tous droits réservés.

pas repartir dans un sac mortuaire, il était ravi du travail qu'il avait accompli. Il n'avait certes pas réussi à tuer Dru, mais c'était un problème qu'il confiait volontiers à quelqu'un d'autre, en l'occurrence Céline.

Phileas arriva dans le hall principal en sifflotant, prêt à prendre l'ascenseur pour s'en aller et regagner l'extérieur, mais il se retrouva cependant contre toute attente face à la masse de ses collègues, tous réunis pour un dernier au revoir.

— Vous êtes tous si ravis que je parte ? demanda-t-il dans un sourire en les observant.

Ses amis rigolèrent, quoiqu'émus.

— À Phileas Queneau, ce sale emmerdeur de première ! déclara Scott en levant son verre.

Tous les agents présents l'imitèrent, et Phileas posant sa caisse et son cadre au sol, prit la coupe que lui tendit Charles Neil, *Double-zéro Treize*.

— Après ton départ, les statistiques du *Service* vont s'effondrer mais au moins on pourra tous travailler sans avoir un point de comparaison aussi élevé ! reprit son meilleur ami.

— Et bien vous n'aurez qu'à bosser correctement, et peut-être que le *Service* sera toujours au top ! ricana l'homme du club.

Des voix indignées s'élevèrent avec humour d'entendre une telle pique, mais les verres restèrent levés, attendant ses mots.

— Allez, à la vôtre !

Phileas les salua et but son verre de champagne, suivi de ses collègues, puis il regarda sa coupe avec raillerie.

— Je suppose que c'est moi qui l'ai payé ce champagne ? interrogea-t-il ses amis.

— Tout juste, s'amusa Benjamin Johns, on l'a payé avec votre argent.

Ses anciens collègues rigolèrent de bon cœur, et Phileas ne put s'empêcher de saisir l'ironie du message. D'une certaine manière, il sera toujours présent au *Service*. Même si désormais le plus gros du financement se faisait grâce aux fonds des héritiers du *Syndicat*, il continuerait toujours à mettre la main à la pâte, que ce soit à travers *G.A.T.*, ou en fournissant par ses sociétés la couverture, les mouvements d'argent, et une partie des ressources nécessaires au bon fonctionnement de la boutique. Mais surtout, Phileas resterait toujours avec *D* et le *Toucan* ce que beaucoup considéraient comme l'âme du *Service*, le triumvirat qui l'avait ressuscité et qui en avait posé les nouvelles bases. Et voilà qu'il était le dernier à quitter le navire. Désormais le *Service* dans son état actuel était privé de ses fondateurs. Même *Gadget* était parti, lui qui était le quatrième pilier de la structure d'origine, un des anciens. Alors oui, il y avait eu un message à travers cette coupe de champagne, il les quittait, mais il sera toujours là avec eux en payant leurs dépenses.

— Allez !

Phileas s'approcha du premier agent à sa gauche, et le serra dans ses bras. Commençant à faire ses adieux, il empoigna chaleureusement chacun de ses collègues, les serra contre lui, les taquina, fit parfois la bise à ces dames, et tranquillement, fit le tour de la salle pour dire au revoir. Dans un silence de respect, tous le regardèrent faire, émus par l'événement, Phileas y allant de son commentaire pour chaque personne, remerciant Johns pour son efficacité, félicitant sous les rires la mère de Marina à travers elle pour ses cookies, souhaitant à Thomas Garziac bon courage pour sa paternité toute récente, ou encore saluant *Double-zéro Cinq* pour le succès de sa dernière mission, le démantèlement d'un cartel de drogue.

— Et fais attention à toi, demanda-t-il à Scott.

— Tu parles, maintenant que tu ne seras plus là, il faudra bien quelqu'un pour se mettre dans des situations impossibles.

Phileas le serra dans ses bras, espérant que son ami resterait vigilant, puis se retrouvant face à Céline debout à ses côtés, il la regarda avec nostalgie.

— Tiens, annonça-t-il.

Sortant son Walther P99 de son holster, il retira son chargeur et fit sauter la balle présente à l'intérieur. Puis prenant le chargeur qu'il avait dans la poche arrière de son jeans, il le mit en place et lui tendit l'arme.

— Ce sont les balles RIXE. Pour régler son compte à ton père, déclara-t-il ensuite en souriant.

Céline hocha par l'affirmative, et prit l'arme avant de le serrer dans ses bras.

— Pas de soucis, ce sera avec joie.

Phileas l'étreignit avec plaisir, ne regrettant pas d'avoir rencontré cette personne douce et généreuse possédant le cœur sur la main, et qu'il avait en plus eu le plaisir de connaître intimement. Céline était une personne fantastique. Puis il arriva devant Bella.

— Avec les autres, on t'a fait un petit cadeau, annonça cette dernière avant qu'il n'ait pu dire quoi que ce soit.

Elle lui tendit un paquet cadeau que Phileas ne put qu'accepter.

— Vous n'auriez pas dû, déclara-t-il gêné mais touché.

Phileas déballa son cadeau, et découvrit avec émotion une boîte en verre renfermant sur un socle un Walther P99 taille réelle et son matricule, 006, sculptés en cristal poli.

— Au meilleur agent, au meilleur partenaire, au meilleur atout, révéla Isaac Memphis.

— Merci, merci à tous.

Phileas fit la bise à Bella et la serra dans ses bras, ému, avant d'en faire de même avec Isaac debout juste à côté. Puis il se retrouva face à Karen. Lui souriant, il ne put alors s'empêcher de s'amuser de la situation, du chemin parcouru depuis qu'ils s'étaient rencontrés pour la première fois.

— Bonne chance, 006, déclara-t-il.

— Merci monsieur. Je tâcherai de faire honneur à votre matricule.

Phileas sourit encore et lui serra la main, avant de passer à la personne suivante, Corie. En larmes, celle-ci leva les yeux vers lui avec tristesse. Phileas la regarda, conscient des effets de son départ sur elle, et désirant lui offrir un dernier présent, défit le bracelet de sa montre et la lui tendit.

— Elle est mécanique, mais si vous appuyez sur ce bouton, la vitre devient opaque et le menu apparait. Elle donne le fuseau horaire dans tous les pays, fait GPS, dispose d'une corde d'étranglement, indique les marées, et en cas de pépin, rentrez mon matricule dans la fonction directive, et vous aurez dix secondes de compte à rebours avant qu'elle n'explose.

Corie prit la montre en souriant, et lui montrant le large cadran, le regarda avec amusement.

— Je ne vous ai jamais vu avec, s'exclama-t-elle intriguée.

Phileas sourit.

— J'en ai porté dix en tout, annonça-t-il avec humour. La précédente que j'ai eue, je l'ai fait exploser pour tuer un mercenaire. La fois d'avant, j'avais utilisé le fil pour étrangler un agent russe, et celle encore d'avant je l'ai mise dans un appareil à micro-onde pour faire exploser un appartement. Je m'en servais tellement que *Gadget* a décidé il y a huit ans que je n'aurai plus jamais de montre.

Corie ne put s'empêcher de rire, et les autres agents aussi.

— Celle-ci il me l'a offerte pour mon mariage. Il y avait une note avec : « *Si vous la faites péter ou si vous la perdez, je m'arrangerais avec tous les horlogers du monde pour que personne ne vous vende plus jamais une putain de montre !* »

Tous rigolèrent encore une fois, largement amusés.

— Au revoir Corie, annonça en définitive Phileas.

La jeune femme pleura de plus belle, et se jeta dans ses bras pour s'y blottir.

— Vous allez me manquer monsieur, révéla-t-elle.

— Vous aussi, vous aussi…

Phileas la serra chaleureusement contre lui, la balança affectueusement en lui caressant les cheveux, puis se dégageant, lui déposa un baiser sur la joue.

— Prenez soin de vous.

Phileas la quitta, et finalement, se retrouva face à Adélaïde. Se regardant avec le sourire, les deux époux se toisèrent alors avec respect et tenue.

— Au revoir *Double-zéro Six*, annonça *M* en lui tendant la main.

— Au revoir madame, sourit Phileas en la lui serrant.

L'homme du club regarda sa femme, heureux de savoir le *Service* entre ses mains, puis se moquant des conventions, se pencha sur elle et l'embrassa devant tout le monde. Adélaïde se laissa faire tout en restant formelle, lui tenant juste le bras alors qu'il lui saisit la taille, mais le laissant glisser sa langue dans sa bouche, elle se complut d'un échange moins académique à l'abri des regards. Puis Phileas se détacha de sa femme et regarda Billy Daniels. Lui tendant la main, il lui esquissa un sourire.

— Prenez soin de ma femme, et assurez-vous qu'elle rentre tous les soirs.

— Bien monsieur.

Phileas ricana, sachant pertinemment que ce serait dur, son statut la forçant parfois à faire des nuits blanches, puis revenant vers ses affaires, prit sa caisse et son cadre. En silence, il les regarda tous une dernière fois, les salua, et prenant l'ascenseur, il quitta alors le *Service*.

Chapitre II

Soirée en famille

Adélaïde mit en marche son clignotant, et tournant à droite, quitta la route. Atteignant après quelques mètres le portail de la propriété, elle commanda son ouverture, et attendant tranquillement de pouvoir passer, tapota des doigts sur son volant. Adélaïde avait eu une journée chargée. Arrivée à huit heures au *Service*, elle avait lu jusqu'à dix heures les rapports de mises à jour sur les missions en cours en France, et après une courte pause, elle s'était entretenue avec les chefs des différentes antennes concernant les affaires locales. Son repas de midi expédié, elle avait alors eu des entrevues avec ses agents concernant leurs missions. Avant que Phileas parte, elle passa ainsi entre autres un savon à *Double-zéro Quinze* pour avoir tué un malfrat au lieu de le lui amener, mais le jeune homme ayant préféré pouvoir revenir vivant, elle ne put pas réellement lui en vouloir. Elle dut faire avec. Puis à seize heures, Phileas était donc parti. Restant un peu en retrait, elle lui avait laissé faire ses adieux sans trop s'en mêler mais elle eut quand même le droit à un baiser en guise d'au revoir. Cela lui suffit. Elle aurait peut-être préféré qu'il ne l'embrasse pas ainsi devant ses agents mais ils étaient mariés, tout le monde le savait, et il fallait l'avouer, elle avait quand même eu un pincement au cœur devant son départ. Alors elle s'était laissé faire. Elle était restée formelle, mais elle s'était laissé faire. Il allait lui manquer.

Le portail s'ouvrit en entier, et Adélaïde rentra dans la propriété. Remontant l'allée, elle se rendit jusqu'à la maison, et garant sa BMW Z4 entre le 4X4 et l'Aston Martin DBS12 de Phileas, elle coupa son moteur, défit sa ceinture, et son sac en main, en sortit. Cela y était, Adélaïde était rentrée, sa journée était enfin terminée.

Durant l'heure et demie qui lui était restée à travailler après le départ de Phileas, elle avait terminé de traiter des affaires courantes puis fait le point sur ce qu'elle aurait à faire durant la semaine. Vu la masse de dossiers à étudier et d'affaires à superviser, elle avait alors réalisé que ses journées seraient bien remplies et qu'elle devrait rentrer tard tous les soirs. Loin d'être ravie, elle était alors partie. On était lundi et au train où allaient les choses, c'était la seule soirée avant pas mal de temps où elle pourrait passer du temps avec son mari et ses enfants.

Adélaïde passa par dehors, se rendit sur la terrasse, et entra dans la maison par la baie vitrée du salon.

— Maman ! s'écria Jean à son arrivée.

Courant vers elle, la jeune enfant enlaça ses jambes en lui souriant.

— Hey, bonjour ma chérie, lui répondit-elle.

— Tu vas bien maman ?

Adélaïde posa son sac sur le canapé et se pencha vers sa fille. La prenant dans ses bras, elle l'embrassa puis se rendit vers le bar de la cuisine.

— Oui et toi ? Tu as passé une bonne journée chez papi et mamie ? lui demanda-t-elle.

— Oui, très !

— Et cela t'a fait plaisir que papa vienne te chercher plus tôt aujourd'hui ?

— Oh oui !

Adélaïde sourit et chercha son mari et Adrien des yeux.

— Où sont ton père et ton frère ? lui demanda-t-elle surprise de ne pas les voir.

Jean sourit à sa mère.

— Ils sont retournés vers le futur !

Adélaïde regarda sa fille interloquée, puis comprit. Elle balança la tête, consternée.

— C'est papi ou papa qui t'a montré Retour vers le Futur ? l'interrogea-t-elle en montant à l'étage à la recherche des hommes de la maison.

— Papi Alfred la semaine dernière, révéla Jean.

— Je vois… C'est lequel ton préféré ?

— Comme papa, le trois, parce qu'il y a le train à voyager dans le temps.

Adélaïde sourit, et arrivée en haut, appela son mari.

— Phileas ?

— Je suis là chérie ! Dans la chambre des enfants, répondit-il.

Adélaïde traversa le couloir et se rendit jusqu'à la chambre d'Adrien et Jean. En poussant la porte, elle découvrit alors son fils assis en tailleur au sol en train d'observer son père, qui était en train de fixer un vaisseau spatial au plafond.

— Mais qu'est-ce que… ? s'étonna-t-elle.

Phileas tourna la tête vers elle et sourit.

— Il est arrivé ce matin du coup je l'attache, c'est l'Enterprise E[2].

Adélaïde soupira, puis déposant Jean au sol, s'avança vers son mari pour l'embrasser.

— Tu vas transformer nos enfants en geek ! déclara-t-elle.

— D'où c'est une tare ?

Adélaïde l'embrassa une seconde fois, amusée, puis se tournant vers Adrien, s'accroupit devant lui et lui fit un gros bisou sur la joue.

— Comment vas-tu Adrien ? Tu as passé une bonne journée ? lui demanda-t-elle.

— Oui maman ! On a joué avec papi Robert à cache-cache et mamie Brigitte nous a fait une tarte aux pommes trop bonne !

— En effet, elle était fameuse, s'exclama Phileas.

Adélaïde sourit, puis se tournant vers son mari, le regarda quelque peu épuisée.

— Qu'est-ce qu'on mange ce soir ? l'interrogea-t-elle.

— Adrien et moi on mange steak-frites et glaces ! lui répondit Jean.

— Ah ? Et papa et moi on ne mange pas ? sourit Adélaïde à sa fille.

— Non, sourit l'enfant, papa a dit que vous vous mangerez après, quand on sera couchés !

— Aaaah…

Adélaïde s'émerveilla de cette idée, et son mari ayant terminé d'accrocher le filin retenant le vaisseau au plafond, il rangea ses outils et la prit dans ses bras.

---

[2] —Star Trek © 2010 CBS Studios inc. tous droits réservés. STAR TREK and related marks are trademarks of CBS Studios Inc. Tous droits réservés.

— Je suis vite fait passé faire des courses. Alors ce soir, tu vas prendre un bon bain, et une fois que les enfants seront couchés, on va manger tranquillement en amoureux…

— C'est un bon plan ça, s'exclama Adélaïde en le prenant à son tour par la taille.

— Oui, lui fit un bisou sur la bouche Phileas, et après cela, tu auras le droit à un bon massage.

— Oh mon Dieu, ce sera avec plaisir. J'ai eu une journée horrible.

Phileas lui sourit, puis prenant Jean et Adrien par la main, les amena au rez-de-chaussée.

— Allez les enfants, vous allez regarder un dessin animé et pendant ce temps je vais discuter un peu avec maman. Ensuite je vous préparerais à manger.

Adélaïde se dirigea vers la chambre en commençant à déboutonner son chemisier, et n'entendit plus que la voix d'Adrien s'éloignant.

— On peut regarder celui avec les dragons ? demanda-t-il.

Adélaïde s'émerveilla en entendant ces paroles, et arrivée dans la chambre, son chemisier entièrement déboutonné, le retira. Puis elle fit glisser sa jupe le long de ses jambes et retirant ses ballerines, commença à retirer son soutien-gorge. Lorsque Phileas arriva derrière elle et prit tendrement ses seins en main.

— Ton après-midi s'est bien terminée ? demanda-t-il en lui faisant un bisou dans le cou.

— Je suis claquée, et j'ai une tonne de travail cette semaine, avoua Adélaïde.

Appréciant ses caresses, elle savoura de pouvoir enfin se reposer.

— Tu veux en parler ? proposa Phileas.

— Non, non… tu es à la retraite, je ne vais pas t'embêter avec le boulot.

Philéas sourit en faisant rouler ses tétons entre ses doigts.

— Pourquoi j'entends ; *« Tu rêves, maintenant que tu es parti, cela ne te regarde plus. »*

— Non non, ce n'est pas ça. Pas là en tout cas.

Adélaïde tourna la tête vers lui et l'embrassa.

— Ce soir pas de boulot, d'accord ?

— D'accord.

Philéas lui déposa un baiser sur le nez, puis soupesant une dernière fois ses superbes seins, il se dirigea vers la salle de bain.

— Je vais te préparer ton bain, déclara-t-il.

— Merci, tu es un amour !

— Ça, je le sais !

Adélaïde sourit, puis continuant à se déshabiller, elle retira son collant et son string et entièrement nue, Philéas déjà redescendu, elle se rendit à son tour à leur salle de bain. L'eau coulant dans l'immense baignoire d'angle pouvant accueillir jusqu'à quatre personnes, elle s'y plongea avec ravissement et la mousse commençant à se former, elle savoura un repos bien mérité. En soi son travail n'était pas difficile, mais il y avait des jours où c'était éreintant. Elle avait des tonnes de documents à lire, elle devait juger de certaines décisions ou décider d'actions sans avoir autre chose qu'un rapport pour se faire une idée, et même si elle s'en remettait à ses agents et leur faisait confiance, elle se devait d'essayer de cerner un maximum la situation pour être juste. Et parfois il y avait juste trop d'affaires en cours en même temps. Enfin bref, elle était enfin à la maison et tâcha de ne plus penser au travail. Fermant les yeux,

Adélaïde se détendit autant que possible et se complut d'être plongée dans une eau chaude des plus relaxantes.

*

Une petite heure plus tard, sortie de son bain, Adélaïde descendit les escaliers les cheveux encore humides, sans maquillage et simplement enroulée dans une serviette. Pieds nus, elle suivit les voix jusqu'à la cuisine, et regardant discrètement, trouva son époux en train de resservir Jean et Adrien en frites.

— Jean, tu as repris un peu de salade de concombres ? demanda Phileas.

— Oui papa, répondit-elle.

— Tu sais que c'est le deal, tu dois manger des concombres pour pouvoir reprendre des frites.

Jean sourit à son père, et mangea quelques frites.

— Moi j'aime bien les concombres, annonça Adrien. Laura nous en faisait souvent à la crème.

Phileas déposa sa poêle dans l'évier et se tournant vers les enfants, leur posa naturellement la question.

— Elle vous manque parfois ? les interrogea-t-il.

Jean et Adrien hochèrent de la tête.

— Oui, mais elle est au paradis avec sa maman et Tigrou alors cela va, s'exclama Jean.

— Oui, et puis elle nous disait toujours que même si elle n'était pas avec nous, il suffisait qu'on pense à elle pour qu'elle soit dans nos cœurs.

— Très bonnes paroles, alors j'espère que vous pensez souvent à elle, approuva Phileas.

— Oui, beaucoup !

— Parfait.

Adélaïde sourit de la scène, admirative de ses merveilleux enfants, puis remontant silencieusement, partit se changer. Décidant d'enfiler une belle lingerie pour Phileas, elle mit un ensemble string soutien-gorge noir en dentelle avec un porte-jarretelles assorti et des bas de couleur chair, et pour donner le change, passa par-dessus un jeans et un de ses pulls noirs à col en V. Redescendant ensuite, elle revint à la cuisine et prenant une bière dans le frigo, la décapsula et regarda ses chérubins avec délice.

— Quelle histoire vous voulez que maman vous lise ce soir ? leur demanda-t-elle.

— Un conte de fées avec une princesse, demanda Jean.

— Oui, la Reine des Neiges, sourit Adrien.

Phileas rigola en regardant sa femme, observa un instant le tableau de la nuit étoilée de Van Gogh, puis nettoyant sa vaisselle, balança la tête.

— Au moins on a passé Hansel et Gretel, dit-il.

— Oui, ricana Adélaïde, mais je crois que j'aurais préféré que non.

Phileas sourit à sa femme, l'embrassa, puis voyant que les enfants avaient fini de manger, sortit deux glaces du congélateur.

— Allez ! leur donna-t-il, vous pouvez aller les manger dehors, mais je ne veux pas que vous en donniez à Cerebro ou à Blanche !

— D'accord !

Les deux enfants partirent tout excités et Adélaïde but une gorgée de sa bière en les observant de loin.

— Je vais aller avec eux, histoire qu'on passe un peu de temps ensemble, annonça-t-elle après un temps.

— Pas de soucis, comme ça moi je prépare le repas.

Adélaïde approuva de la tête, l'embrassa, et lui laissa le reste de sa bouteille. Tandis que Phileas commença à préparer une sauce au roquefort, elle sortit pour profiter des enfants. Ils firent de la balançoire et du toboggan, jouèrent un peu au frisbee, puis lorsqu'au bout d'une demi-heure, il fut temps d'aller se coucher, elle les mit au lit et leur lut leur histoire. La dernière page racontée, elle les embrassa tous les deux avec amour, puis descendit dire à Phileas de venir leur souhaiter bonne nuit. Une fois qu'il l'eut fait et que la lumière fut éteinte et la porte fermée, les deux parents se retrouvèrent alors seuls et s'installèrent au bar de la cuisine.

— Voilà madame, déclara Phileas.

Déposant devant elle une assiette rectangulaire, il surprit Adélaïde avec un pavé de rumsteck saignant accompagné d'un petit bol de sauce, d'une noix de beurre maître d'hôtel, d'une portion généreuse de frites, et de quelques feuilles de roquettes.

— Waouh !

Ne s'attendant pas à une telle présentation digne d'un restaurant, la jeune femme s'émerveilla de l'attention et s'avoua que cela la mettait en appétit.

— Cela a l'air délicieux, annonça-t-elle.

Phileas sourit, et prit sa propre assiette sur le plan de travail pour s'installer face à elle.

— Tu me prends une bière ? lui demanda alors Adélaïde.

Son époux lui fit gentiment une grimace, se releva, et se dirigea vers le frigo.

— Tu ne veux pas plutôt du vin ? proposa-t-il.

— Ah, pourquoi pas, un bon rouge ou un rosé.

Phileas hocha de la tête, puis prenant deux verres à pied et la bouteille posée sur le plan de travail, commença à la débouchonner pour les servir.

— Merci, déclara Adélaïde.

— De quoi ? s'étonna son époux.

— D'avoir préparé le repas, j'avoue que je n'avais pas la motivation ce soir.

Phileas la regarda avec le sourire.

— Je suis officiellement à la retraite, annonça-t-il, je vais officiellement faire tous les repas.

Adélaïde ricana en prenant une frite avec ses doigts, et la mangea.

— J'en prends bonne note, promit-elle.

Phileas sourit, et tout en commençant à découper sa viande, l'admira du regard. Les cheveux ramenés d'un côté, sans maquillage, simplement assise sur la chaise du bar les jambes croisées, elle était superbe. Sobre, en mode cocooning, elle lui était divine.

— Allez, à ta retraite, leva son verre de rouge Adélaïde.

— À ma retraite !

Les deux époux trinquèrent, et profitant d'un moment en tête à tête et en amoureux, commencèrent à manger.

*

Vingt minutes plus tard, Phileas et Adélaïde s'embrassant poussèrent la porte de leur chambre, et n'allumant même pas la lumière, se rendirent jusqu'au lit. Puis Adélaïde plaqua son époux dessus, retira son pull, et s'agenouillant devant lui, défit le bouton et la braguette de son jeans. Dégageant son sexe, elle le prit alors en bouche et commença à lui faire une fellation appliquée et savoureuse. Phileas remarquant son porte-jarretelles, il la releva toutefois bien vite et lui retira son jeans. Heureux de ce qu'il voyait, il l'embrassa sur le ventre avant de déposer ses

baisers sur son dessous tout en lui massant les fesses, prêt à
s'occuper de son intimité. Adélaïde le poussant en arrière et
lui montant dessus, elle lui signifia cependant qu'elle
voulait mener la danse. L'embrassant à pleine bouche, elle
amena ses mains au-dessus de sa tête puis lui mordilla
l'oreille.

— Je t'aime chéri, souffla-t-elle.

— Moi aussi mon amour.

Ils se fixèrent un instant dans les yeux, puis s'embrassant de
nouveau, reprirent les hostilités. Se déshabillant, les deux
époux firent alors l'amour en silence pour ne pas réveiller
les enfants. Et après une demi-heure, les seins et le ventre
couverts de sperme, Adélaïde se nettoya et ils
s'endormirent.

Chapitre III

Ça pue le sang

Ça pue le sang. C'est comme une prostituée morte, tuée dans une chambre miteuse à cause d'un amant politique en compagne électorale. Ça a une odeur de merde, de mort. C'est infâme. Les rues ne seront pas sûres ce soir pour les criminels, nous allons sortir.

L'être portait une toge noire. Sous sa capuche, seul son masque apparaissait. Une sorte de visage blanc pâle presque doré aux yeux exorbités tiré de la tragédie grecque. Dans une shop, ce masque aurait fait sourire. Sur lui, il était inquiétant, terrifiant. La nuit était noire, la nuit était glaciale, et cet être était là debout, fixant la ville en dessous de lui. Au loin, sur les autres toits d'immeubles, d'autres êtres habillés de la même façon étaient là, debout, immobiles, regardant dans d'autres directions, toisant les lieux d'un faciès à la gueule ouverte en une moue de frayeur. La vision était terrifiante. Une trentaine de ces êtres étaient disséminés dans le quartier, impassibles, attendant, présageant de quelque chose d'épouvantable. Sur l'un des toits, un père et sa fille montèrent voir le paysage et les oiseaux, mais pris d'horreur en voyant une de ces choses à une dizaine de mètres, et plein d'autres au loin, ils redescendirent expressément, paniqués. Quelque chose se tramait, une sortie se faisait, on aurait même pu croire à un assaut silencieux, à la mise en place des membres d'une secte ou au positionnement des membres d'un gang prêts à faire un massacre pour revendiquer ses positions. Qui pouvait le dire ?

Puis ils bougèrent. Se rendant chacun vers l'extrémité de leur toit, ils montèrent sur le rebord en silence, sans un mot ni une concertation audible. Sautant ensuite de concert dans le vide, ils fondirent dès lors sur la ville, la toge extérieure de leur tenue devenue soudain une cape flottant au vent par un mécanisme invisible. La traque avait commencé.

La porte de la maison s'ouvrit de l'extérieur, comme si l'être avait un double des clés ou un passe-partout. Refermant derrière lui, il déconnecta l'alarme en la flashant avec une petite télécommande qu'il replaça sous sa toge, puis s'avança d'une démarche lente et silencieuse vers l'escalier. La maison était immense, mais il savait où il allait, il connaissait les lieux. Montant à l'étage, il traversa le couloir jusqu'à la chambre principale. En ouvrant la porte, il trouva les parents endormis dans leur lit. Âgés d'une cinquantaine d'années, riches, ils dormaient dans un grand lit à baldaquin dans une chambre de quarante mètres carrés. S'avançant vers eux, l'être pencha la tête. Il faisait froid dans le dos à voir. Là, tout de suite, on aurait dit un tueur en série d'un quelconque slasher movie. L'assassin masqué qui jouait au chat et à la souris et venait rendre visite à ses victimes la nuit. L'être n'était toutefois pas là pour ça. Il ne voulait pas jouer. Sortant son couteau de sous sa toge, il s'approcha de la tête du lit, sa toge contrastant avec la laine blanche du tapis, et d'un coup net, trancha la gorge de la maîtresse de maison. Son collier de perles tâché de sang, elle se réveilla en sursaut, mais ce ne fut que pour mourir consciente. Mains à la gorge, avant de partir, elle ne vit qu'une chose, le masque effroyable de son assassin, un visage de tragédie grecque. Puis le bruit insupportable de sa gorge se tut et ce fut au tour du mari. Contournant le lit, le masque de l'être le fixa tout du long, puis d'un coup puissant, il enfonça sa lame dans son cœur au travers de sa cage thoracique. L'homme n'eut même pas le temps de se réveiller qu'il était mort. L'être sortit alors de la chambre, la referma, puis se dirigea vers la chambre de la tête blonde. Âgée de vingt-deux ans, leur fille vivait comme une princesse à l'étage au-dessus. Ses parents avaient de l'argent, alors elle avait son confort. L'être monta au second étage, puis passant dans les couloirs entre les salles de billard, les salles de bains et les salons aux télévisions géantes, il se rendit jusqu'à sa chambre. L'ouvrant, il la vit, là, endormie dans son lit de princesse, parmi ses peluches et ses coussins de soie. Fixant un instant ses affaires, l'être vit des poupées hors de prix, un ordinateur avec écran 26 pouces, une collection de chaussures indécente, un dressing de la taille d'une chambre universitaire, et une belle lingerie accrochée à un cintre pour son petit ami. L'être s'avança vers elle en penchant la tête. Elle, il tenait à ce qu'elle soit consciente. C'était sadique mais il en avait besoin. Il s'avança donc, la fixa du regard, puis plaçant sa main sur sa bouche, l'amena à se réveiller. La jeune fille ouvrit les yeux, s'effraya en le voyant, puis il lui montra son couteau encore tâché du sang de ses parents… Si le masque avait pu sourire, il l'aurait fait. La jeune femme se redressa et tenta de s'écarter, mais c'était peine perdue. L'individu la saisit par les cheveux qu'il empoigna avec fermeté, et d'un coup, lui tailla l'artère fémorale. Relâchée, paniquée, tentant de comprimer sa plaie, la jeune fille tacha son débardeur rose et sa culotte blanche dans un cri étouffé, salopa ses draps de soie, et l'être la laissant mourir dans son lit, il se saisit de robes dans son dressing, sortit de la chambre, et referma derrière lui.

Puis l'*Artificier* redescendit. Calmement, il rejoignit sans se presser le premier étage, puis le rez-de-chaussée. Passant dans le hall et le grand salon devant les photos de la petite famille parfaite, de la jeune fille à l'obtention de ses diplômes, à la gym, au bal, en soirée, sur son cheval et au volant de sa première voiture, il contourna le bar et se rendit jusque dans la cuisine. Là, déverrouillant le verrou, il ouvrit la porte de la cave. En mettant la lumière, il regarda l'escalier menant au sous-sol. C'était là, il le savait. S'enfonçant dans les profondeurs de la demeure sur un escalier grinçant, il aurait dû avoir peur. Les lieux faisaient peur, ils étaient lugubres, propres à stimuler l'imagination d'idées terrifiantes. Mais non, il n'avait pas peur. Son vêtement noir et son masque dignes d'un film d'horreur, dignes d'un cauchemar, il n'avait pas peur, car il faisait peur, il était la peur. Puis il arriva en bas. Analysant du regard son environnement, il chercha ce pour quoi il était là. S'avançant, il passa dans la buanderie jusqu'à la porte cadenassée qui s'y trouvait. Sortant un petit chalumeau de sous sa toge, il fit alors fondre le cadenas et d'un coup ferme, ouvrit la porte.

La première chose qu'elles firent, c'est de s'effrayer de cette masse noire, de ce masque diabolique, de cette allure de croquemitaine ou de tueur en série qui surgit dans l'éclat de lumière. Se recroquevillant au fond de leurs cages sur leurs matelas usagers tachés de sang et de terre, les six jeunes filles ne devant pas avoir plus de dix-sept ans prirent peur pour leurs vies, tétanisées de voir ce monstre. L'*Artificier* ne dit pas un mot. S'avançant vers elle, il brûla les cadenas de leurs cages, en ouvrit les portes pour les libérer, et leur montrant les robes qu'il avait prises, les déposa sur un tabouret. Puis activant son modificateur de voix, il leur parla alors d'une voix rauque et terrifiante, mais avec des mots réconfortants.

— La police va arriver. Ils savent ce qu'il en est, vous n'aurez rien à craindre, vous êtes en sécurité. J'ai été filmé par les caméras de surveillance de la maison, on croira donc votre histoire me concernant.

Les filles toujours terrorisées se recroquevillèrent encore plus dans leurs coins, effrayés par sa présence, déjà largement traumatisés par des mois de souffrance, d'esclavagisme et de rabaissement. L'*Artificier* se pencha donc vers la plus proche de lui, comprenant parfaitement que son allure n'aidait pas à ce qu'elles se sentent mieux, et la fixa avec une compassion que son masque ne pouvait retranscrire. D'origine mexicaine, son corps n'était même pas fini d'être formé et la malnutrition se lisait sur son visage couvert de crasse. Elle était en piteux état et faisait peine à voir.

— Vos tortionnaires sont morts, reprit-il.

Activant sa télécommande, il brouilla ensuite le son et l'image de la caméra quelques secondes pour ajouter ce qu'il avait à dire.

— Lorsque la police en aura fini avec vous, rendez-vous à cette adresse, annonça-t-il en lui tendant un papier. Vous y trouverez enterré sous un buisson assez d'argent pour être à l'abri du besoin durant plusieurs années.

La jeune fille saisit le morceau de papier en tremblant mais hocha de la tête. Elle avait compris. Satisfait, l'*Artificier* se redressa alors. Les sirènes se faisant entendre au loin, sa mission touchait à son terme. Posant cependant une dernière fois les yeux sur ces pauvres enfants arrachées à leur famille pour être vendues à des monstres, il fixa le symbole gravé au fer rouge sur leurs épaules droites, une corne d'Odin dont les trois extrémités se terminaient par le symbole de la femme. Encore ce symbole.

Chapitre IV

Rêve ardent

Mardi 9 mai

Phileas émergea de ses rêves le sourire aux lèvres. Sentant une chaleur dans son bas ventre, et il fallait l'avouer, se sentant tout simplement bien, il ne mit pas longtemps à comprendre l'origine de sa béatitude. Passant sa main sous la couette, il caressa alors les cheveux d'Adélaïde. Douce, appliquée, délicate, experte, l'homme du club savoura avec lascivité sa gâterie et se laissa porter jusqu'à l'accomplissement. Sans un mot, se délectant de l'avoir fait partir aussi vite, Adélaïde accepta sa jouissance et l'avala, et après l'avoir nettoyé, posa ses mains sur son ventre et le regarda l'esprit préoccupé.

— Tu n'arrives pas à dormir? lui demanda-t-il.

— Non, avoua-t-elle.

Phileas tourna la tête vers le réveil. Il était 3h57.

— Je te dois un massage, déclara-t-il, allez, viens…

Il alluma sa lampe murale, et invitant sa femme à s'allonger sur le ventre, s'installa au-dessus d'elle. Commençant par lui masser le cuir chevelu, s'y attelant avec application, il décrivit ainsi de petits cercles avec ses doigts, ses deux mains toujours symétriquement opposées, cherchant parmi ses mèches à atteindre chaque zone de son crâne, stimulant son bien-être à travers son toucher. Puis il descendit tranquillement sur sa nuque et ses épaules. Voulant la détendre un maximum, il insista sur chaque point, défit ses nœuds, tira et pinça sa peau, fit rouler ses pouces… Prenant son temps, il s'appliquait dans ce qu'il faisait. Et Adélaïde savoura simplement, en silence, nue. Elle le laissa la masser avec plaisir, apaisée par ses doigts experts. Puis après une quinzaine de minutes, descendant toujours en lui pétrissant le dos parfois avec dureté mais toujours avec dextérité, il arriva à ses fesses.

— J'adore ça, j'attendais que tu y arrives, s'en complut Adélaïde.

Phileas sourit. Sachant qu'elle adorait spécialement qu'il s'occupe de cette zone, il fit durer le plaisir, mettant toute son application dans ses doigts, malaxant chacune de ses fesses avec une attention particulière. Après une dizaine de minutes, descendant toujours, il lui massa alors enfin la jambe droite jusqu'aux orteils, puis s'occupa ensuite de la gauche. Terminant par un massage de la voûte plantaire, il les pressa de ses pouces en décrivant des cercles, chercha à apaiser les différentes zones de son corps tel un réflexologue, puis satisfait de son travail, il lui déposa un baiser sur les omoplates et vint s'allonger à côté d'elle.

— Merci mon amour, savoura-t-elle.

— De nada. Si tu te retournes, je te masse devant si tu veux.

Adélaïde l'embrassa en guise de remerciement puis se blottit contre lui.

— Non cela ira merci, s'exclama-t-elle en fermant les yeux, je crois que je commence à me rendormir.

— Quelque chose te tracassait ? lui demanda son époux.

— Non, répondit-elle, je me suis simplement réveillée pour aller aux toilettes et je n'arrivais pas à regagner le sommeil.

— D'accord.

Phileas tendit le bras et éteignit la lampe.

— Au fait, Nathalie est passée en fin d'après-midi, annonça-t-il.

— Ah ? Elle voulait quoi ?

— Oh, je crois qu'elle voulait un petit câlin mais elle a bien vu que ce n'était pas possible.

Adélaïde sourit gentiment.

— Tu as résisté à l'envie de lui sauter dessus ? demanda-t-elle d'une voix monocorde.

— Oui, même si c'était bizarre.

— Tu m'étonnes…

Adélaïde chercha une position un peu plus confortable pour dormir et tirant son oreiller, le plaça contre Phileas pour reposer sa tête dessus.

— Elle s'est proposée de faire du babysitting et j'ai accepté, annonça l'homme du club une fois qu'elle fut bien réinstallée.

— Pourquoi aurait-on besoin d'une babysitteuse ?

— Pour quand je désirerais aller au club, pour quand on voudra sortir rien que tous les deux.

— Tu sais que nos parents et Wanda adorent s'occuper de Jean et Adrien ? De même que Chloé, Caroline, Camilla, Sublime, Mélisande… On a largement le choix pour les faire garder.

— Oui mais cela lui fera de l'argent.

Adélaïde commença à s'abandonner à Morphée mais haussa les épaules. Après tout, pourquoi pas ? Fatiguée, elle ne chercha de toute façon pas à argumenter. Se calant bien contre lui, au chaud, elle passa ses jambes autour des siennes, puis jouant un tout petit peu dans les poils de son ventre, repensa à leur promesse.

— Tu ressens parfois le manque d'aventures toi ? lui demanda-t-elle.

— Oh oui, constamment. Surtout quand j'étais au *Service* ces derniers jours, sourit-il en passant sa main dans ses cheveux. Je croisais Bella, Céline et Corie et on avait à chaque fois du mal à se retenir de se sauter dessus.

— C'est pareil pour moi, avoua Adélaïde d'une voix désormais beaucoup plus lente. C'est bizarre de ne plus finir mes entrevues avec elles par un bisou, ou même d'aller dans le bureau de Daniels comme j'avais l'habitude de le faire.

— Sinon, on n'a qu'à se dire qu'on a le droit chacun d'aller voir trois personnes ? s'amusa Phileas.

— Mmmh, tu es faible chéri, lâcha-t-elle.

— Je sais, je sais…

Phileas l'enlaça fort.

— Non, on va tenir, on a promis, dit-il.

— Ce sera d'autant plus dur maintenant que tu es parti, plus aucune possibilité de se détendre.

— Mais on a récupéré Jean et Adrien, et Dieu que c'est merveilleux, rappela-t-il.

— Oui, avoua Adélaïde, ravie malgré sa fatigue, Jean m'a fait un dessin de nous quatre pour mon bureau et Adrien m'a cueilli un bouquet…

Phileas sourit, heureux de tous ces petits instants qui égayaient désormais leurs vies. Puis sentant que sa femme allait bientôt s'endormir, décida de mettre fin à la conversation.

— Bonne nuit chérie, annonça-t-il juste.

— Bonne nuit Phileas. Fais de beaux rêves…

— Toi aussi.

Adélaïde s'endormit.

*

Adélaïde se leva aux alentours de sept heures. Elle prit rapidement sa douche, mangea des crêpes, une compote de pommes, et s'habillant d'une robe noire sans manche, partit travailler dans la fraîcheur matinale. Quittant en silence la maison encore endormie, elle sortit de la propriété au volant de sa Z4 et se rendit à la concession automobile leur servant de couverture. Arrivée rapidement, elle se gara sur sa place, réajusta ses lunettes sur son nez, vérifia dans son rétroviseur intérieur que son chignon tenait bien en place, puis sortant et verrouillant son bolide, rejoignit le bâtiment. Une validation palmaire et une reconnaissance rétinienne plus tard, les portes de l'ascenseur s'ouvrant sur le hall principal du *Service*, *M* regarda sa montre : elle se satisfit d'être présente avant huit heures et s'enfonçant parmi les bureaux encore calmes et pour la plupart déserts, se rendit au sien.

— Bonjour madame, *Double-zéro Dix-Neuf* arrivera à neuf heures pour faire son rapport, l'informa son assistant en lui tendant son café.

— Parfait Daniels, merci, lui répondit Adélaïde en le prenant. J'espère qu'il a une bonne excuse pour Rio.

Continuant sa route sans laisser à son ancien amant le temps de rajouter quelque chose, la jeune femme entra dans son bureau. S'installant immédiatement à son fauteuil, elle alluma alors son ordinateur et commençant à boire son breuvage, se mit à réfléchir à comment ses agents allaient rendre le monde meilleur aujourd'hui.

*

Une heure plus tard, bien à l'abri dans la maison familiale, Jean et Adrien ouvrirent la porte de la chambre de leurs parents, et y trouvèrent leur père endormi sous les draps. Montant silencieusement sur le lit tels deux agents secrets en herbe, ils s'approchèrent alors de lui, comptèrent jusqu'à trois, puis dans un élan de joie, lui sautèrent dessus pour le réveiller.

— Debout papa ! s'exclama Jean.

— Debout là-dedans ! ricana Adrien.

Phileas se réveilla en sursaut, et instantanément sur le qui-vive, regarda ses enfants avec surprise. Puis le sourire aux lèvres, les yeux au plafond, il savoura ce bonheur. Il était avec ses enfants et il n'avait plus à se lever pour autre chose que pour eux. C'était parfait. Tout allait bien.

— Allez, on fait quoi papa aujourd'hui ? lui demanda Adrien.

Chapitre V

Le P.I.S.

M congédia de la main *Double-zéro Dix-Neuf* et pesta intérieurement.

— Bonne journée madame, s'exclama l'agent en quittant son bureau, n'attrapez pas froid.

Il referma la porte derrière lui, et Adélaïde se retrouvant seule, elle fixa avec des yeux noirs l'endroit où il se trouvait encore quelques secondes plus tôt. Puis elle grommela de colère. Certains de ses agents étaient d'excellents éléments, mais ils ressemblaient un peu trop à un croisement de Phileas et de James Bond[3] à son goût. Ils l'irritaient. Bourrins, des têtes de mules, ils faisaient fi de certains de ses ordres et de certaines règles pour exécuter leurs missions et cela la mettait hors d'elle. Elle voulait du papier à musique ? Ils lui offraient une zizanie composée avec une matraque ! Et contrairement à Phileas, les autres agents ne la satisfaisaient pas au lit pour la calmer, loin de là.

— *« Dois-je annoncer à Cummings qu'il ferait mieux de prendre quelques jours de vacances ? »* demanda Daniels à l'interphone.

Adélaïde appuya furieuse sur le bouton pour répondre.

---

[3]—James Bond & 007 © Eon Productions Ltd. & Danjaq, LLC. Tous droits réservés.

— Oui, dites-lui qu'il se présente cet après-midi auprès d'*Outils*, qu'il se fasse mettre une nouvelle puce. Puis qu'il se prenne un mois de vacances, je ne veux plus le voir. Et vous me le surveillez.

— *« Bien madame. »*

Adélaïde se servit un verre de whisky et le buvant, vociféra encore intérieurement. Cummings avait fait son James Bond, il avait poursuivi sa mission contre son ordre et avait créé un beau merdier. Oh certes il avait mené son affaire à bien, il avait retrouvé les armes chimiques volées, mais non sans avoir entre autres explosé une clinique. Il n'y avait pas eu de pertes collatérales, seuls les malfrats étaient morts, mais cela avait un peu trop braqué les projecteurs sur eux à son goût. Ce n'était pas à proprement parler de la discrétion ; il y aurait une enquête et son téléphone allait à coup sûr sonner.

La jeune femme expira de rage. Sur le papier, sa désobéissance lui avait permis de régler son compte à l'homme derrière le vol des armes, de les récupérer et de faire le ménage. Mais bon sang, elle lui avait dit de rentrer, qu'elle ne voulait pas qu'il s'expose après avoir découvert que la C.I.A. était impliquée, au risque de se mettre à dos les Américains en plus du cartel de drogue, que c'était trop dangereux et qu'il valait mieux attendre un moment plus propice, et qu'est-ce qu'il avait fait ? Il n'avait pas attendu ; il avait attiré l'agent de Langly à l'extérieur, était quand même rentré pour chercher les armes, et profitant de la réunion, il avait fait sauter cette putain de clinique avec tout le cartel à l'intérieur. Voilà pour ta discrétion *M*.

Adélaïde but une nouvelle gorgée de son verre, réellement énervée, quand on toqua à la porte.

— Entrez, autorisa-t-elle.

La porte s'ouvrit et Bella entra dans son office.

— Bonjour *M*, la salua son agente.

— Bonjour.

Refermant derrière elle, *Double-zéro Quatre* s'avança jusqu'à son bureau et s'assit.

— J'ai croisé *Dix-Neuf* en arrivant, il avait l'air…

— Arrogant ? demanda énervée Adélaïde.

— Il souriait.

Adélaïde grogna. Elle ne savait pas s'il ressemblait plus à James Bond ou à Phileas, mais bon sang, là tout de suite, il l'irritait !

— Vous ne semblez pas ravie, se permit de dire Bella.

— Ce n'est pas facile de décider de la meilleure option lorsqu'on n'est pas sur le terrain, mais j'aimerais que mes agents ne se prennent pas pour…

— Phileas Queneau ?

— Oui, concéda Adélaïde.

— C'est récurrent ?

Adélaïde eut un rire nerveux. Très.

— Même si cela me coûte de le reconnaître, Cummings est un excellent agent. Mais il est un peu trop comme Phileas. Comme lui il n'en fait souvent qu'à sa tête et même si je dois reconnaître qu'il ne se trompe que rarement, qu'il est l'un de mes meilleurs éléments, je l'ai tellement sanctionné qu'à part lui imposer des vacances il n'y a plus rien que je puisse faire. Même des retenues sur salaire ne lui font pas d'effet.

— J'ai l'impression qu'on parle de Phileas là, sourit Bella.

D lui ordonnait constamment de prendre des vacances et on l'entendait souvent hurler dans les couloirs quand elle l'avait soudain au téléphone et qu'elle apprenait qu'il avait tué telle ou telle personne au lieu de l'interroger. Ou bien qu'il avait créé tel ou tel incident.

— Oui, je reconnais bien son style, n'en faire qu'à sa tête. Adélaïde servit un verre à Bella, leva son verre pour trinquer à distance, puis se renfonça dans son siège. Tâchant de se calmer, elle but une nouvelle gorgée d'alcool.

— La différence avec Phileas c'est que je savais comment il fonctionnait, je savais que même s'il défiait mon autorité, il pensait aux conséquences pour moi et il savait que c'était pour le mieux, révéla Adélaïde. Et quoi qu'on puisse en dire, il était agent *Double-zéro* mais disons-le franchement, il était pour ainsi dire tout autant mon supérieur que je n'étais le sien. Il a ressuscité le *Service*, c'est lui qui l'a rétabli. Il était le *Service*.

Bella esquissa un sourire.

— Je comprends votre point de vue.

Adélaïde rigola nerveusement.

— En fait je crois que j'ai perdu un James Bond pour en récupérer un autre. Sauf que celui-là ne me calme pas toutes les nuits pour me faire oublier qu'il ne m'écoute pas le moins du monde.

Bella rigola à son tour de cette constatation, puis croisant les jambes son verre en main, fixa sa cheffe avec amusement.

— Je pense que Phileas vous manquera, madame, annonça-t-elle, vraiment.

Adélaïde regarda un instant son écran d'ordinateur et haussa satisfaite les sourcils.

— En tout cas, il est parti en laissant quelques bonnes surprises, fut-elle reconnaissante. Il a utilisé ses relations et une partie de sa fortune pour réellement faire accréditer le

Service en tant que P.I.S. par l'O.N.U. et je dois dire que maintenant qu'on est officiels, je me sens plus en sécurité.

— Alors cela y est ? On est dans le système ? se ravit Bella.

Adélaïde hocha de la tête.

— Oui, ce sera notifié par Daniels dans l'après-midi à tous les agents. Enfin, l'O.N.U. est corrompue mais au moins dorénavant on aura certaines garanties quand on tombera sur d'autres services secrets ou des officiels. Et Phileas étant à la retraite, la C.I.A. ne saura jamais que le *Service* et le P.I.S. ont toujours été une seule entité.

— Et donc que je les ai bluffés lors de l'affaire Hécatombe, souligna Bella.

— Voilà. Cela dit je m'attends à recevoir un coup de fil de Langly me demandant pourquoi un de mes agents a fait exploser un cartel de drogue qu'ils mettaient en place pour déstabiliser le pays, et ce n'est pas la meilleure entrée en la matière. Va leur expliquer que tu t'occupes de justice et pas d'intérêts économiques. Je suis ravie.

Adélaïde lut rapidement une note sur son ordinateur, puis regardant de nouveau son agent, mit ses soucis de directrice de côté.

— Pourquoi cette visite au fait ? lui demanda-t-elle.

— Oh, fit Bella, je voulais juste vous demander un congé du service actif. Le temps que je fixe mes rendez-vous avec le chirurgien.

La jeune femme n'eut même pas le temps de finir sa phrase qu'Adélaïde avait hoché affirmativement de la tête.

— C'est entendu, prenez le temps qu'il vous faut, l'autorisa-t-elle à prendre congé.

— Merci madame.

Bella but une gorgée de son whisky, puis observa *M.*

— Puis-je parler librement ? demanda-t-elle soudain.

— Bien sûr.

Bella inspira profondément, puis sourit.

— Vous me manquez, madame, avoua-t-elle. Sexuellement parlant j'entends.

— Oui, je m'en doutais, ricana Adélaïde.

Terminant son verre, elle regarda Bella avec envie.

— Pour moi aussi c'est bizarre, concéda-t-elle. On en reparlait même avec Phileas ce matin et pour être franc, je suis en manque de chatte, c'est ouf. Sérieusement, de ne plus toucher une fille, c'est horrible à un point inimaginable, je ne sais pas si j'y arriverais bien longtemps.

— Cela se passe quand même bien avec Phil ? l'interrogea la jeune femme.

— Oh oui, on prend toujours notre pied, se voulut-elle honnête. Il me fait toujours vibrer comme personne, c'est certain. Mais une bonne paire de seins et un petit cunni, c'est autre chose.

Adélaïde rigola du changement brutal de la tonalité de la conversation, et fixant son ancienne amante dans les yeux, s'y perdit.

— Tu as eu des relations intéressantes dernièrement toi ? s'autorisa-t-elle à lui demander.

— Bah écoutes, rien de transcendant, déclara Bella. Enfin, si, on s'est revus avec Céline et Billy.

— Ah ?

— Oui, il nous a proposé de passer chez lui la semaine dernière. Je crois qu'il a enfin pris son courage à deux mains après votre mariage pour essayer de nous ravoir. Mais Chloé a décliné et Corie n'était pas motivée alors on n'y est allée que toutes les deux avec Céline.

— Et… ? sourit Adélaïde.

— Ben que veux-tu que je te dise ? rigola Bella. Il nous a sauté dessus évidemment, comme s'il sortait de vingt ans de prison.

— C'était bien ? l'envia la jeune femme, imaginant sans mal la scène, nostalgique.

— Bah on a fait ça à trois, on s'est échangés, répondit Bella, et il m'a giclé dessus et a ordonné à Céline de me lécher ensuite. Du coup oui c'était bien, on a pris du plaisir.

— D'accord, d'accord.

Adélaïde se voulut quelque peu mélancolique de leurs nuits à plusieurs, Bella, Billy et Céline lui manquant tout comme Chloé, Nathalie et Corie, mais quelqu'un toquant soudainement à la porte, elle fut brutalement tirée de ses rêveries pour revenir à son bureau.

— Entrez, ordonna-t-elle.

Avec surprise, elle vit que c'était justement Billy qui demandait à la voir, et s'avançant rapidement et sans un mot pour Bella vers elle, son assistant lui tendit un dossier.

— Le rapport sur l'affaire Venelli, déclara-t-il.

— Bien, merci, répondit-elle.

Adélaïde le prit en main et l'ouvrant, en consulta la première page. Elle tiqua aussitôt. Fronçant les sourcils en lisant plus en avant le contenu du rapport, elle ne prêta ainsi plus attention à Daniels qui, cherchant un peu d'affection à son égard ou au moins qu'elle lève les yeux vers lui pour lui sourire et le remercier, ne put que partir en constatant que ce ne serait pas le cas.

— En tout cas, il y en a un qui a plus de mal que les autres à s'y faire, annonça-t-elle une fois qu'il eut refermé la porte. Bella tourna la tête par réflexe dans la direction où avait disparu le jeune homme, puis fit de nouveau face à sa cheffe.

— Il était amoureux de vous, il l'est toujours même, lui rappela-t-elle, cela ne doit pas être évident.

— Je le sais, révéla Adélaïde, mais il va falloir faire avec, c'est terminé. C'était clair depuis le début.

Relevant les yeux du dossier Venelli, elle ne le feuilleta pour l'instant pas plus, mais déjà tout autant éreintée que chagrinée à l'idée de le lire en entier, elle soupira en se resservant à boire.

— J'envie Phileas là, s'exclama-t-elle alors.

— Ah ? Pourquoi ? Il fait quoi de ses journées à votre avis ? lui demanda Bella.

— Je ne sais pas, déclara Adélaïde, depuis qu'on est rentrés, quand il n'est pas avec les enfants il bosse dans la grange au fond du terrain. Je ne sais pas ce qu'il y fabrique mais il dépense beaucoup et se fait livrer énormément de containers par G.A.T. Je le soupçonne de se construire une nouvelle voiture…

Cela toqua de nouveau à la porte.

— Entrez !

Adélaïde et Bella regardèrent en direction de la porte et virent cette fois Karen passer la tête dans l'entrebâillement.

— Bonjour *Double-zéro Six*, qu'y-a-t-il ? lui demanda *M*.

— Bonjour madame.

Entrant dans la pièce, Karen s'avança jusqu'au bureau et regarda sa cheffe.

— Je viens vous voir, car je viens d'apprendre que cinq jeunes filles ont été retrouvées mortes à l'orée d'une forêt anglaise. Elles auraient été torturées et violées avant d'être assassinées et abandonnées sur place.

— Et ? l'interrogea Adélaïde.

— De ce que j'ai compris, la police n'a pas de piste et va probablement enterrer l'affaire. Des ficelles auraient été tirées par on ne sait qui. Je demande donc à pouvoir enquêter.

Adélaïde regarda un instant Bella, qui tourna les yeux vers elle, puis fixa de nouveau sa nouvelle agente.

— Préparez-moi un topo pour dans deux heures, et on verra ce qu'on peut faire, accepta-t-elle.

— Bien madame, merci.

Karen fit demi-tour, s'en alla, et Adélaïde regardant son écran, elle tapa alors *« En départ de mission »* derrière le statut de la jeune femme. Réalisant soudain l'état de ses effectifs qu'elle mit en parallèle avec le dossier qui venait d'arriver sur son bureau, elle fit une moue et but une gorgée de whisky.

— Elle est prometteuse, s'exclama Bella.

Adélaïde acquiesça, le reconnaissant volontiers.

— On aura bien besoin d'elle, souligna-t-elle, sans Phileas et avec tous les agents déjà sur des missions, on est en sous-effectif. La section Double-zéro se tarit. *Double-zéro Deux, Cinq, Huit, Neuf et Treize* toujours assignés à la traque de Dru, vous qui prenez congé, on manque d'agents disponibles. En plus de ça *Double-zéro Trois* est toujours à l'hôpital et s'il ne s'en sort pas vite, très franchement, sans aucun indice sur qui lui a tiré dessus, cela va se finir dans une impasse et on ne remontera jamais la piste de l'argent volé.

— Je suis passé le voir samedi, il est toujours inconscient ? demanda Bella.

— Oui, malheureusement, se montra inquiète Adélaïde.

— Combien ?

— 226 millions d'euros, détournés des fonds de l'aide internationale.

— Ce n'est pas rien, s'étonna la jeune femme.

— Oui, et nos pistes s'amenuisent.

Bella décroisa ses jambes et se redressa un peu dans son fauteuil.

— Vous souhaitez que je reporte mes opérations ? proposa-t-elle.

Adélaïde regarda son agent, se figea un instant, puis hocha par la négative.

— Non, non, *Double-zéro Quinze*, *Dix-Neuf* et *Vingt-Trois* seront disponibles en cas de nécessité… C'est juste qu'en général c'est dans ces moments-là qu'on a besoin d'envoyer quelqu'un sauver le monde, et je préférerais ne pas avoir autant d'agents en mission en même temps.

Bella sourit.

— Bon, je vais vous laisser, dit-elle en se levant. J'ai déjà accaparé beaucoup trop de votre temps.

Adélaïde lui adressa un sourire.

— Merci en tout cas, cela m'a fait du bien de parler un peu, lui révéla-t-elle.

— Ce fut un plaisir *M*, je me doute que vous devez être un peu sous pression parfois.

Bella termina son verre d'une traite, et le reposa sur le bureau.

— Au revoir madame, déclara-t-elle avant de partir.

Adélaïde la regarda sortir de son bureau, puis terminant son propre verre en regardant la photo de ses enfants, elle soupira. Tendant la main, elle appuya alors sur l'interphone.

— Daniels, appelez-moi *Double-zéro Dix-Neuf*, demanda-t-elle.

— « *Bien madame.* »

Adélaïde déposa son verre à côté de celui de Bella puis reprenant le dossier Venelli en main, continua à le lire en réfléchissant à ses options. *Double-zéro Quinze* était disponible et en ville, mais elle le soupçonnait de voir *Double-zéro Cinq* pour autre chose que le travail, du coup elle comptait leur laisser quelques jours. *Vingt-trois* étant une femme, elle ne pouvait elle convenir pour la mission. De disponible et dans le coin, il ne lui restait donc plus que Cummings, qui se présenta à son bureau vingt minutes plus tard.

— Rebonjour *Double-zéro Dix-Neuf*, installez-vous, annonça Adélaïde en lui désignant le fauteuil qu'occupait encore Bella quelque temps plus tôt.

L'agent secret hocha de la tête, s'avança vers elle, et défaisant le bouton de sa veste de costume, s'assit.

— Que puis-je faire pour vous madame ? lui demanda-t-il alors.

Adélaïde lui tendit le dossier Venelli par-dessus le bureau.

— Pour vos yeux uniquement. Nettoyez-moi ça, le missionna-t-elle.

Chapitre VI

La traque

      La pluie battait à tout rompre et la nuit était glaciale. Surgissant d'une ruelle effrayé et blême, Lynx courut aussi vite que possible vers sa voiture. Arrivant à sa hauteur, il en sortit paniqué les clés de sa poche, l'ouvrit, et rentra expressément à l'intérieur. Démarrant en trombe, il mit alors immédiatement et avec affolement de la distance entre lui et la ruelle, et fixa le rétroviseur intérieur pour vérifier que l'individu ne le suivait pas.

— Putain t'es qui toi, lâcha-t-il encore sous le choc.

Lynx continua à observer quelques instants l'intersection s'éloigner derrière lui, puis il se concentra sur la route. Conduisant en direction de chez lui, il essuya son nez coulant et son visage trempé par la pluie. Il mit un CD pour meubler le silence.

Les phares de la Camaro rouge tirèrent la route des ténèbres sur son passage et son moteur cria à réveiller les enfers. Fusant dans les airs, la voiture filait tel un train lancé à toute vitesse surgissant dans le paysage pour s'en aller disparaître dans l'obscurité infinie. Augmentant le volume de la musique à un niveau assourdissant, Lynx désormais loin tâcha de se calmer. Rassuré d'être dans sa voiture, soulagé d'être à bonne distance de l'individu, il ne craignait plus rien. Mais son cœur battait pourtant toujours la chamade. Il était encore pâle, parcouru par une chair de poule, l'échine frissonnante. Et la musique et la vitesse n'y faisaient rien. Lynx passa sa main sur son visage et se frotta les yeux, n'y croyant toujours pas. Il sortait de chez sa copine quand un type encapuché portant un masque et une cape l'avait happé dans la ruelle. Ne se laissant pas intimider il s'était débattu et l'avait immédiatement frappé de plusieurs coups de pieds et de coups de poing, mais l'individu lui avait alors projeté au visage un jet d'aérosol depuis sa manche, et se relevant, il en avait soudain était terrifié. Réellement pris de panique, terrorisé par cet homme qui en voulait à sa vie, un couteau en main, Lynx s'était enfui.

Toujours au volant de sa voiture, Lynx était de nouveau pris d'effroi. D'y repenser, il avait peur, ses mains tremblaient. Cet individu masqué qui avait essayé de l'attirer à lui… il réalisait qu'il venait d'échapper à la mort. Ce n'était pas la police qui voulait le capturer, non, c'était quelqu'un qui cherchait à le tuer.

Lynx regarda paniqué dans son rétroviseur. Il ne distinguait déjà plus depuis longtemps l'endroit d'où il était parti, et ne vit personne d'autre sur la route. Il appuya malgré tout encore plus sur l'accélérateur, agité de tics nerveux, désireux de s'éloigner. Et Lynx avait froid, de plus en plus froid… Il avait couru dans des flaques d'eau et la pluie avait trempé ses vêtements jusqu'aux os, mais il avait l'impression que ce n'était pas que ça, que c'était tout l'air qui se glaçait dans l'habitacle. Il regarda de nouveau dans le rétroviseur intérieur. Il avait l'impression d'être suivi pourtant il avait mis de la distance, il était en sécurité... Alors pourquoi son être tout entier lui criait-il qu'il était en danger ? Lynx fixa la route puis regarda encore dans le rétroviseur. Il vit alors une petite fille assise à l'arrière de sa voiture ! Lynx cria de peur et tourna la tête vers elle, mais elle avait déjà disparu. Lynx secoua la tête, il avait rêvé. Il avait besoin de sommeil, son esprit lui jouait des tours, ce taré en costume lui avait foutu une grosse frousse et cela titillait ses nerfs.

Lynx se gara devant sa maison et sortit de sa voiture à toute vitesse. Les poils hérissés, trempé, sur ses gardes, il rentra hâtivement chez lui, referma la porte à clé puis prenant son arme, la glissa dans son pantalon pour se protéger.

— Bordel, il fait froid.

Frigorifié, Lynx se dirigea vers le thermostat et regarda l'affichage numérique. Il indiquait 4°C. Lynx commença à claquer des dents, augmenta la température et chercha à se réchauffer en se frottant les bras. Il se dirigea ensuite vers l'escalier et monta pour aller dans sa chambre. Il enfilerait des vêtements secs et se glisserait sous la couette, cela irait tout de suite mieux. En tout cas, il ne savait pas ce qu'il avait mais il était bizarre, anormalement terrifié et glacé. Quand soudain la verrière du toit explosa. Levant les yeux il vit une masse noire lui foncer dessus, mais projeté contre le mur et immédiatement saisi au cou, il n'eut même pas le temps de réagir. Sortant de la masse il vit alors le même visage que dans la rue, ce masque grimaçant qui glaçait son sang.

— Charlie Nascimento, sicario de Duella Maria ! Qui fournit les filles que vous revendez aux Italiens ? lança une voix.

Lynx regarda face à lui le masque, figé par la terreur, bloqué par la surprise, prostré par sa propre incrédulité.

— Qui. Fournit. Les. Filles, répéta la voix avec irritation.

Lynx regarda la masse noire dont les bords enfumés virevoltaient au gré du vent, puis revint vers le masque. Il était soudain tellement apathique qu'il n'avait plus peur, qu'il n'était plus frigorifié, qu'il n'était plus sujet à la manipulation. L'*Artificier* le comprit dans ses yeux et le libéra en pestant. Ils y étaient allés trop fort avec celui-là. Son esprit était si faible qu'il avait lâché.

— Chou blanc, annonça-t-il à voix haute.

Se retournant, il se tint à la rambarde et regarda vers le niveau inférieur du duplex. Sortie de l'esprit de sa victime, la masse noire aux bords flous fumants comme surnaturels et d'où avait surgi un visage n'était qu'un être de chair et de sang, déguisé et bien préparé.

— *« Ce n'est pas grave »*, lui répondit une voix dans un système de communication invisible, *« Quelqu'un a parlé en Allemagne. L'épicentre du trafic est en Angleterre. »*

— Parfait, je retourne à la mission Callus alors, s'exclama l'*Artificier*.

— *« Oui, merci. »*

L'*Artificier* se soulagea que l'affaire avance malgré tout, et regardant Lynx derrière lui, vit qu'il était encore prostré, amorphe, les yeux dans le vide.

— Rends-toi à la police, dénonce tes crimes et tes employeurs, lui ordonna-t-il.

Il ne savait pas si le cerveau du sicario répondrait à sa commande, mais ce n'était pas grave. S'il ne le faisait pas, c'est qu'il était brisé et cela ferait une ordure de moins sur terre. L'*Artificier* descendit les escaliers et sortit de la maison.

Chapitre VII

Engedelmes Feleség

— Camille Martin, 23 ans, Mathilde Landowski, 22 ans, Suzanne Higgins, 24 ans, Claire Watson, 22 ans, et enfin Ophélie Braddock, 21 ans, annonça Karen.

Les photographies des cinq jeunes filles passèrent successivement sur l'écran géant de la salle de conférence, chacun pouvant apprécier leurs visages souriants, heureux. Ceux de jeunes filles dans la fleur de l'âge qui avaient encore la vie devant elles.

— Les victimes ont été retrouvées à l'orée de la forêt de Demonwood, bordant la ville de West Bay, dans le sud de l'Angleterre, ajouta Karen.

Activant le diaporama avec sa télécommande, elle passa à l'image suivante, une photographie aérienne de cinq autels installés en étoile au milieu des arbres au bas d'une falaise.

— Le pied de Satan, en anglais, the Devil's foot, serait l'endroit où le crime a eu lieu, indiqua-t-elle, le site montré à l'écran. On y a retrouvé des cendres, des morceaux de corde avec de l'ADN humain dessus, et des traces de pas et de sabots, beaucoup de traces. On suppose qu'un rituel satanique a pu être pratiqué. Les indices vont dans ce sens en tout cas.

Visualisant les images des lieux, Adélaïde et une dizaine de ses agents écoutèrent attentivement les faits énoncés par la jeune femme.

— Malheureusement, pour m'être entretenue avec la police ce matin même, déclara celle-ci, l'enquête menée jusque-là par deux inspecteurs de West Bay sera reprise par deux autres agents qui arriveront sur place demain. Quelqu'un a tiré des ficelles et veut freiner l'avancée des recherches.

— C'est la police qui vous a dit cela ? demanda Scott Italius.

— Non, révéla Karen, c'est ce qu'indiquent leurs mails.

Adélaïde fit la moue à cette annonce, mais ne dit rien. Elle espérait juste que Karen avait couvert ses traces en les piratant.

— Bien, et en quoi cette affaire plutôt qu'une autre ? demanda Samantha Dan, cheffe de la section de profilage.

Karen regarda sans émotion la femme plus âgée qu'elle.

— Pour sa violence, déclara-t-elle.

Affichant la photographie suivante, elle vit son auditoire détourner instinctivement les yeux en grommelant. Mais les regards revenant rapidement à l'image, les visages commencèrent à se décomposer en voyant la première victime du massacre, une jeune fille aux vêtements déchirés, empalée sur le tronc d'un arbre déraciné devenu une herse mortelle. Puis Karen passa à l'image suivante, une fille égorgée au pied d'un arbre, puis à celle d'une autre jeune femme, cette fois allongée sur le sol une hache plantée dans la tête.

— Ce sont les plus softs… Les deux dernières sont… difficiles à regarder, beaucoup plus difficiles.

Adélaïde se rassit sur sa chaise plus confortablement, mais les deux dernières victimes apparaissant coup sur coup à l'écran, elle ne put se retenir à chaque fois de détourner la tête un instant, comme bon nombre de ses agents.

— Elles ont été éviscérées et démembrées, d'après le légiste, elles étaient encore vivantes quand cela a eu lieu…

— Bon sang, souffla Céline Dru.

— Quelle barbarie ! déclara une agente.

— Ces crimes sont horribles, expliqua Karen, mais ce n'est pas forcément le pire.

Se tournant vers l'écran, elle passa rapidement une série de photos montrant les poignets et les chevilles des victimes, présentant des traces de ligatures, puis de leurs genoux, couverts d'abrasions et de bleus.

— Quelles sont ces blessures sur les flancs ? demanda Scott. On dirait des blessures animales. Comme des coups de griffes ou de sabots.

Karen approuva de la tête.

— C'est bien cela… Le légiste n'en est pas certain, mais à priori il y avait autant d'animaux différents que de victimes.

— Comment ça ? Des animaux ont été tués aussi ? s'étonna l'agente Thomas.

— Non, répondit Karen, des traces de spermes animales ont été découvertes dans le vagin des victimes.

— Oh Bon Dieu, s'écria Samantha Dan répugnée en mettant la main devant la bouche.

— Elles présentent des traces de viols et des blessures suggérant qu'elles ont été montées, révéla Karen.

Devant une assemblée blanche et médusée, silencieuse, elle enclencha alors la suite de son exposition.

— On a trouvé un symbole, marqué au fer rouge de façon post-mortem sur les victimes, déclara-t-elle en affichant lesdites marques à l'écran. La corne d'Odin, un symbole nordique, mais modifié pour se terminer par trois symboles représentant la femme.

— Un marquage d'une secte ? D'une revendication ?

— Oui. On a une correspondance pour ce logo, expliqua Karen, il s'agit du symbole de la Engedelmes Feleség, ce qui veut dire femme soumise en hongrois. C'est supposément une secte dont on ne connaît pratiquement rien mais qui prônerait l'asservissement des femmes et leur domination complète. Bien plus radicaux que ne pourraient l'être des intégristes religieux, ils emploieraient la violence, le viol et la torture sans réel schéma ou motif. Ils ne cherchent pas à convertir des gens ou à se réunir pour partager leurs idées, mais simplement à asservir les femmes qu'ils croisent. En Hongrie où Engedelmes Feleség est apparue avant de gagner depuis deux ans d'autres régions du monde, le bilan est plutôt lourd, on compte entre vingt et trente morts par an. Et toutes les victimes avaient ce symbole marqué sur leur corps post-mortem.

— Il y aurait un rapport avec la mise en scène satanique? demanda Scott.

— On n'en sait rien, répondit Karen, on ne sait rien d'eux, on ne connaît ni leur motivation première, ni pourquoi ils font cela. On n'a qu'un nom, un symbole, et une liste de cadavres.

— Bien, et quelles sont vos pistes à vous? lui demanda Adélaïde.

Karen la regarda, puis afficha la photo d'un homme à lunettes au crâne chauve parcouru de deux fines cicatrices.

— Le professeur Laurence Laurenne Sterne, présenta-t-elle, considéré pour beaucoup comme un grand homme. Riche, expert en chimie et en médecine, il est devenu depuis quelques années un éminent industriel à la réputation influente. Je n'ai toutefois trouvé aucune trace d'enquête sérieuse sur lui, quel que soit le service de renseignement, ce qui fait que je ne peux pas réellement en dire plus, car on n'en sait pas plus. D'après mes sources, il pourrait toutefois être en lien avec la secte. Que ce soit les dates, les origines, beaucoup de choses concordent.

— Comment ça, aucune trace d'enquête ? demanda *M.*

La jeune blonde regarda sa cheffe dans les yeux.

— La police n'a rien sur lui, le MI5 non plus. C'est à croire que personne ne semble vouloir se poser de questions sur lui.

— Peut-être parce qu'il n'y en a pas à se poser ? proposa Dan.

— Peut-être, ou peut-être qu'il est si influent qu'il peut court-circuiter des enquêtes ou graisser des pattes. Toujours est-il que d'origine anglo-hongroise, il pourrait être le leader, ou du moins un membre haut placé et influent d'Engedelmes Feleség. Quoi qu'il en soit, je pense qu'il faut s'intéresser à lui, car il habite justement West Bay, où il est venu vivre il y a un an. Il y a ouvert une usine de tri de déchets pour dynamiser l'emploi dans la ville, *Environnemental Footprint*. Et il embauche.

Adélaïde regarda un instant son agent, silencieuse. Puis elle se retourna vers la table de conférence. Elle en avait entendu et vu assez.

— Bien, merci, vous pouvez vous arrêter là, annonça-t-elle.

Karen acquiesça, et chacun détournant sa tête de l'écran, ils se firent tous face. Rallumant la lumière de la pièce, la jeune femme les rejoignit alors, et s'installa sur sa chaise.

— Je comprends que vous désiriez intervenir, et je vous y autorise, déclara Adélaïde à son agente, même si je dois dire que vos soupçons sont plutôt minces pour démarrer une enquête.

— Il y a un mais ? demanda Karen.

— Oui, concéda Adélaïde. Étant donné les risques, vu que vous êtes une femme, je ne veux pas que vous y alliez seule. Ce n'est pas un manque de confiance, je tiens juste à ce que vous ayez des renforts au cas où.

— Je comprends madame, accepta Karen, vous ne voulez pas prendre de risque inutile.

— C'est cela.

Adélaïde se renfonça dans son siège et tapa de la pointe de son stylo sur la table, visiblement mitigée… Puis elle prit sa décision.

— Je viendrais avec vous, non pas pour vous surveiller, mais pour vous observer, annonça-t-elle.

— Madame je…

— *M*, ne vous…

Adélaïde coupa immédiatement ses agents de la main.

— Je m'octroie ce droit, je trouve ces crimes particulièrement horribles et je désire me rendre sur le terrain personnellement, expliqua-t-elle.

Adélaïde regarda ses hommes et femmes et les mit au défi de prononcer quoi que ce soit. Ils n'en firent toutefois rien. Elle était leur cheffe, et elle s'était déjà rendue sur des missions pour jauger de la situation, que ce soit pour prendre rapport directement auprès d'agents, pour les tirer d'une situation politique compliquée, ou pour simplement, dans le cas de l'*Organisation*, intervenir, car elle était personnellement touchée. Ils comprenaient donc qu'elle désire prendre part à la mission. Mais ce que peu d'entre eux savaient, c'est que dans ce cas-là c'était tout aussi personnel que pour chasser Dru ou remonter une piste concernant ses enfants. Adélaïde avait été violée quand elle était plus jeune, et même si elle avait appris à vivre avec à l'époque, qu'elle s'était montrée forte, elle avait en voyant les photos réalisé que cela aurait pu être elle dans cette forêt. Molarron aurait pu essayer de la tuer après avoir abusé d'elle. Adélaïde voulait donc être sur le terrain, car en tant que femme elle ressentait comme Karen le besoin de répondre à cette horreur.

— Si je puis me permettre madame, si vous venez, j'aimerais qu'un autre agent soit là, pour vous protéger, suggéra Karen, pour assurer vos arrières.

Adélaïde hocha de la tête.

— Oui, cela sera mieux, s'exclama Scott.

— Je vais contacter la section de sécurité de la cellule anglaise, qu'on vous dépêche des gardes du corps, annonça alors Samantha Dan.

— Non, répondit Adélaïde, cela vous paraîtra peut-être féministe ou engagé, mais je tiens à ce que ce soit une femme qui m'accompagne, je ne veux pas d'agents masculins.

Ses agents haussèrent un peu les sourcils, mais acceptèrent sans rien dire.

— Je pense qu'en tant que directrice du *Service*, j'ai le devoir au-delà de mon poste, d'exprimer mes convictions. Je veux régler cela entre femmes. Nous devons faire respecter la justice, et cette justice sera féminine. Cette secte n'a que trop profité de nous.

— Bien madame.

Adélaïde les remercia de comprendre, et observa tour à tour ses agents.

— J'aimerais vous accompagner madame, déclara alors Céline. L'enquête concernant mon père et ma sœur piétine et le reste de la section peut bien travailler sans moi le temps d'une mission.

Adélaïde regarda son ancienne amante et agent Double-zéro, et accepta avec plaisir.

— Bien, alors c'est décidé, nous partirons toutes les trois dès demain matin, conclut-elle.

Se tournant vers Karen, elle la fixa des yeux.

— Cela vous convient ?

— Tout à fait, *M.*

— Parfait, je propose alors que Céline et moi cherchions à nous faire embaucher à l'usine de Sterne et que vous meniez votre enquête de votre côté. Nous interviendrons à notre niveau si vous estimez cela nécessaire.

— D'accord.

— Bien, vous pouvez tous disposer.

Adélaïde se leva et sans plus attendre, sortit de la salle de conférence. Elle se doutait que cela en surprenait plus d'un mais elle était résolue. En tant que victime d'un violeur qui s'était voulu tout puissant sur elle, elle désirait participer, faire quelque chose, tenter de rendre justice à ces jeunes femmes. Et quoi qu'on en dise sur elle, elle était la directrice, alors elle avait ce droit d'aller en mission. Il faudrait juste qu'elle l'annonce à son mari et ses enfants.

— Envoyez-moi Bella, ordonna-t-elle à Daniels lorsqu'il passa près d'elle, il faut que je lui parle. Voyez également avec Karen pour les préparatifs de la mission.

— Euh, bien madame.

Adélaïde entra dans son bureau, et s'installa immédiatement dans son fauteuil. Comme elle comptait partir en mission, il allait falloir qu'elle s'avance dans sa paperasse, elle s'y mit donc sur-le-champ et n'en leva le nez que quinze minutes plus tard, lorsque Bella arriva et vint s'asseoir en face d'elle.

— Vous désiriez me voir madame ? lui demanda-t-elle.

— Oui, s'exclama Adélaïde.

Elle interrompit ce qu'elle faisait et regarda son agente.

— Je vais partir quelques jours en Angleterre, avec Céline et Karen, expliqua-t-elle.

— Bien, d'accord.

Adélaïde regarda son agente avec sérieux.

— Si je vous dis cela, c'est parce que j'aimerais que vous assuriez l'intérim pendant mon absence.

— Moi madame ? s'étonna Bella.

Adélaïde hocha de la tête.

— Oui, je veux que ce soit vous. Voyez avec Daniels pour le reste. Dès que je quitterai le *Service* ce soir, vous dirigerez jusqu'à mon retour.

Bella regarda sa cheffe encore surprise d'une telle décision, mais elle acquiesça malgré tout de la tête, obéissant aux ordres.

— Si je puis me permettre, pourquoi moi ? lui demanda-t-elle toutefois. Ce n'est pas la première fois que vous me confiez la tâche, alors je m'interroge.

Adélaïde fixa son agente et se renfonça dans son siège. Cela faisait déjà plusieurs mois qu'elle attendait de trouver un moyen de tester ses compétences de leader, car le jour où elle se retirerait de la direction du *Service,* elle aimerait que ce soit elle qui la remplace. Bien entendu elle avait d'autres prétendants au poste, l'agent Derict du service d'analyses scientifiques ou Camilla Serra, de la branche islandaise, mais sauf décès, c'était Bella qu'elle voulait pour lui succéder. Elle voyait en elle toutes les compétences nécessaires au poste, certaines même qu'elle n'avait pas elle.

— Parce que je veux voir de quelle étoffe vous êtes faite, annonça-t-elle simplement.

Chapitre VIII

Vie de famille

— ET LA PRIORITÉ CONNARD ! hurla Phileas à travers la fenêtre.

— Oh ! Papa, tu as dit un gros mot ! s'exclama Jean.

Phileas reporta ses yeux sur la route, et tâcha de se calmer.

— Oui Jean, je sais, grommela-t-il. Je mettrais un euro dans la jarre à gros mots en rentrant.

— Pourquoi tu as dit ce mot ? demanda Adrien.

Phileas sourit dans le rétroviseur.

— C'est sorti comme ça, c'est tout.

— Le monsieur a fait une bêtise ?

— Oui, il n'a pas respecté un cédez le passage alors que j'ai deux enfants à bord.

— Et c'est nous les enfants, rigola Jean.

— Tout à fait !

Phileas tira la langue à sa fille, puis entrant sur le parking du supermarché, s'y gara. Coupant son moteur, il descendit alors du 4X4 et passant rapidement à l'arrière, détacha ses enfants et les sortit de leurs sièges auto.

— Allez, on va faire quelques courses, annonça-t-il en les tenant chacun par une main.

— Il faut un fuseau lorrain pour maman, déclara Jean. Elle a terminé le dernier.

90

— Et Blanche aimerait plus de petits gâteaux, ajouta Adrien.

— C'est elle qui te l'a dit ça ? interrogea Phileas.

— Mais non, tu es bête papa, c'est un chat, elle ne parle pas !

Phileas sourit à son fils, lui ébouriffa les cheveux, et se dirigeant vers les caddies, chercha dans son porte-monnaie une pièce et en prit un.

— Qui veut aller dedans ? demanda-t-il.

— Moi ! répondirent en chœur les enfants.

Phileas sourit encore, et mit Adrien dans le caddie, et Jean dans le siège enfant prévu à cet effet.

— On change après d'accord Adrien ?

— D'accord !

— Allez, on fait le vaisseau spatial, accrochez-vous !

Phileas poussa rapidement le caddie vers l'entrée en faisant un bruit de moteur, et Jean et Adrien rigolèrent, amusés.

— On sort les ailes !

Jean et Adrien tendirent leurs bras à l'horizontale et mimèrent des ailes d'avion.

— Passage en hypervitesse activé !

Les enfants et leur père firent un bruit de distorsion digne de Star Trek[4], puis entrant dans la galerie marchande encore plus vite, ils se dirigèrent vers le supermarché en lui-même.

— Et on passe en mode normal.

Phileas arrêta de pousser le caddie et avançant normalement, passa les portes de sécurité.

---

[4]—Star Trek © 2010 CBS Studios inc. tous droits réservés. STAR TREK and related marks are trademarks of CBS Studios Inc. Tous droits réservés.

— Il me faut un nouveau cahier, pour faire mes dessins, s'exclama Jean en montrant toutes ses dents à son papa.

— Tu as déjà fini le tien ?

— Oui.

— D'accord, et toi Adrien ? Tu veux quelque chose ?

— Une grosse glace ! sourit l'enfant.

— Oh, moi aussi !

Phileas rigola. Mamie Brigitte allait rouspéter mais le goûter était trouvé.

— La glace ce sera à la fin.

Menant son vaisseau entre les rayons, l'homme du club fit tranquillement ses courses. Il racheta de la lessive, des pâtes, de la viande de qualité et du poisson, et fit un arrêt au rayon pour animaux afin de reprendre à manger pour Cerebro et Blanche.

— Il faut qu'on mange des légumes papa, tu n'as pas pris de légumes ! déclara Adrien.

— Tiens, tu me fais penser qu'il faut qu'on achète des semences, on va faire un potager d'accord ? Comme ça on aura nos propres légumes.

— Oh oui ! J'adore jardiner.

— Parfait. Bon, limonade, fuseau lorrain, cahiers, glaces, tomates, melons et chou. Le reste on a encore de quoi faire. Haricots verts ?

— Oui !

Phileas et les enfants continuèrent leurs courses, et une vingtaine de minutes plus tard, les achats faits, ils ressortirent du magasin pour se rendre au 4X4. Le père de famille chargea alors les sacs de courses, attacha les jumeaux, et repartit. Prenant la direction de chez ses beaux-parents, il apprécia cette simplicité. De toute sa vie, il n'avait jamais vécu aussi… normalement. Entre l'orphelinat quand il était enfant, puis les études qu'il poursuivait tout en élevant Wanda, en créant le Club et en réactivant le *Service*, et finalement sa vie d'agent, il n'avait jamais été une simple personne. Et Dieu que c'était plaisant maintenant qu'il y goûtait, la retraite lui allait à merveille. Pas d'armes, pas de combats, pas de voyages au bout du monde à tout bout de champ… Phileas savoura de n'avoir rien à faire de ses journées, si ce n'était s'occuper de ses deux petits monstres qu'il adorait tant. C'était ça le bonheur de la vie… Bon sang, quand il pensait qu'avec ce qu'il avait sur son compte il n'avait jamais eu besoin de travailler.

— Voilà, on est arrivés chez papi et mamie, annonça-t-il.

— J'espère que mamie aime la glace !

— Mamie adore la glace.

Phileas sortit les enfants de la voiture, et sonnant chez les parents d'Adélaïde, son fils sous le bras et tenant sa fille par la main, attendit que Brigitte lui ouvre.

— Hey ! Bonjour les enfants ! s'exclama-t-elle en ouvrant la porte.

Elle fit la bise à ses petits-enfants et à son beau-fils, et Jean lui tendant le paquet de glaces, lui sourit.

— On a amené le goûter ! prononça-t-elle.

— Merci beaucoup Jean !

Ils entrèrent dans la maison, et Phileas déposa Adrien au sol.

— On ne reste pas longtemps, on a les courses dans le coffre, annonça-t-il.

— Oui, on vient juste prendre le goûter avec toi mamie ! sourit Adrien.

— D'accord mon chéri !

Rejoignant sa sœur qui s'installait déjà sur le siège de son papi, le jeune enfant attendit alors son goûter patiemment, et se rendant dans la cuisine, Brigitte regarda son gendre avec curiosité.

— Alors la retraite ? lui demanda-t-elle.

— Bien, avoua l'homme du club, j'y pensais justement, j'apprécie de n'avoir aucun impératif autre que de m'occuper de Jean et d'Adrien.

— J'imagine bien !

Brigitte ouvrit le paquet de glace, déballa deux cônes qu'elle tendit à Phileas, puis déballa les deux autres.

— Robert n'est pas encore rentré ?

— Non, il ne sera pas là avant une heure.

— D'accord, tu lui passeras le bonjour.

— Oui, et tu diras à sa fille qu'elle lui a promis de venir l'aider dans le jardin.

— Je transmettrais, sourit Phileas.

Brigitte répondit à son sourire, puis jetant la boîte vide, se dirigea vers ses petits-enfants pour leur donner à chacun une glace.

— Merci mamie ! la remercia Jean.

— Merci mamie, reprit Adrien.

Ils commencèrent à déguster leur goûter, et Phileas tendant la sienne à Brigitte, ils s'installèrent en face d'eux sur le canapé.

— Quel est le programme cette semaine ?

— Oh, on va commencer à préparer le potager et on va faire un peu la classe. Il faut d'ailleurs que je vois avec des amis pour la procédure à suivre pour faire l'école à la maison, histoire que je sache à quelle fréquence ont lieu les inspections et comment est évaluée la validation des acquis. Bref, cela va m'occuper.

— En effet…

Ils mangèrent leurs glaces tout en discutant, et au bout d'un petit quart d'heure, le goûter terminé, Phileas et les enfants repartirent en saluant mamie Brigitte et en faisant des gros bisous pour papi Robert. Reprenant la route, ils rentrèrent alors à la maison, et arrivant devant le portail de la propriété, constatèrent qu'ils étaient attendus. L'homme du club ne put s'empêcher de sourire. Ouvrant sa fenêtre, il interpella Nathalie qui semblait patienter dans sa voiture depuis déjà quelque temps.

— Deux fois en deux jours, tu veux t'installer ou quoi ? lui demanda-t-il.

— Je n'ai rien de mieux à faire de mes journées ! s'écria enjouée la jeune femme.

Phileas rigola encore, puis ouvrant le portail, ils remontèrent le chemin jusqu'à la maison et se garèrent. Tandis que Jean et Adrien jouèrent dehors avec Cerebro, Nathalie l'aida alors à décharger les courses puis à les ranger, et ainsi loin des enfants, ils purent discuter en toute sérénité.

— Tu sais que tu ne réussiras pas ? s'amusa Phileas.

Nathalie se colla contre lui, passa ses bras autour de sa taille, et lui tendit ses lèvres en souriant.

— Ah non ? demanda-t-elle.

— Non !

— Tu es sûr ? Sûr de chez sûr ?

Phileas ricana nerveusement.

— Nath, on ne va plus voir ailleurs. Pour l'instant on est de parfaits parents modèles.

— Mmmh, vous me tuez sérieux, je suis en manque ! bouda faussement la jeune fille en s'écartant et en croisant les bras.

— Tu n'es pas censée avoir un mec toi ? lui rappela Phileas.

— Si, mais bon, annonça-t-elle en levant la main au-dessus de sa tête. Vous, vous êtes là, et lui, déclara-t-elle ensuite en l'abaissant sous sa jupe, il est là.

Phileas sourit, jeta un rapide coup d'œil vers le tableau de la nuit étoilée de Van Gogh, puis la fixa de nouveau.

— Que veux-tu que je te dise ? Avec les enfants, hors de questions que cela se fasse. Alors ne t'avise même pas de te pencher pour me montrer tes fesses et le reste sous ta jupe, je te connais !

Nathalie fit la moue.

— Vous êtes horrible, tu le sais ?

— Je sais oui.

Nathalie sourit, et s'approcha de lui. Ouvrant sa chemise, elle lui offrit alors une vue sur sa poitrine, jeune, ferme, et dressée. Phileas ne put s'empêcher de regarder avec insistance.

— Je ne les toucherais même pas, dit-il sans en décoller les yeux.

— Mais ils te font bander hein…

Phileas acquiesça, mais relevant finalement la tête après quelques secondes, il vit que les enfants revenaient vers la maison et lui indiqua de se recouvrir. Jean et Adrien repartant toutefois rapidement, jouant à s'attraper, Phileas se dirigea vers le frigo pour prendre deux bières.

— Bon, je peux au moins les garder ? demanda Nathalie en prenant la bouteille qu'il lui tendit.

— Oui, bien sûr. Ici ou chez toi quand tu auras ton propre appartement, annonça Phileas en lui tendant le décapsuleur.

— Pourquoi pas chez mes parents ? s'étonna la jeune fille en ouvrant sa bière puis en lui redonnant.

— Parce que je n'ai pas envie d'amener les enfants là-haut, répondit l'ancien agent.

Il ouvrit sa bière, trinqua, puis but une gorgée.

— Ils ont essuyé une fusillade dans la maison juste à côté de la vôtre, et je préfère qu'on ne nous revoit pas sur les lieux, sait-on jamais.

La jeune femme comprit, et regardant les deux enfants dans le jardin, but quelques gorgées de sa bière.

— Ils ont l'air de bien s'en remettre en tout cas.

Phileas acquiesça.

— Ils sont forts, et très intelligents. Dans quelques années ils le seront peut-être même plus que moi… Enfin, tout ça pour dire qu'avec l'éducation qu'ils ont reçue, et la visite chez le psychiatre toutes les deux semaines, ils ont surmonté ça sans trop de séquelles. Ils se réveillent encore parfois l'un ou l'autre en faisant des cauchemars, mais maintenant ils ont pris le pli. Ils se sentent en sécurité, et quand ça arrive, si c'est Adrien, il va dormir avec sa sœur, et si c'est Jean, elle vient dormir dans notre lit.

— Oh c'est mignon ! le taquina Nathalie.

Phileas se retourna vers la jeune fille et la regarda sceptique. C'était bien cela, elle se moquait ouvertement de lui.

— Toi, lui agita-t-il son doigt sous le nez, si tu continues, je vais te le faire regretter, crois-moi !

— Non mais ce n'est juste tellement pas crédible de te voir en père de famille mielleux alors qu'il n'y a pas quelques mois tu me prenais sans ménagement comme si j'étais ton jouet, et ce, devant ta femme.

— Mouais…

— Surtout que de ce que je sais, tu étais un agent secret hors pair qui avait pas mal de morts à son actif, en rajouta une couche Nathalie.

Phileas regarda la jeune fille et croisa les bras.

— C'est fini tout ça, sincèrement… Tu sais, j'ai vécu toute ma vie sur mes gardes, à faire ce que je pensais être juste… Mais maintenant, je sais que ce qui est juste c'est d'être là pour mes enfants.

— Tu es en train de me dire que tu en as vraiment fini avec les services secrets ?

Phileas hocha de la tête en regardant Jean et Adrien jouer dans le jardin.

— Oh oui, plus rien ne m'y fera retourner.

Phileas se rappela soudain qu'il avait juré dans la voiture, et prenant un euro dans son porte-monnaie, le mit dans la jarre à gros mots.

— Bon sang, passer d'une machine à tuer à un papa poule, jamais je n'aurai pensé ça de toi ! s'étonna Nathalie.

— Tu parles comme si tu savais quelque chose de ma vie d'agent secret. Pourtant ce n'est pas le cas, lui rappela l'ancien agent.

Nathalie but une gorgée de sa bière.

— Oh, je n'ai pas besoin d'en savoir plus que ce que je sais. Tu crois que je ne remarquais jamais tes bleus, tes coupures et tes douleurs musculaires ? Ou bien que vu l'état dans lequel ta maison a fini, je ne me doute pas de la sauvagerie de votre vie à toi et Adélaïde ?

Phileas sortit des carottes et les épis de maïs du frigo en prévision de son repas du soir. Puis il se tourna vers son ancienne voisine et la regarda la mine grave.

— À cause de mon boulot, mes enfants m'ont été ravis pendant quatre ans… Je ne veux pas risquer de repartir dans un sac et de ne pas pouvoir revenir auprès d'eux. Wanda a déjà assez souffert de mon absence, et cela n'arrivera pas à Jean et Adrien.

— Et ta femme ? demanda inquiète Nathalie.

— Adélaïde a un travail de bureau… et une armée d'agents pour la protéger. Elle ne risque rien.

Chapitre IX

Dernière nuit d'amour

— Je pars quelques jours en mission, annonça Adélaïde.

— Hein ? demanda Phileas en éteignant le feu sous sa casserole tout en faisant un peu sauter ses galettes de pomme de terre.

— Je vais partir quelques jours, en mission, en Angleterre.

Phileas sortit les épis de maïs de l'eau bouillante et regarda sa femme.

— Pourquoi donc ?

Adélaïde se redressa de sur le comptoir et passa de l'autre côté pour venir prendre appui contre lui et se retrouver face à son mari.

— Ce ne sera que pour quatre ou cinq jours. Je veux évaluer Karen sur le terrain, et Céline sera là avec moi pour me protéger. Ne t'inquiète pas, on gardera nos distances... mais je veux y aller.

Phileas fronça les sourcils et sortit son pain du four.

— Quelle est la mission ? l'interrogea-t-il.

Adélaïde se mordit la lèvre en regardant son époux.

— Enquête sur des meurtres... Cinq jeunes filles sauvagement assassinées qui avaient à peu près le même âge que moi quand...

— Quand tu t'es fait violer ?

Adélaïde hocha par l'affirmative.

— On les a violées en utilisant des animaux puis on leur a donné la chasse.

Phileas retira ses maniques, et inquiet, vint prendre sa femme par la taille.

— Je n'ai pas à te dire quoi faire, tu es grande, tu es responsable, et tu sais je l'espère que tu as ici un mari et deux enfants qui t'attendent.

— Je sais…

— Tout ce que je veux, c'est que tu rentres saine et sauve.

Adélaïde acquiesça, puis lui déposa un baiser sur les lèvres. Se dégageant de son étreinte, elle partit alors dans la chambre se changer.

— Tu devrais peut-être appeler la babysitteuse ! s'écria-t-elle pour qu'il l'entende depuis la cuisine.

— Je sais m'occuper des enfants tout seul ! s'exclama Phileas en réponse.

— Pour s'occuper de toi j'entendais !

— Si tu n'es pas rentrée dans cinq jours, je le ferais !

Adélaïde sourit à cette remarque, et retira ses vêtements pour enfiler un simple tee-shirt et un petit shorty. Puis elle revint vers la cuisine.

— Tu as nommé Bella pour te remplacer, je présume ? lui demanda alors Phileas.

— Oui, je la prépare en quelque sorte.

— Et si elle quitte le *Service* avant toi ? Ou bien qu'elle finit par mourir en mission ?

— Et bien je nommerais quelqu'un d'autre.

— Tu n'as pas l'intention de démissionner dans l'immédiat non ?

Adélaïde but un peu à son verre de vin et regarda son mari avec franchise.

— Pas du tout, j'adorerais être ici avec toi et m'occuper des enfants, mais j'ai ce besoin de leur offrir un monde…

— Meilleur ? la coupa Phileas.

— Voilà, c'est ça, déclara la Reine en repassant une mèche de cheveux derrière son oreille.

— Et c'est comme ça que Wanda m'a fait la gueule pendant des années, sourit Phileas en buvant une gorgée dans le verre de sa femme.

— Ce ne sera pas la même chose, ils t'ont toi la journée et cela ne diffère pas des autres parents qui travaillent, si ce n'est que parfois je dois m'absenter plus longtemps.

— Non mais je sais, et puis tu pourras les prendre au travail.

— Oui, et je songe d'ailleurs à créer une garderie au *Service* pour les enfants des agents.

— Mmmh, c'est une bonne idée ça, déclara Phileas en terminant son verre puis en lui resservant une coupe. Vois avec l'agent Rybicki, du service technique, sa sœur est puéricultrice et il songeait un temps à en ouvrir une.

— D'accord, acquiesça Adélaïde.

Phileas lui adressa un sourire, puis se penchant sur elle par-dessus le comptoir, lui déposa un baiser sur les lèvres.

— Bien, maintenant tu vas annoncer à tes enfants que tu les laisses quelques jours, tu vas envoyer un message à ton père pour lui dire que tu ne pourras pas l'aider au jardin, et que ce sera donc moi qui le fera, puis on va manger ensemble, et quand Jean et Adrien seront couchés, je vais m'occuper de toi.

— Mmmh, c'est-à-dire ? demanda mielleuse Adélaïde.

— Que dirais-tu d'un long cunni ?

Adélaïde ouvrit grand les yeux, ravie.

— J'adorerais !

— Parfait, mais d'abord, je te laisse le leur dire.

*

— Pourquoi tu pars maman ? demanda Jean tout triste.

Adélaïde regarda sa fille, assise sur ses genoux, puis regarda son fils, assis à côté d'elle. Tous les deux semblaient abattus.

— C'est pour le travail Jean, mais tu sais, je reviendrais vite !

— Tu me le promets ?

— Bien sûr ! Sur mon cœur !

Adélaïde fit un signe de croix sur sa poitrine, déposa un bisou sur le front de sa fille, puis regarda son fils. Croisant les bras, Adrien semblait en colère.

— Ne fais pas cette tête Adrien, je serais vite de retour, voulut-elle le rassurer.

— Je ne veux pas que tu t'en ailles, répondit l'enfant.

Adélaïde passa sa main dans ses cheveux, mais le jeune garçon s'écarta. Sa mère le chatouilla alors dans le cou. Ne pouvant s'empêcher de rire, Adrien s'approcha d'elle timide et lui déposa un bisou sur la joue.

— Je veux que tu restes, lui demanda-t-il.

Adélaïde sourit à son fils.

— Je ne peux pas, mais je te ramènerai un gros cadeau d'accord ? Pour me faire pardonner.

— Un gros nounours alors, réclama Adrien, un tout gros.

— Un nounours d'un mètre ? rigola Adélaïde.

— Plus gros, de tout plein de mètres.

Adélaïde embrassa son fils.

— D'accord, je verrais ce que je peux faire, c'est promis.

Elle l'embrassa encore, en fit de même avec Jean, puis reposant cette dernière sur le canapé, se dirigea vers le coin cuisine.

— Vous pouvez aller jouer dans le jardin, je vous appellerai quand on mange, leur annonça-t-elle.

— D'accord maman !

Jean et Adrien retournèrent jouer dehors, et Adélaïde fit face à son époux.

— Tu as conscience que si tu lui ramènes un gros nounours, il risque de prendre le goût et de faire des caprices, déclara Phileas.

— On n'aura qu'à imposer des limites plus tard. En attendant, j'ai envie de le combler, c'est mon fils et je viens de le retrouver.

— Oh c'est toi le patron, je ne suis pas ton père ! s'en déchargea avec amusement Phileas. Je dis juste que tu n'auras pas le temps de t'en occuper, que je vais donc devoir commander un nounours de trois mètres de haut avec marqué Adrien dessus, que pour compenser, il va falloir prendre quelque chose d'aussi énorme à ta fille, et qu'après ça, cela va être dur de dire non.

— Tu ne m'en penses pas capable ? s'étonna avec le sourire Adélaïde.

Phileas regarda sa femme. Elle avait dans les yeux cet air qui disait *« fais gaffe à ce que tu vas dire »*.

— Maman, tu n'arrives déjà pas à dire non à papa, alors à tes enfants, déclara-t-il.

Adélaïde ouvrit la bouche, choquée.

— Sale petit merdeux va !

Elle s'avança vers lui, le saisit par le col, et l'embrassa. Puis elle lui mordit la lèvre.

— Le repas est bientôt prêt j'espère ? demanda-t-elle.

— Oui, salade de carottes, épis de maïs, galettes de pommes de terre, et en dessert, crêpes maison.

— Mais dis-moi, tu es devenue une vraie fée du logis… Pas de viande ?

— Non, on diminue notre consommation…

— Parfait.

Adélaïde se retourna, dandina des fesses, parfaitement moulées dans son shorty rose, et alla se poser sur le canapé.

— Honnêtement, je crois que je vais me faire à cette vie, rentrer du boulot et n'avoir rien d'autre à faire que de passer du temps avec les enfants, le repas préparé et le mari attentionné, déclara-t-elle.

Phileas pouffa.

— Arrivés au collège et au lycée, c'est toi qui t'occuperas des devoirs, de la puberté, et des SMS à surveiller.

— C'est ça, doués comme ils sont, ils iront directement à la fac, quant au reste, j'utiliserais tous les moyens du *Service* pour les avoir à l'œil.

— Envoie un message à ton père !

— À vos ordres, commandant !

Adélaïde saisit son téléphone, écrivit rapidement un message à son père, puis ses excuses envoyées, prit la télécommande et alluma la télévision. Elle zappa sur les différentes chaînes, mais ne trouvant rien d'intéressant à regarder, revint finalement sur les informations de la première. Adélaïde détestait regarder la télévision, haïssait encore plus le journal télévisé, et crachait régulièrement avec véhémence sur la première chaîne. Mais là elle ne savait pas pourquoi, elle avait soudain eu envie de regarder la soupe pathétique qu'on servait aux gens pour leur faire oublier les vrais problèmes de société. C'était peut-être pour s'exaspérer encore plus du pathétisme de ce type de journalisme, elle ne savait pas trop, mais elle avait voulu voir ce qu'on fourrait dans la tête des gens aujourd'hui.

— Tiens, on parle de Philadelphie, constata-t-elle.

Adélaïde fit la moue.

— Il s'est passé quoi à Philadelphie ? s'étonna Phileas en préparant la table.

La Reine regarda toujours la télévision en tournant légèrement la tête vers son mari.

— Officiellement ? Un attentat commis par des antiavortements, qui heureusement n'a fait aucune victime, annonça-t-elle ironique.

— Et officieusement ?

— Officieusement, *Double-zéro Vingt-et-Un* a fait exploser un site d'expérimentation génétique qu'on soupçonnait d'appartenir à la défense. On n'est pas sûrs de l'objectif mais ils utilisaient les embryons pour faire des recherches sur le génome humain, sa résistance aux différentes maladies, et des croisements génétiques assez effrayants impliquant le CRISPR/Cas9 Gene-Editing System. Je ne sais pas si tu connais ?

— Bien sûr, un outil assez précis de modification du génome.

— Voilà… Quoi qu'il en soit, à partir du moment où les chercheurs font des expériences qu'ils portent ensuite à terme en utilisant des SDFs comme mères porteuses en les enlevant dans la rue, j'ai estimé qu'ils étaient un problème.

— Et si leurs travaux étaient à visées bénéfiques ? demanda Phileas.

Adélaïde tourna les yeux vers son mari en fronçant les sourcils.

— Ne me regarde pas comme ça, je veux juste savoir si tu avais toutes les informations en main.

Adélaïde regarda de nouveau la télévision, et finalement l'éteignit.

— Ils ont créé un bébé portant des marqueurs génétiques de singes et le gène MRC-1 altéré pour résister aux bactéries et aux virus, annonça-t-elle. Puis voyant que cela n'avait pas fonctionné, ils l'ont laissé mourir en observant l'évolution des maladies.

— Expérimentations pour créer des vaccins et des soldats résistants aux maladies.

Phileas se servit un verre de vin, et le but d'une traite.

— Tu as eu raison de tout faire sauter. J'espère que James s'est arrangé pour que les chefs de projets et les comptes rendus aient disparu dans l'explosion.

Adélaïde haussa les sourcils, satisfaite de la situation.

— Ça, qui que soit le commanditaire, il ne recommencera pas de sitôt !

Adélaïde se leva et vint vers lui.

— Tu sais, plus je lis de rapports, plus je comprends cette rage qui t'a animé toutes ces années. Cette aigreur que tu as manifestée envers l'humanité, reprit-elle.

— Ah tu vois, ce n'est pas moi qui suis fou !

— Alors pourquoi tu n'es jamais devenu directeur du *Service* ?

Phileas ricana.

— Parce qu'en moins d'une semaine, les dirigeants de Bayer-Monsanto, Nestlé, les Rothschild et consorts, les dirigeants du monde occidental… tous ceux-là, je les aurais assassinés. Efficacité du *Service*, 100%.

— Je ne pense pas que cela aurait été un tort…

Phileas regarda sa femme.

— Oh non, mais le problème c'est que la société n'est pas prête à un nettoyage radical de ses gangrènes. Les gens ne comprendraient pas, les pertes seraient instrumentalisées, transformées en martyrs… Du coup, *D* puis toi, êtes ce qu'il y a de mieux. Vous agissez loin des hautes sphères et c'est le plus efficace. Bon, allez, à table !

Phileas tapa dans ses mains, jeta un œil au tableau de la nuit étoilée de Van Gogh, satisfait, puis Adélaïde appela ses enfants dehors, les emmena se laver les mains à l'évier, et vint s'asseoir avec eux à table. Son époux amenant les plats depuis la cuisine, la jeune mère réalisa en le voyant faire que c'est quelque chose qu'elle aimait avoir retrouvé dans la nouvelle maison, que la cuisine soit ouverte sur le salon-salle à manger. Cela rendait la pièce à vivre spacieuse et lumineuse, et surtout, cela leur permettait de se parler même si l'un faisait à manger et que l'autre travaillait ou regardait un film. C'était plus que pratique, c'était la base dans une maison.

— Je veux plein de carottes, s'exclama Adrien.

— La moutarde dans la sauce pique un peu, prévint Phileas.

— D'accord papa !

Adrien montra toutes ses dents à son père en faisant une grimace, puis servi par sa mère, planta sa fourchette dans ses carottes râpées et les porta à sa bouche.

— Bon appétit, annonça-t-il.

— Bon appétit !

*

— Tu reviens vite hein ? demanda Adrien.

— Oui, c'est promis, lui répondit Adélaïde.

Elle lui déposa un bisou sur le front, lui massa le torse chaleureusement à travers la couette, et se levant, alla s'asseoir sur le lit de Jean.

— Tu veux prendre Julie avec toi pour qu'elle te protège ? l'interrogea Jean en lui tendant son éléphant en peluche. Adélaïde sourit.

— Tu crois que je peux ? Elle veut bien m'accompagner ?

— Oui, elle veut bien.

— Et toi, cela ne te fera rien si je prends Julie avec moi ?

— Non, moi j'ai papa, Adrien, Wanda, Papi, Mamie, et Papi Alfred aussi.

— Et tatie Chloé, sourit la jeune mère.

— Oui, alors tu vois, je n'ai pas besoin de Julie moi.

Adélaïde prit le doudou de sa fille et le posa sur ses genoux.

— Je te ramène Julie très vite Jean, promit-elle.

Elle lui déposa un bisou sur la joue, puis Julie en main, se dirigea vers la porte de la chambre.

— Bonne nuit les enfants.

— Bonne nuit maman !

Phileas adossé dans l'encadrement les regarda s'emmitoufler dans les couettes, puis leur ayant déjà dit bonne nuit, éteignit la lumière.

— Bonne nuit les enfants.

— Bonne nuit papa !

L'homme du club ferma la porte.

*

Un quart d'heure plus tard, plongée dans le noir, Adélaïde allongée dans le lit parental savoura calmement, en silence, son shorty retiré, la promesse de son mari. Jouant dans ses cheveux, émettant de petits gémissements de plaisir, elle avait sa tête entre les jambes pour un cunnilingus appliqué. Phileas lui lécha les petites et les grandes lèvres avec délicatesse, lui aspira les zones les plus sensibles avec attention mais insistance pour la faire défaillir, puis pour faire durer le plaisir, fit une petite pause pour la masturber. Glissant ses doigts en elle, il titilla ainsi son point G, fit des va-et-vient lents et délicats qu'il alterna avec des entrées beaucoup plus énergétiques, et fit des mouvements circulaires du pouce sur son clitoris. Puis retirant sa main, il lui donna alors un coup de langue sur les petites lèvres et le lui mordilla. Revenant ensuite à une méthode plus douce, il caressa ses fesses de la main gauche, reprit lentement ses allées venues de l'index et du majeur de la main droite, et continua à s'occuper de son bouton. S'employant ainsi à donner du plaisir à sa femme, il prit le temps qu'il fallait, et au bout d'une douzaine de minutes Adélaïde partit finalement en s'extasiant. Galvanisée, l'attrapant au cou après avoir savouré son orgasme, elle l'attira alors à lui pour l'embrasser, ravie du plaisir qu'il venait de lui procurer, et l'odeur de sa cyprine sur ses lèvres l'excitant, elle lui proposa de la recevoir dans les fesses. Ils ne se reverraient pas pendant plusieurs jours, alors elle tenait à ce qu'il puisse se vider décemment. Phileas accepta avec plaisir et sa femme se mettant à quatre pattes sur le lit en retirant son tee-shirt, il entra donc dans son canal étriqué. Lui soutirant quelques cris qu'elle étouffa dans l'oreiller, il la martela avec vigueur, sa femme parfaitement encline à se faire malmener de la sorte, et Adélaïde ayant déjà eu son plaisir, il ne chercha pas à se retenir longtemps. Sa verge raide compressée dans son petit orifice, il jouit avec énergie, la tenant fermement par les hanches, se vidant en elle avec puissance.

Dieu que c'était bon, pensa-t-il.

Savourant les yeux fermés, son sexe s'agitant encore des derniers spasmes libérant son sperme en elle, Phileas apprécia tout particulièrement ce rapport. Son extase fut des plus fortes.

Puis il se retira enfin des fesses d'Adélaïde. S'allongeant à ses côtés, il la distingua dans le noir se retourner et la sentit venir se blottir contre lui. Transpirant un peu, essoufflé, il la prit alors dans ses bras et lui déposa un baiser sur le front. S'endormant sans un mot, ils étaient un couple comblé et aimant, épanoui.

Chapitre X

West Bay

Mercredi 10 mai 2017

L'avion du *Service* se posa sur les côtes anglaises à cinquante kilomètres de West Bay, et Adélaïde, Karen et Céline en descendirent avec leurs valises. Elles avaient embarqué à six heures du matin, et arrivant aux alentours de sept heures, elles constatèrent qu'il faisait encore très frais. Surtout avec le vent et l'embrun marin.

— Bonjour *M*, s'exclama l'agent Cameron en venant les accueillir.

— Bonjour agent Cameron, répondit celle-ci en lui tendant la main.

L'agent anglais la lui serra chaleureusement, puis il en fit de même avec ses consœurs d'outre-Manche.

— Mesdames, les salua-t-il.

— Agent Cameron, répondirent-elles.

— J'espère que vous avez fait bon voyage ?

— Oui, annonça Adélaïde en dégageant son visage, le vent chahutant ses cheveux.

— Bien !

Indiquant la berline noire garée à une trentaine de mètres, il les invita à le suivre tandis que le Jet privé remonta dans les airs.

— On vous a réservé trois chambres d'hôtel à des heures différentes pour ne pas vous associer. Et on a vos fausses identités, annonça-t-il dès qu'ils furent arrivés.

— Parfait, apprécia Adélaïde.

— Merci, s'exclama Karen.

Les trois femmes montèrent à l'arrière de la voiture, et l'agent anglais s'installant au volant, il démarra et prit la direction de West Bay.

— Madame, vous et l'agent *Double-zéro Neuf* vous êtes deux sœurs, déclara-t-il en lui tendant l'enveloppe kraft posée sur le siège passager.

Adélaïde saisit l'enveloppe, et en sortit les documents que la section anglaise avait préparés.

— Melody et Kate Hatcher, de Sheffield, lut-elle sur la note. Je suis Kate.

Elle donna son nouveau passeport et sa carte d'identité à Céline, et mit de côté les siens. Puis sortant des clés de voiture de l'enveloppe, elle les regarda avec curiosité.

— On vous a dégoté une vieille Jensen Interceptor de 1971, révéla Cameron en l'observant dans le rétroviseur. Pour l'histoire, vous l'avez héritée de votre père, et vous voulez revenir vivre à West Bay où vos parents ont vécu.

— Parfait, approuva Céline.

— Et me concernant ? demanda Karen.

L'agent Cameron sourit en regardant sa cheffe dans le rétroviseur.

— On a eu l'accord de *M* pour la nouvelle Bentley. Vos papiers sont arrivés avec elle ce matin.

— Merci bien madame, s'exclama satisfaite Karen.

— Il n'y a pas de quoi, sourit Adélaïde.

L'agent Cameron doubla une voiture un peu trop lente à son goût, puis tourna les yeux vers sa collègue.

— Sterne donne une réception ce soir à Londres, un gala de charité, expliqua-t-il. Une fois installée, vous vous y rendrez sous le nom de Mary Johnson, une entrepreneuse qui souhaite investir au sein d'*Environnemental Footprint*. Officiellement, vous voulez exporter sa compagnie à travers l'Angleterre pour réduire l'impact humain sur l'environnement.

— Quel dommage, cela aurait été une bonne chose que ce soit vrai, souligna Karen.

— On en a profité pour vérifier la fiscalité de son entreprise en tout cas, et elle tient la route, déclara l'agent Cameron.

— D'accord, merci.

Karen regarda au-dehors le bord de mer ensoleillé défiler sous ses yeux. Se fiant à son instinct, elle avait décidé d'enquêter sur Sterne, mais tout laissait supposer qu'il était honnête. Se pourrait-il qu'elle se trompe ?

— Vous êtes sûre de votre coup ? demanda *M* comme en écho à ses doutes.

Double-zéro Six tourna les yeux vers sa supérieure et se voulut honnête.

— Mon instinct me fait rarement défaut. Je pense qu'il y est lié.

— Bien, je vous fais confiance, acquiesça Adélaïde.

*

Une quarantaine de minutes plus tard, Mary Johnson arriva à l'hôtel principal de West Bay au volent de sa superbe Bentley Mulsane, et Melody et Kate Hatcher à bord de l'Interceptor de leur défunt père. Les deux sœurs et l'entrepreneuse ne s'adressant pas la parole, elles prirent alors chacune leurs chambres, et une fois leurs affaires installées, Melody et Kate se rendirent à *Environnemental Footprint* pour postuler pour un emploi. Rencontrant dans son bureau Alain Wells, le directeur des ressources humaines, contre toutes attentes, cela se passa encore mieux qu'elles ne l'auraient pensé. L'entreprise embauchait sans trop de critères de sélections, malgré leur bons CVs, et baratinant qu'elles avaient entendu parler d'eux dans le journal et souhaitaient revenir vivre dans la ville de leurs parents, elles furent immédiatement prises. Adélaïde n'était pas sûre que le décolleté flatteur de Melody n'y soit pas étranger, mais ce n'était pas grave, l'important était qu'elles avaient un pied à l'étrier.

— C'est entendu, vous pouvez venir dès demain huit heures, serra la main de Melody puis de Kate monsieur Wells en leur adressant un sourire ravi.

— Merci beaucoup, s'exclama Adélaïde, ma sœur et moi vous sommes reconnaissantes.

— Au plaisir de vous revoir, sourit charmeuse Céline.

— Ce sera avec joie.

Les deux jeunes femmes sortirent du bureau et s'en allèrent satisfaites d'elles. Passant parmi les chaînes de tri pour se rendre à la sortie, elles virent toutefois une vingtaine d'employés s'affairant à séparer sur les tapis roulants les déchets provenant de toute la région, et s'arrêtèrent pour les observer faire. Analysant rapidement les lieux, les gens et le travail du regard, tout leur semblait parfaitement normal. Dès le lendemain, elles en sauraient plus, mais de leur fenêtre, Sterne et son entreprise semblaient corrects. Sans se le dire, elles se demandaient donc si Karen ne faisait pas fausse route. La mission étant cependant la sienne jusqu'à ce qu'un incident survienne, Adélaïde lui accordait le bénéfice du doute. En attendant, libres pour le reste de la journée, les deux jeunes femmes partirent en ville pour profiter de leur après-midi.

*

— J'ai appris que vous aviez revu Billy avec Bella, s'exclama Adélaïde en avalant sa bouchée.

— Oui, sourit Céline en remettant une mèche de cheveux derrière son oreille. C'était plutôt sympa.

Se promenant le long de la falaise en mangeant des *Fish & chips* les deux jeunes femmes apprécièrent cette brève inactivité dans leur travail pour simplement flâner.

— Je dois avouer que cela me manque, toute cette… ces rencontres. Billy me manque beaucoup.

Céline regarda sa cheffe en mangeant une chips, amusée.

— J'imagine bien. Et je dois avouer que cela me fait bizarre à moi aussi. C'est assez incroyable de se dire qu'on a eu une relation amoureuse avec des personnes pendant des années et que cela se termine comme ça, d'un coup. Surtout quand il s'agit de votre patron que vous continuez à croiser tous les jours au travail. Enfin, je dis ça, mais de ne plus croiser votre mari au *Service* c'est bizarre aussi.

— Oui, cela va être étrange.

Adélaïde s'assit sur un banc en direction de la plage, et tout en mangeant un filet de poisson, regarda la Manche.

— Le sexe au boulot va me manquer aussi, sourit Céline en s'installant à ses côtés.

— Vous ne comptez pas revoir Billy ? s'étonna Adélaïde.

— Si, enfin je ne sais pas, peut-être qu'on se reverra, mais pas au boulot. Avant, il y avait l'excuse que vous étiez dans le coup, mais maintenant, sans vous, cela ne serait pas très professionnel.

Adélaïde approuva de la tête et regarda sa boîte de chips.

— C'est plutôt bon, reconnut-elle.

— Oh oui, très, annonça Céline en avalant ce qu'elle avait en bouche en regardant son repas, j'adorais manger ça quand j'étais petite, lorsque ma mère nous emmenait voir son frère à Londres et je les suppliais toujours pour en trouver.

Adélaïde haussa un sourcil, surprise.

— Vous ne parlez jamais d'elle. Je veux dire, on connaît tous votre père, mais on en sait au final peu sur votre mère, constata-t-elle.

Céline sembla songeuse.

— Elle était douce, intelligente, sublime… Toujours très attentionnée. Je n'ai jamais compris comment elle avait pu finir avec mon père.

— Il l'a séduite, quelle que soit la façon, supposa *M.*

Céline fit une moue incertaine et reprit une chips.

— Je ne sais pas, ma toute petite enfance était superbe, tout allait bien… Ce n'est qu'après que cela a dérapé.

Adélaïde n'insista pas plus, sachant pertinemment que le sujet lui était douloureux. Elle lui signifia cependant qu'elle comprenait en lui évoquant sa propre histoire.

— Je n'ai pas parlé à mes parents pendant quatre ans, déclara-t-elle, évitant tout contact jusqu'à ce qu'on retrouve Jean et Adrien. Maintenant tout va pour le mieux, cela faisait même longtemps qu'ils m'avaient pardonné mes choix de vie, mais toujours est-il que je sais ce que c'est, la nostalgie d'un moment où tout allait bien dans la famille. Même si aujourd'hui on est de nouveau unis, pendant longtemps j'ai regretté l'innocence de mes jeunes années, avant que tout ne parte en cacahuète.

Céline hocha de la tête.

— J'aspire à retrouver Clémentine maintenant, c'est tout ce qui compte, conclut-elle pour en rester là sur ce sujet.

— Je comprends…

Céline sourit à sa cheffe, appréciant qu'elle n'en parle plus, puis lui piqua une de ses chips.

— Bon et sinon, le job de maman, pas trop éreintant ? lui demanda-t-elle.

Adélaïde ricana nerveusement.

— Depuis bientôt deux mois qu'on les a retrouvés, je n'arrête pas. Bon, là, depuis qu'on est rentrés de vacances, je passe mon temps au *Service* et Phileas est devenu papa poule, mais avant qu'on ne revienne, j'étais constamment avec les enfants. Pour vous dire, quand on était à la Réunion, je dormais avec eux. Je n'ai pas passé une seule nuit avec Phileas, j'étais avec eux tout du long.

— Oh mon Dieu, et pas de sexe ? s'horrifia Céline.

— Si, il ne faut pas exagérer, pendant les siestes et quand je n'arrivais pas à dormir, mais je me recouchais toujours avec Jean et Adrien, s'amusa Adélaïde. En tout cas oui, c'était un métier de tous les instants d'être mère. Surtout dans mon cas. Découvrir leurs passions, tisser des liens, nous créer des souvenirs ensemble, j'ai beaucoup de choses à rattraper.

— Et regarder par-dessus votre épaule…

— Oui, ça aussi, on est plus que vigilants là-dessus. Avec Phileas on passe notre temps à analyser notre environnement. Mais on s'en sort bien malgré tout, et on arrive à profiter de l'instant présent.

— Cela ne doit pas être facile de rattraper quatre ans de séparations.

Adélaïde mangea une chips, consciente du chemin qu'ils avaient à parcourir pour redevenir une famille à part entière.

— Non, en effet, mais on tient le bon bout. Les petits sont intelligents et tellement agréables à vivre qu'on a une relation déjà quasi fusionnelle… Ils se sont attachés à nous immédiatement et je dois dire que je suis comblée, c'est un véritable bonheur de les avoir enfin retrouvés.

— J'imagine bien, après tout ce que vous avez traversé.

— Oui, avoua Adélaïde, et j'estime que maintenant on a le droit au bonheur, on l'a bien mérité.

Chapitre XI

Laurence Laurenne Sterne

20h34.

Revêtue d'une superbe robe noire dos nu au décolleté ravageur, Karen arriva au gala au volant de la Bentley Mulsane. Se garant devant l'entrée, elle en sortit resplendissante, et laissant le voiturier aller garer sa voiture, elle prit son ticket auprès de l'hôtesse, déposa son conséquent chèque dans l'urne, et montant les marches, entra dans la salle de réception. L'endroit était riche. D'une décoration victorienne, les lieux étaient soignés et dégageaient une impression de noblesse. Entre boiseries et tapisseries agrémentées de tableaux, de sculptures de la Renaissance et de dorures, la première chose qui vint à Adélaïde en voyant les lieux sur son écran, c'était qu'elle s'y sentirait chez elle. C'était de ce genre d'endroits que Phileas s'était inspiré pour aménager les Rodiers et la Cathédrale, et c'était somptueux.

— *« Très joli, le cadre »*, s'exclama-t-elle donc dans l'oreillette de Karen.

Karen sourit. Elle ramena ses cheveux sur son côté gauche pour cacher son oreille et le gadget de la section technologique, et tenant son sac à main contre son corps, prit une coupe de champagne lorsqu'un serveur passa près d'elle. Puis saluant des gens en affichant un sourire des plus radieux, elle se mêla à la foule comme si elle était dans son milieu naturel. Elle se présenta, fit la discussion, rigola à des blagues, en somme, elle se fondit dans la masse comme le bon agent secret qu'elle était. Dans la chambre de Céline, Adélaïde et cette dernière étaient, elles, assises sur son lit. Regardant la retransmission sur leur ordinateur qu'envoyait son pendentif, elles mangeaient une pizza en suivant son avancée, *Double-zéro neuf* en tee-shirt et shorty, et *M* en débardeur et jeans.

— *« Voilà, quel beau travail de caméra, voilà, c'est bien, fixe l'objectif, super, tu es divine Boris, divine ! »* fit avec l'accent italien Céline en mimant une caméra. *« Tu es superbe Boris ! »*

Karen ne put s'empêcher de rire à l'entente de sa bêtise, et fixa autour d'elle la masse de gens présents.

— Je distingue des dignitaires, quelques têtes de la bourgeoisie anglaise, mais pas de Sterne pour l'instant, annonça-t-elle en reprenant son sérieux.

— *« Il ne devrait pas tarder, je pense »*, déclara Adélaïde.

Se servant une part de sa pizza, la jeune femme fixa l'écran, et le logiciel scannant chaque visage pour faire une recherche sur les personnes présentes, regarda le listing des invités.

— *« Oh, il faut aller serrer la main à cet homme-là, c'est le maire de West Bay. »* annonça-t-elle. *« Celui avec la cravate rouge. »*

— Bien.

Karen termina sa coupe de champagne, la posa sur le buffet, et se rendit auprès de l'homme en question.

— Bonsoir monsieur le maire, comment allez-vous ? le salua-t-elle dans un anglais impeccable.

— Bien, bonsoir, et vous ? lui répondit-il tout d'abord étonné, puis ravi.

— Oh oui, je vais bien merci. Je me présente, Mary Johnson. J'aimerais investir et exporter à travers le pays l'entreprise de monsieur Sterne.

Elle lui tendit chaleureusement sa main, qu'il serra avec plaisir.

— Ah, sourit le maire, heureux de voir que des gens de Londres s'intéressent à nous et veulent apporter leur soutien à notre communauté.

— Mais c'est avec joie monsieur le maire, croyez-moi, j'adore déjà votre ville et j'aimerais beaucoup contribuer à son expansion.

— Mais c'est ce qu'on attend de vous très chère, de vous tous ici présents.

Karen sourit, et se laissant porter par la discussion, ils parlèrent donc de West Bay et du dynamisme que Sterne y avait apporté depuis son retour à la mort de sa mère. Non contente d'attirer son regard avec son décolleté, Karen se satisfit de l'effet ravageur de sa tenue sur lui. Ce n'était rien, mais avoir plu au maire pourrait lui servir au cours de la mission.

— Pardonnez-moi très chère, je suis désolé, mais il y a là quelqu'un que je dois voir absolument, s'exclama-t-il toutefois subitement en voyant arriver un ambassadeur.

— Mais faites donc monsieur le maire.

Karen l'invita à s'en aller retrouver le haut dignitaire, et reprenant une coupe de champagne, elle se dirigea vers les petits fours et en dégusta quelques-uns.

— *« Toujours pas de Sterne en vue ? »* demanda Céline.

— Non, et je commence à me demander s'il viendra, fut embêtée la jeune femme.

Adélaïde regarda sa montre.

— *« Il n'est même pas vingt-et-une heures, attendons de voir. »*

Karen approuva de la tête, et se mêlant à la foule, attendit tout en grignotant. Parlant de choses et d'autres ici et là, elle broda ainsi plus en détail la vie de Mary Johnson au fur et à mesure de ses échanges, calquant certains faits sur la sienne, et trouvant finalement matière à discuter avec une poignée d'aristocrates anglais, occupa sa soirée en parlant de ses nombreux voyages et des entreprises dans lesquelles elle avait investi.

Puis trois quarts d'heure plus tard, Sterne arriva finalement au gala. Discutant avec tout le monde, posant pour des photographies, il fallut cependant encore trois autres quarts d'heures à Karen pour pouvoir enfin l'approcher.

— Bonjour monsieur Sterne, heureuse de vous rencontrer, lui tendit-elle la main enjouée, intérieurement satisfaite de pouvoir enfin rencontrer son suspect.

Sterne la regarda à travers ses lunettes rondes, la dévisagea de haut en bas, puis lui prenant la main, lui déposa avec courtoisie un baiser dessus.

— Vous êtes exquise très chère, annonça-t-il.

— Merci beaucoup mon cher, mais je ne suis pas que délicieuse, j'ai aussi quelques idées dont j'aimerais pouvoir discuter avec vous, déclara la jeune femme.

Sterne ricana avec amusement devant tant de précipitation.

— Je n'en doute pas, toutefois l'heure n'est pas au travail, mais à la donation, répondit-il catégorique.

— C'est justement ce que j'aimerais faire, donner une plus large visibilité à votre travail, rebondit Mary Johnson.

— Oh, vous m'intéressez, s'exclama-t-il alors. Et comment donc ?

Karen se satisfit d'avoir piqué au vif l'homme d'affaires en lui.

— En investissant dans votre entreprise, et pourquoi pas en ouvrant des succursales dans tout le pays ?

Sterne sembla songeur, les rouages de la machine industrielle s'imbriquant dans son esprit.

— C'est entendu ! Écoutez, je n'ai pas trop le temps d'en discuter là, annonça-t-il toutefois, mais passez demain en début d'après-midi à l'usine à West Bay et on en discutera plus longuement.

— Avec plaisir, s'émerveilla Mary.

— Bien, bonne soirée à vous alors, et à demain.

— Oui mais… attendez un instant.

Karen sortit une carte de visite de son sac et la lui tendit.

— Pour que vous vous souveniez de moi, sourit-elle.

Sterne la regarda, fixa un instant son décolleté, puis remonta les yeux jusqu'aux siens.

— Ne vous en faites pas, je vous reconnaîtrais, annonça-t-il charmeur.

La belle Mary remit une mèche de cheveux derrière son oreille en souriant, flattée, puis Sterne s'en allant, Karen cessa de sourire. Passant parmi les gens, elle se rendit jusqu'au buffet pour prendre un autre amuse-bouche.

— *« C'est un bon début, même s'il ne m'a pas l'air si méchant que ça aux premiers abords »*, s'exclama Adélaïde dans son oreillette.

— Oui, le contact est établi, on en saura bien vite plus. Concernant Sterne, je ne sais pas, il y a quelque chose chez lui qui me semble louche. Je tiens à gratter un peu pour voir sous le vernis.

— *« Ne vous en faites pas Karen, je vous fais confiance. »*

— Bien, merci madame.

Karen s'adossa au mur à côté du buffet et son objectif atteint, mangea encore un peu en regardant les gens présents avant de partir. Elle ne savait pas pourquoi mais cette soirée l'écœurait. C'était peut-être à cause de Sterne, mais elle était persuadée en voyant la centaine de gens amassée devant elle qu'il ne s'agissait que d'un ramassis d'hypocrites occupés à flatter leurs égos tout en se gavant de victuailles et satisfaisant leurs besoins annuels de donner aux bonnes œuvres pour avoir bonne conscience. Son instinct lui dictait que toutes ces personnes influentes et riches étaient loin d'agir pour l'intérêt commun, et cela lui hérissait le poil.

— On sait pour quelle œuvre les fonds sont levés ce soir ? demanda-t-elle discrètement à son oreillette, soudain curieuse de pourquoi tout le monde était là ce soir.

Céline regarda sur internet.

— « *Pour la recherche contre la mucoviscidose.* » révéla-t-elle.

Karen acquiesça, touchée personnellement.

— Mon frère en est atteint… Le chèque était de cent mille euros si je ne m'abuse ?

Adélaïde regarda Céline puis observa l'écran comme si elle pouvait voir directement Karen.

— « *Oui, mais il est en bois, le compte en banque qu'on vous a créé n'est pas crédité. Mais je peux toujours le faire si vous le désirez.* »

Karen soupira, gênée mais désireuse de faire ce qui lui semblait juste.

— Je le veux bien oui, merci.

Adélaïde acquiesça, puis sortant son téléphone portable de son sac, ordonna le virement.

— « *Ce sera effectif d'ici deux jours. Je vais prévenir la banque* », déclara-t-elle.

— Bien, merci…

Karen prit une nouvelle coupe de champagne, qu'elle commença à boire, quand le logiciel scanna un visage près de Sterne, dont l'identité attira immédiatement l'attention d'Adélaïde.

— « *L'homme que vient de quitter Sterne, il s'appelle Victor Wells.* » déclara-t-elle intriguée.

— Et ? demanda Karen.

— « *Le DRH d'Environnemental Footprint s'appelle Alain Wells.* »

Céline lança rapidement une recherche tout en mangeant une part de pizza, et confirma l'information.

— « *Alain et Victor Wells. Ils sont frères, et lui est le chef du syndicat des travailleurs à Footprint. Tous les deux sont très proches de Sterne, ils sont sur pas mal de photos tous les trois ensemble, notamment sur les réseaux sociaux. Cela peut être une bonne ouverture pour vous.* »

— D'accord, sourit Karen.

Vidant sa coupe d'une traite, elle la déposa sur la table du buffet, puis traversant la salle, se rendit jusqu'au dénommé Victor. Brun, élégant, il semblait un homme intelligent et instruit mais mal à l'aise entouré d'autant de nobles et de riches convives. Plongeant instantanément dans ses yeux verts, Karen lui sourit alors avec allégresse comme pour le tirer d'un mauvais pas.

— Bonsoir, Mary Johnson, se présenta-t-elle avec entrain et confiance.

— Bonsoir, Victor Wells. Enchanté, lui répondit l'homme.

L'observant des pieds à la tête, il sembla surpris d'une telle apparition, à la fois somptueuse et salutaire, et Karen le regardant avec des yeux pétillants dans son smoking noir, il sembla soulagé de constater qu'elle lui manifestait de l'intérêt.

— Vous êtes de West Bay ? lui demanda-t-elle.

— Oui, comment le savez-vous ? s'étonna-t-il gêné de parler à une femme aussi belle.

— Oh, je vous ai vu avec le professeur Sterne. J'en ai déduit que vous étiez peut-être un de ses proches ?

Victor sourit.

— Oui, en effet, c'est un ami à moi, quelqu'un de fantastique.

— J'imagine bien.

Karen regarda en direction de Sterne, et un serveur passant près d'eux, Victor en profita, saisit deux coupes, et lui en tendit une quand elle le fixa de nouveau.

— Merci beaucoup, fut-elle ravie.

— Mais de rien.

Ils trinquèrent puis burent ensemble une gorgée, et Karen regarda en direction des autres.

— Cela ne vous incommode pas, toute cette agitation, tous ces gens ?

Victor haussa les épaules.

— Si, plutôt, je ne me sens pas à l'aise ici, il y a trop de gens et trop de bruits, à l'image de cette ville.

— Vous n'aimez pas Londres ? s'étonna Karen.

Le jeune homme esquissa un sourire nerveux.

— Pas trop, il y a trop de brouhaha ici à mon goût. La ville est belle, mais je pense que je ne pourrais l'apprécier qu'au petit matin, quand le soleil se lève et qu'il n'y a encore personne dans les rues.

Karen acquiesça.

— Je comprends, je vis ici depuis ma plus tendre enfance et je dois dire que j'ai parfois envie de tout plaquer pour un endroit plus calme.

— Venez à West Bay, vous verrez, c'est totalement différent, s'exclama le jeune homme en buvant un peu de champagne.

Karen écarquilla les yeux d'amusement.

— Figurez-vous que j'y ai justement pris une chambre d'hôtel, j'aimerais investir dans la compagnie de votre ami et j'ai rendez-vous demain avec lui pour en discuter.

— C'est parfait cela, peut-être qu'on s'y reverra alors, annonça Victor enjoué.

Karen le regarda dans les yeux avec émerveillement. Elle voulait se le mettre dans la poche pour avoir un levier pour approcher encore plus de Sterne et il semblait la trouver à son goût. C'était parfait.

— Je ne connais personne dans votre ville, accepteriez-vous d'être mon guide pour les quelques jours où j'y serais ? demanda-t-elle avec son plus beau sourire.

Victor la regarda en rougissant.

— Avec plaisir.

Karen se montra charmeuse, et le voyant essayer de ne pas regarder son décolleté, joua le tout pour le tout.

— Vous avez une idée pour passer la soirée plus agréablement ? lui demanda-t-elle.

Victor la regarda interrogateur.

— Je ne suis pas sûr de comprendre…

Karen s'avança vers lui avec assurance, et porta les lèvres de Mary Johnson près de son oreille.

— J'en ai marre d'être ici et je ne veux pas passer cette nuit toute seule…

Victor sembla électrisé par ces déclarations, mais se montra malheureusement hésitant et bafouilla gêné.

— Je ne peux pas partir tout de suite malheureusement, je repars après avec Laurence.

Karen lui prit la main, entreprenante, et lui sourit.

— Qui a dit que nous devions partir ?

Victor sembla heureux au possible. Son visage s'épanouit comme celui d'un enfant dans un magasin de jouet. Et s'en allant main dans la main, Karen et lui s'éclipsèrent discrètement des festivités. Montant à l'étage de la salle de réception les deux jeunes gens passèrent ainsi dans un couloir de service, et Adélaïde et Céline ne purent que se lancer des regards entendus quand Karen retira son pendentif pour le déposer sur une table.

— Elle a de la chance, sourit alors Céline en allant jeter le carton de sa pizza.

— Oui…et sur ce, je vais vous laisser, *Double-zéro Neuf*, je vais aller me coucher, répondit Adélaïde.

— Bien, bonne nuit madame.

— Bonne nuit.

Adélaïde la salua de la main, et sortant de sa chambre, partit rejoindre la sienne. À des kilomètres de là, à Londres, après avoir passé une dizaine de minutes à genoux à sucer Victor, Karen se retrouva la robe relevée sur son dos, prise en levrette contre une pile de chaises. Vigoureux, le jeune homme lui donna de vaillants coups de reins dans les fesses en la tenant fermement par les hanches, et elle ne put que savourer son labeur. Le sentant très bien en elle, elle apprécia ainsi sa raideur, sa fermeté et son endurance, et près d'un quart d'heure plus tard, elle jouit silencieusement lorsque son sperme coula chaudement en elle. Karen savait que *M* et *Double-zéro Neuf* ne jugeraient pas ses méthodes pour approcher ses proies, et elle se doutait que bien qu'elle ait retiré son pendentif, elles ne l'espionneraient pas en conservant la connexion. Réajustant sa robe et relevant sa culotte, elle se tourna donc vers Victor pour se coller à lui et l'embrasser avec passion. Restant ainsi dans ses bras, elle apprécia qu'il caresse avec expertise sa poitrine dans son décolleté, et se laissa aller à l'instant. Elle était en mission, mais pour la soirée, elle pouvait se permettre de s'amuser un peu.

West Bay, cinq heures plus tard.
Un homme entra dans sa chambre d'hôtel et après avoir silencieusement observé les lieux, verrouilla derrière lui. Se rendant jusqu'à la table, il s'y installa, sortit son ordinateur portable de son sac, et l'alluma. Puis il appuya sur un bouton dissimulé dans la branche gauche de ses lunettes et la connexion se fit. Les photographies qu'il avait prises se chargèrent sur son disque dur et activant le diaporama, il afficha les différents visages présents au Gala de charité. Il fit défiler toute la soirée, et s'intéressa plus particulièrement à cette blonde plutôt jolie qui avait approché Sterne et qui avait fini avec Victor Wells. Il se demanda avec curiosité qui elle était et lança une reconnaissance faciale. Il s'agissait de Mary Johnson, une entrepreneuse de Londres. Enlevant ses lunettes, l'homme se frotta les yeux. Il espérait qu'elle ne poserait pas de problème.

Chapitre XII

Premier jour de travail

Jeudi 11 mai

— Bonjour les enfants, c'est maman. J'espère que vous allez bien et que je ne vous manque pas trop. En tout cas vous, vous me manquez, alors je vous fais de gros bisous à tous les deux. Et faites en un tout gros tout fort à papa aussi. Je vous aime à la folie !

Adélaïde raccrocha et jeta son téléphone portable sur son lit, à côté de Julie. Il était presque 7h00 et consciente qu'il était encore plus tôt d'une heure en France, elle espéra qu'elle n'avait réveillé personne en appelant. Toujours est-il que son message vocal laissé, elle enfila un sweat léger sur son tee-shirt, réajusta ses cheveux dans le miroir, puis elle sortit de sa chambre. Melody sortant au même instant, elles allèrent petit-déjeuner au rez-de-chaussée de l'hôtel, et dégustant des œufs, du bacon et des grains tout en buvant un café, elles se préparèrent mentalement à aller travailler.

— Vous avez vu Karen ? demanda Adélaïde.

— Non, et je n'ai pas vu sa voiture non plus, répondit Céline.

Adélaïde acquiesça. Elle n'avait pas à s'inquiéter, Karen était une grande fille et elle était en mission. S'il y avait eu un souci, elle aurait appelé.

— Prête ?

Céline souffla sur son café et en but une gorgée.

— Pas trop le choix…

Les deux jeunes femmes se sourirent, puis après une dizaine de minutes, leur petit-déjeuner avalé, elles se levèrent et sortirent de l'hôtel. Entrant dans l'Interceptor, elles se rendirent alors à l'usine d'*Environnemental Footprint* pour commencer à travailler. Comme elles étaient nouvelles, le contremaître, un dénommé Balthazar Richards, leur présenta rapidement leurs vestiaires, leur prépara des gants, des masques, des lunettes et des tenues de protection, puis leur faisant visiter les lieux, expliqua les différents postes de travail et leur fonctionnement. Pour lutter contre la monotonie, ils effectuaient des rotations, chaque semaine elles seraient donc à un nouveau poste. Jusqu'à samedi elles travailleraient ainsi à la chaîne de tri, puis la semaine prochaine au broyage, et enfin, la suivante, au conditionnement.

— Concernant le conditionnement, le plastique recyclé est façonné pour faire des briques pour construire des maisons pour les SDFs, le verre est envoyé à la fonderie, et le tissu est utilisé pour faire des rembourrages de coussins et de canapés que les fabricants partenaires nous achètent, déclara Richards.

— D'accord.

Adélaïde et Céline hochèrent de la tête. Cela leur paraissait le mieux adapté et les satisfaisait. L'entreprise semblait vraiment s'inscrire dans un procédé de réutilisation des déchets et c'était bien. Concernant le tissu et le verre, c'était déjà la pratique courante depuis des années, mais pour ce qui était de l'usage du plastique, l'idée d'en faire des briques était apparue un peu partout dans le monde depuis quelque temps déjà et c'était quelque chose de vraiment brillant, car avec les tonnes de déchets produits chaque année, la question de la pollution était devenue critique. Le contremaître, fier, se montra toutefois optimiste, et se projetant dans l'avenir, se voulut même plutôt encourageant.

— Monsieur Sterne a décidé d'investir dans une flotte de bateaux. D'ici quelques mois, on récoltera le plastique en mer et ce sera un grand pas pour nettoyer les océans, annonça-t-il.

— C'est une excellente idée, déclara Kate.

— Oh oui… Bon allez, mesdemoiselles, vous pouvez vous changer et commencer à travailler, prenez les postes 5 et 6 de la ligne 4. Je passerais tout à l'heure voir si tout va bien.

— D'accord, merci.

Richards les laissa là, et les deux femmes se dirigèrent jusqu'au vestiaire. Puis enfilant leurs blouses et leurs protections, elles se rendirent à la chaîne 4 pour prendre leurs postes. La ligne de tri était simple, il s'agissait de séparer les déchets plastiques et les morceaux de verre de la ferraille, du papier et de tous les autres déchets comme la porcelaine ou la faïence, puis une fois leurs caisses pleines, de les nettoyer avec un produit, et enfin de les mettre sur un autre tapis roulant pour qu'elles partent au broyage tandis que le reste était envoyé à l'incinérateur. S'y attelant donc immédiatement, Kate et Melody firent consciencieusement leur travail, et la matinée défila ainsi en silence jusqu'au moment du repas de midi. Appréciant la pause, elles retirèrent alors leurs tenues de protection, et se rejoignirent pour se rendre à la cafétéria.

— Bon Dieu, bailla Céline, c'est monotone.

Adélaïde approuva de la tête. Le travail à la chaîne était assez soporifique, il fallait le reconnaître, et honnêtement, toutes ces personnes avaient du mérite de faire ça tous les jours, c'était certes un métier sûr et stable, mais il fallait savoir passer son esprit en mode automatique et s'occuper les idées pour ne pas céder au sommeil. En tout cas, c'était à des lieux du travail d'agent secret et le contraste était énorme.

— Je pense que je vais prendre le poulet, s'exclama Melody en regardant les différents plats du jour.

Adélaïde leva les yeux et les fixa tout en avançant dans la queue.

— Moi le saumon, répondit-elle.

Les deux jeunes femmes prirent leurs couverts et leurs verres, et firent défiler leurs plateaux le long du self jusqu'à arriver aux entrées. Voulant prendre la même assiette que la femme devant elle, Adélaïde s'excusa toutefois.

— Pardon, désolée, dit-elle.

— Ce n'est pas grave, vous êtes nouvelles c'est ça ? demanda alors la jeune femme.

— Oui, répondirent en chœur et enjouées Kate et Melody.

— C'est bien ce que j'avais cru comprendre. Bienvenue…et du coup, je vous déconseille le poulet, vraiment, il n'est pas bon, la sauce curry est assez infecte.

Céline rigola puis acquiesça.

— Vous me conseillez quoi alors ? lui demanda-t-elle.

— Ou bien de prendre le poisson, ou alors la pizza.

— D'accord, merci.

Céline et Adélaïde la remercièrent encore de la tête.

— Je m'appelle Kate, et voici ma sœur, Melody, s'exclama *M* en lui tendant la main, vous êtes ici depuis longtemps ?

— Suzanne. Oui, cela va faire sept mois maintenant que je bosse ici. Je suis sur la ligne 3, poste 7.

— D'accord.

Adélaïde et Céline se servirent en dessert tout en sympathisant avec leur collègue, demandèrent leurs plats et prirent leurs assiettes, puis la suivant, s'installèrent avec elle à une des tables. Parlant de choses et d'autres avec elle, évoquant notamment leur arrivée récente à West Bay, le repas passa toutefois très rapidement, et lorsqu'à une heure et demie il fut temps de retourner travailler, elles rejoignirent leur poste, enfilèrent leurs tenues et reprirent le travail.

— Here we go again, fredonna Adélaïde.

Tout en chantonnant des airs dans sa tête, la Reine saisit un nouveau stock de déchets et le vidant sur son aire de travail, sépara le plastique et le verre qu'elle mit dans les caisses appropriées, jeta tout le reste, puis celles-ci pleines, nettoya lesdites caisses à l'aide de son jet. Une fois qu'elles furent propres, elle les fit glisser jusqu'au second tapis pour qu'elles partent au broyage, et prenant deux nouvelles caisses, récupéra un autre stock pour répéter la procédure. Adélaïde travaillait vite, et bien. Elle agissait avec mécanisme, triant et nettoyant tout en ayant l'esprit ailleurs. Elle pensait ainsi soudain à Jean et Adrien, à ce qu'elle pourrait leur ramener de son voyage, quand levant les yeux, elle vit Karen au niveau de l'administration. Vêtue d'un pantalon et d'une veste de tailleur assortis sur une chemise blanche, elle était accompagnée de Victor et avançait vers le bureau de Sterne pour se présenter à son rendez-vous. Mais s'arrêtant devant la porte, elle embrassa d'abord langoureusement le jeune homme avant de frapper à la porte puis de rentrer.

Adélaïde sourit. Elle ne savait pas comment la nuit s'était terminée mais Karen avait un pied dans le nid de vipères et c'était parfait. Se reconcentrant sur son travail, elle continua donc à trier ses déchets, et l'après-midi défilant, 16h30 arriva bien vite. Retournant dans les vestiaires, elle jeta sa tenue dans le bac de tenues sales pour qu'elle soit lavée, et prenant ses papiers dans son casier, sortit avec Céline. Saluant Suzanne, elles se dirigèrent alors jusqu'à leur voiture pour retourner à leur hôtel.

— Bon Dieu, s'étira Adélaïde, cela fait du bien un peu d'air frais.

— Bordel, j'ai besoin d'un massage et de dormir dix ou douze heures, je ne suis pas habituée, répondit Céline.

— Sans ri…

Adélaïde ne termina pas sa phrase. Et Céline suivant son regard, elle découvrit l'origine de son silence. Sortant de l'usine avec Karen, Victor et Alain, elle vit soudain Sterne en chair et en os pour la première fois. L'observant intriguée se diriger vers sa voiture, Adélaïde plissa les yeux. Elle ne savait pas exactement comment Karen comptait arriver à ses fins, mais de les voir là tous les quatre ensemble, pour la première fois depuis le début de la mission, quelque chose lui semblait bizarre. C'était la façon de Sterne, de Victor et d'Alain de se déplacer, de rigoler ensemble… leur comportement, ils semblaient cacher quelque chose, une nature qu'ils masquaient. Adélaïde réalisa d'instinct que Karen avait raison. Qu'il soit mêlé aux meurtres des jeunes femmes ou non, Sterne était louche.

Plus loin, caché derrière un bosquet, l'homme aux lunettes observa la scène avec des jumelles. Il suivit des yeux Sterne monter dans sa GT500 Shelby de 1967 et s'en aller. Il s'apprêtait à rejoindre sa voiture et le suivre, quand il remarqua soudain ces deux femmes près de l'Interceptor. Il n'avait pas fait attention à elles avant mais suivant Sterne des yeux, elles semblaient elles aussi s'intéresser à lui… quand avec frayeur, il les reconnut. Il s'agissait de *M* et de l'agent *Double-zéro Neuf.* L'individu abaissa ses jumelles, releva ses lunettes, et se frotta les yeux embarrassé. Ce n'était pas bon. Pas bon du tout.

Chapitre XIII

La Nuit étoilée de Van Gogh

— *« Bonjour les enfants, c'est maman. J'espère que vous allez bien et que je ne vous manque pas trop. En tout cas vous, vous me manquez, alors je vous fais de gros bisous à tous les deux. Et faites en un tout gros tout fort à papa aussi. Je vous aime à la folie. »*

Jean et Adrien regardèrent leur père les yeux emplis de joie, puis fonçant vers lui tandis qu'il raccrocha le téléphone et s'accroupit, lui firent un gros bisou chacun sur la joue.

— De la part de maman, sourit Jean.

— Elle t'embrasse fort, rajouta Adrien.

— Merci les enfants.

Phileas les embrassa à son tour, puis le visage heureux, les prit par la main pour les emmener à la cuisine.

— Allez, on petit-déjeune, on s'habille, puis on va faire un peu de classe.

— D'accord. On peut faire des mathématiques ? demanda Adrien.

Phileas se servit un verre de jus d'orange et regarda son fils avec surprise. Un enfant impatient d'apprendre, c'était magique… Il avait l'impression de se revoir à l'orphelinat, toujours en quête de savoir.

— Oui, on fera des mathématiques jusqu'à midi, puis Nathalie viendra s'occuper de vous et quand je reviendrai vers dix-huit heures, on fera de la lecture.

— On s'entraînera avec Nathalie, répondit Jean.

Phileas acquiesça, nota dans un coin de son esprit qu'il devra donner à Nathalie le livre de comptines qu'il voulait qu'ils étudient, puis prépara le petit-déjeuner. Il leur fit des tartines de confitures, leur prépara une salade de fruits rouges, de bananes et de clémentines, et sortant des crêpes, étala de la pâte à tartiner dessus. Accompagnant le tout d'un grand verre de jus et d'un bol de lait au chocolat, il les regarda manger en savourant une pomme. Lorsque le repas fut avalé, ils montèrent alors se changer, et Phileas habillant les enfants, mit à son fils un pull envoyé par Arthur et Camille Gates avec un petit pantalon acheté par mamie Brigitte. Pour Jean, il choisit avec elle des collants et une jupe offerts par tatie Chloé, et un haut tricoté par papi Alfred. Puis ils se brossèrent les dents, Phileas coiffa sa fille, et enfin chacun mettant lui-même ses chaussettes et ses chaussures, ils redescendirent dans le salon pour commencer les mathématiques.

— Allez, prenez vos cahiers, annonça Phileas.

Jean et Adrien se rendirent jusqu'à la bibliothèque d'école, et prenant chacun leur cahier et un stylo, vinrent s'asseoir à la table de travail.

— On démarre à une nouvelle page et on note la date du jour… on est le ?

— On est jeudi 11 mai 2016, annonça Jean en l'écrivant.

Phileas regarda sa fille s'appliquer, la langue sortie de la bouche, puis vérifia le travail d'Adrien.

— C'est bien les enfants, parfait.

Phileas s'effara toujours intérieurement de constater à quel point ils étaient avancés. Laura les avait éduqués avec une efficacité remarquable, mais outre cela, il était bluffé devant leur vivacité et leur joie de vivre, alors qu'ils avaient appris à vivre dans la peur et avaient subi des épreuves des plus difficiles. Là où un enfant normal se serait enfermé dans un mutisme de protection, traumatisé au possible, Jean et Adrien étaient au contraire épanouis, et qui plus et en avance sur leur âge. C'était sidérant, et c'était bien plus que de la débrouillardise, ils étaient aussi intelligents que des enfants de six ou sept ans et leurs capacités cognitives étaient impressionnantes.

— Combien font quatre fois trois ? demanda-t-il.

Phileas regarda ses enfants réfléchir à leur multiplication, puis chacun sur leur cahier y répondre.

— Combien font cinq fois deux ?

L'homme du club dicta d'autres multiplications pendant une quinzaine de minutes, parfois à deux chiffres, et prenant leurs cahiers une fois qu'ils eurent fini d'écrire leurs réponses, les vérifia. Sans surprise, il vit qu'ils avaient à chaque fois répondu juste et les félicita. Satisfait, il décida donc de voir si des additions de trois ou quatre chiffres leur seraient difficiles, puis des soustractions et des divisions. Phileas leur dicta ainsi sur les deux heures de classe une cinquantaine de problèmes mathématiques qu'ils résolurent sans jamais se tromper.

— Comment faites-vous ça les enfants ? leur demanda-t-il alors, intrigué tandis qu'ils dessinaient une frise dans leurs cahiers.

Jean le regarda, sourit, puis se remit à dessiner une licorne.

— Je vois les chiffres dans ma tête, et je compte combien ils font en s'additionnant.

140

— Et toi Adrien ?

Le jeune garçon leva les yeux vers son père puis haussa les épaules.

— Un peu comme Jean, mais je ne vois pas les chiffres. Je les ai remplacés par des petits bonbons, et je fais des tas avec. C'est plus drôle comme ça.

— C'est Laura qui t'a appris ça ?

— Oui, hocha de la tête Adrien, elle faisait des tas de petits nounours en gélatine, et nous demandait de les compter. J'aimais bien alors j'ai décidé de mémoriser comme ça.

— Et elle vous en offrait après des bonbons ? sourit Phileas.

— Oh oui ! Elle nous donnait le paquet qu'on devait diviser en deux tas égaux, puis on devait diviser chaque tas en sept petits tas, un pour chaque jour de la semaine. On avait ainsi le droit de manger tous les bonbons du tas comme on le voulait dans la journée.

Phileas trouva l'idée lumineuse, et regarda la Nuit étoilée de Van Gogh. Puis se rendant dans la cuisine, il sortit un grand sachet de bonbons du placard, et revenant, le posa sur la table.

— Alors on va faire un petit jeu comme celui que vous faisait Laura, déclara-t-il, sauf que comme le paquet est grand, on va devoir faire plus de tas, on en fera donc un pour Jean, un pour Adrien, et un pour maman. Comme ça elle aura plein de tas pour quand elle revient.

— Oui ! sourit Jean.

Se levant, elle déposa son crayon de couleur et prenant le sachet, demanda à son papa de l'ouvrir. Puis elle le renversa sur la table. Adrien l'aidant, ils divisèrent donc les bonbons en trois tas, qu'ils divisèrent ensuite en sept petits tas.

Moins de deux minutes plus tard, ils regardèrent alors leur père avec un tas de bonbons en trop.

— C'est quoi ce tas ? demanda Phileas.

— Il restait deux bonbons de la première division, et trois de la seconde dans chaque tas, annonça Adrien.

— On fait quoi de ces bonbons ? Papa a le droit de les manger ? sourit-il.

— Oui, bien sûr ! annonça Jean en lui en tendant un.

Phileas regarda ses enfants, et les embrassa sur le front, amoureux. Puis il mangea un bonbon et sourit.

— Vous avez le droit d'en manger chacun un maintenant de votre tas d'aujourd'hui, et pendant que vous rangerez les bonbons dans des verres en plastiques que je vais vous donner, moi je vais préparer le repas de midi, d'accord ?

— Oui papa !

Phileas esquissa encore un sourire, et se levant, leur amena des gobelets puis revint dans la cuisine pour préparer le repas.

— Quand vous aurez fini et que vous aurez rangé vos affaires, vous pourrez regarder la télé, déclara-t-il.

— On peut mettre Picsou[5] ?

— Bien sûr !

Phileas sortit les haricots verts du frigo, les nettoya, puis prépara des nuggets de poulet. Envoyant un message à Nathalie, il lui demanda ensuite si elle venait toujours manger avec eux, et recevant une confirmation, la demoiselle étant déjà en route, commença à faire cuire son repas. Puis lorsqu'on sonna au portail, Jean alla rapidement

---

[5]—Picsou © The Walt Disney Company. Tous droits réservés.

ouvrir, et la jeune femme remontant le domaine, vint se garer au garage et entra rapidement dans le salon.

— Bonjour les enfants ! s'exclama-t-elle.

Venant leur faire la bise, elle les chatouilla un peu, puis se rendant en cuisine, déposa un bisou à la commissure des lèvres du père de famille.

— Mmmh, tu sens bon, chuchota-t-elle.

— Toi aussi…

Phileas regarda le tableau de Van Gogh, puis lui sortant une bière, l'invita à s'asseoir.

— À table les enfants !

Une heure plus tard.

Phileas donna à Nathalie le livre de comptines pour que les enfants s'entraînent à lire, puis montant dans l'Aston Martin après les avoir embrassés, quitta la propriété. Se rendant en ville par un début d'après-midi ensoleillé, il prit alors sans se presser la direction du pont Clément et se gara non loin. Sortant de la voiture, il apprécia le soleil sur sa peau. C'était une belle journée, le temps était radieux, et marchant en savourant un vent rafraichissant, il passa sous le pont et sortit sa clé de sa poche. Phileas regarda à gauche et à droite s'il n'y avait personne qui pouvait le voir faire, et ouvrit la vieille porte pour descendre l'escalier menant à l'ancienne station ferroviaire. Arrivé là, il emprunta un wagon et rejoignit le Club des Damnés.

— Bonjour cher maître des lieux, l'accueillit Alfred.

Surgissant du labyrinthe, Phileas sourit à son père.

— Salut papa, chuchota-t-il.

Les deux hommes se firent la bise, puis marchèrent un peu.

— Basile t'attend dans ton bureau pour le rapport, annonça le Cavalier.

— Bien, parfait, ça va toi ?

— Oui, tout se passe à merveille.

Alfred se pencha vers son fils et lui parla discrètement.

— Il y a une jeune femme qui aimerait devenir Reine. Je lui ai dit de venir aujourd'hui, elle t'attend dans leur salon.

— Bien, je vais la recevoir, accepta Phileas. Elle s'appelle comment ?

— Noémie.

— Parfait.

L'homme du club fit le tour de la salle des sens pour serrer la main de plusieurs membres et saluer quelques Cavaliers et Reines, et empruntant l'escalier en colimaçon, monta jusqu'à son bureau.

— Hey, Basile, le salua-t-il en ouvrant la porte.

— Bonjour Phileas, répondit le vieil homme en se tournant vers lui.

Ils se serrèrent chaleureusement la main, mais indiquant du pouce la sortie, le maître des Reines se voulut embarrassé.

— Tu peux juste me laisser voir la fille qui veut devenir Reine avant ? lui demanda-t-il. On se voit juste après.

— Pas de soucis.

Basile se leva de son siège, sortit de la pièce, et Phileas se rendant dans le salon des Reines, repéra la nouvelle venue.

— Bonjour Noémie, et bienvenue au Club des Damnés, déclara-t-il.

La jeune fille rougit et lui tendit la main qu'il empoigna avec entrain.

— Euh, bonjour, enchantée, merci de me recevoir, bafouilla-t-elle.

— Il n'y a pas de quoi.

Phileas lui indiqua la direction de son bureau, et la suivant à l'intérieur, lui désigna un siège.

— Asseyez-vous.

La demoiselle s'exécuta, et l'homme du club prenant sa place derrière son bureau, il la regarda interrogateur.

— Vous voudriez devenir Reine, c'est cela ? lui demanda-t-il sans détour.

— Oui, c'est mon amie qui… enfin, la Reine Vérité m'a parlé de votre établissement et je souhaiterais le rejoindre, annonça-t-elle gênée.

— Pourquoi ? l'interrogea Phileas.

La jeune fille leva mal à l'aise les yeux vers lui.

— Je…

— Je ne vous demande pas une lettre de motivation ou un CV, je veux la vraie raison pour laquelle vous souhaitez venir ici, la bouscula un peu Phileas.

Noémie regarda ses jambes, embarrassée.

— J'ai besoin d'argent… mon père a des problèmes de santé et plusieurs crédits et j'aimerais pouvoir aller à l'université.

Phileas la jaugea du regard.

— Vous avez quel âge ?

— J'ai dix-neuf ans.

L'homme du club soupira. Il n'était pas à la recherche de nouvelles Reines, le nombre d'actives étant d'une trentaine, mais il ne refusait jamais d'aider les gens.

— Vérité vous a parlé de combien vous toucheriez ? De ce que vous devrez faire ? la questionna-t-il.

La jeune femme hocha la tête.

— Oui, elle m'a tout expliqué.

— Et vous seriez d'accord ?

La jeune femme hocha une nouvelle fois de la tête, et rouge et gênée, elle se releva de sur son fauteuil, et saisissant son pull, commença à se déshabiller. Fronçant un sourcil, Phileas imagina de multiples scénarii dans sa tête, mais celui qui lui sembla le plus probable, c'est que Vérité lui avait dit avec taquinerie qu'il faudrait qu'elle couche avec lui pour avoir le job. Phileas rigola intérieurement, venant d'une Reine qu'il avait nommée Vérité, il fallait bien s'attendre à un mensonge, et la regarda donc retirer son tee-shirt, puis une fois en soutien-gorge, commencer à le dégrafer.

— Elle m'a dit que vous aimiez voir les seins des nouvelles Reines, pour jouir dessus pendant la fellation d'embauche.

C'en fut trop pour Phileas. Il éclata de rire, et lui indiquant ses vêtements, lui suggéra de se rhabiller.

— J'apprécie le courage, et note que vous voulez ce travail à tout prix… mais vous avez été trompée, cela ne se passe pas comme ça, Vérité s'est jouée de vous.

Noémie rougit encore plus, confuse, et se recouvrit expressément avec son tee-shirt.

— Mon Dieu j'ai tellement honte, déclara-t-elle.

— Elle vous a dit quoi exactement ? fut curieux Phileas.

— Que si je voulais le job, il fallait que je me montre audacieuse, que j'accepte de coucher avec vous, et que je ne sois pas choquée par vos pratiques. Elle m'a aussi dit que vous vous occuperiez de moi toute l'après-midi.

Phileas éclata une nouvelle fois de rire.

— Habillez-vous, soyez sans crainte.

La jeune femme acquiesça, et se retournant, passa son soutien-gorge autour de sa taille, l'attacha et le positionna sur sa poitrine. Puis elle enfila son tee-shirt, son pull et se rassit réellement gênée.

— J'aime beaucoup votre blond, avoua Phileas en la regardant.

— Merci.

— Même s'il irait mieux avec un visage un peu moins rouge.

Noémie esquissa pour la première fois de l'entrevue un sourire, et Phileas se renfonçant dans son fauteuil, trouva qu'elle en avait assez bavé.

— Je ne peux pas vous faire visiter là, donc voilà ce que vous allez faire, en sortant, vous demandez un Cavalier qui vous fera visiter. Il vous présentera votre loge, votre garde-robe, et les lieux.

— Bien, merci. Cela veut dire que je suis prise ?

Phileas se montra amusé.

— Bien entendu. Malgré la félonie de la Reine Vérité, si elle vous a parlé du Club, c'est qu'on peut vous faire confiance, et vu ce que vous étiez prête à faire, j'imagine que vous le voulez vraiment… sans compter que vos seins sont juste superbes.

La jeune fille rougit gênée, et Phileas rigola intérieurement. Celle-là, c'était juste pour la pourrir, c'était trop facile.

— Bien, conclut-il en se levant, bienvenue parmi nous, Reine Seccotine.

Noémie se redressa, et lui serra la main.

— Merci beaucoup.

La jeune femme s'en alla, et Basile entrant avec un plateau sur lequel il y avait deux thés, il le déposa sur le bureau et s'installa à sa place.

— Alors ? demanda Phileas en prenant un des deux récipients et en posant ses pieds sur son bureau, quoi de beau ?

Basile saisit le second thé, et s'assit confortablement.

— Les travaux de rénovation des anciens tunnels avancent, on pense pouvoir utiliser toute une nouvelle section d'ici un mois ou deux.

— C'est une bonne nouvelle ça, se ravit Phileas.

— Oui, on espère attaquer les tapisseries, les ornements et les boiseries d'ici août.

Phileas but une nouvelle gorgée de son thé et apprécia l'avancement. Cela faisait bientôt six ans que les Rodiers avaient brûlé, et installés ici depuis, ils découvraient encore des tunnels datant de la Seconde Guerre mondiale partant dans toute la ville.

— Je pense que cela pourrait être une idée de salle, déclara-t-il, un labyrinthe avec des chandeliers aux intersections et une moquette rouge au sol. Avec la pierre de Jaumont cela rendra top.

Basile regarda incrédule Phileas par-dessus ses lunettes.

— Tu plaisantes j'espère ? Tu sais quelle quantité de tunnels il y a ? On perdrait les membres dedans, bon sang, même moi je m'y perdrais !

Phileas rigola.

— Bien fait, cela peut être top… je vais y réfléchir.

Basile termina son thé d'une traite, reposa sa tasse sur le plateau, et regarda le maître des Reines en secouant la tête, consterné. Phileas constatant son effarement, il changea alors de sujet.

— Et ici ? demanda-t-il.

— Rien de particulier. Toutes les Reines actives sont là, excepté Camilla et Chloé, répondit le Cavalier.

— Pourquoi donc ? s'étonna Phileas.

— Elles sont toutes les deux malades, elles pensent avoir la gastro, car elles n'arrêtent pas de vomir. Enfin ce n'est pas très clair.

Phileas fixa son Cavalier, et soufflant sur son thé, s'en étonna.

— Et pas Caroline ? lui demanda-t-il.

— Non, elle va bien, mais en même temps elle ne rentre pas chez elle par peur d'attraper le virus.

— Ne me dis pas qu'elle dort ici ? soupira l'homme du club.

— Bien sûr que si, tu croyais quoi ?

Phileas souffla encore sur sa boisson et en but une gorgée.

— Et niveau membres ? Rien de particulier à signaler ?

— Non. Enfin, pas dans ce sens-là, répondit Basile. Hector a cependant entendu des bribes de conversation entre Umbertti et Salandre laissant supposer que l'argent sera transféré mardi, en liquide.

— Bien, acquiesça Phileas, transmettez l'information au *Service*, ils sauront quoi en faire.

— C'est déjà fait, ils vont les suivre.

— Bien.

Basile se leva en hochant de la tête. Son rapport terminé, il était prêt à partir.

— Au fait, la Reine Génome aimerait poser pour la statue de Cire, annonça-t-il toutefois.

Phileas balança la tête, dans l'incompréhension.

— Elle vient à peine d'arriver, et elle veut déjà le faire ?

— Elle vient des Arts Plastiques, l'idée la fascine.

Phileas inspira, puis regarda son Cavalier et ami.

— Pas aujourd'hui, dis-lui qu'on fera ça la semaine prochaine. J'ai eu mon lot de poitrines cette semaine.

Basile rigola, amusé.

— Non mais sérieux, c'est la deuxième paire de seins qu'on me montre en deux jours, alors ils sont beaux hein, mais je sature là.

Le Cavalier acquiesça.

— Je lui transmets l'information, pas de soucis. Bonne journée. Je viendrais récupérer le plateau dans l'après-midi.

Phileas approuva de la tête, le salua de la main tandis qu'il quitta son office, puis buvant une nouvelle gorgée de son breuvage, regarda tout autour de lui son bureau.

Heureux d'être ici, de pouvoir apprécier le calme de la Cathédrale, il admira les boiseries des murs et s'émerveilla en levant les yeux vers le plafond travaillé. Il oubliait parfois la beauté des lieux, le souci du détail qu'ils avaient apporté au Club des Damnés. Il aurait pratiquement vécu ici lui aussi s'il n'avait pas femme et enfants. C'était si… bien d'être ici. Déposant sa tasse sur le plateau une fois son thé terminé, il fixa des yeux l'épée et le casque de ses ancêtres. Installée dans une vitrine sur des coussins de velours bordeaux, l'épée des Collenly avait le pommeau en or, serti de plusieurs rubis et d'une sculpture représentant un Phénix et un Basilic en guerre, et le fort de sa lame parsemé de pierres précieuses en tous genres donnant un effet coloré des plus magnifiques, elle résistait plutôt bien aux quelque dix siècles de passation familiale. Le casque de son aïeul en fer trempé posé à ses côtés avait toutefois lui un peu plus souffert des effets du temps. Les reflets de l'or qui le recouvrait jadis en étaient la preuve et ici et là quelques bosses venaient confirmer les ravages d'une existence mouvementée. Phileas se leva, s'approcha pour les admirer, puis sortant de son bureau, voulut traverser les loges des Reines pour rejoindre la tour Sud-Est. Il avait dans l'idée de se balader un peu dans les méandres de la Cathédrale, de flâner, quand il croisa Caroline, qui arrivait dans l'autre sens et avec qui il échangea un sourire.

— Hey beau brun, le salua-t-elle.

— Hello, demoiselle.

Phileas se retint d'observer son corps de rêve et une poitrine qu'il savait pour l'avoir pétrie et léchée, aussi belle que ferme, et changeant d'avis, prit finalement un chandelier et fit demi-tour pour se diriger vers la bibliothèque. Surgissant dans les ténèbres silencieuses du chœur de la bâtisse, il descendit alors un escalier de pierre plongeant dans le vide, ses pas résonnant dans l'obscurité, et arrivant sur un palier suspendu d'où partaient trois autres escaliers, en emprunta un menant vers un palier plus élevé puis une tour. Voilà, c'était à cela qu'il voulait finalement consacrer son après-midi. Il entra dans le petit salon de la tour, déposa son chandelier sur la table basse, et là, seul, dans le salon qu'il savait être l'un des plus hauts de la bibliothèque, il s'installa dans un fauteuil voltaire et prenant un Jules Verne sur l'étagère derrière lui, commença à le lire.

Phileas aimait bien venir lire ici. Déjà, parce que la bibliothèque était un labyrinthe d'escaliers et de paliers permettant d'accéder à des salons aménagés dans des tours recouvertes de livres, ce qui en faisait un lieu unique, mais surtout parce que lorsque les rideaux de la bibliothèque étaient tirés, seules les bougies la tiraient péniblement de l'obscurité, les chandeliers ne l'éclairant jamais complètement et seulement sur les pas de ses visiteurs. Les lieux faisant plusieurs dizaines de mètres de haut et de large, il s'agissait d'un véritable dédale qui dégageait une ambiance unique. Et puis les pas résonnant sur la pierre étaient magiques. On ne savait pas qui, ni où. On ne pouvait que se fier à une faible lueur qu'on distinguait à plusieurs mètres de distance, sur les côtés, en dessous ou au-dessus. Et cela n'avait pas de prix. Ce lieu était presque surnaturel et Phileas s'y plaisait comme nulle part ailleurs. Maintenant qu'il était à la retraite, venir ici serait son dada.

*

Phileas revint chez lui pour dix-huit heures. Rentrant avec dans les bras son édition centenaire du *Tour du monde en quatre-vingts jours*, il remercia Nathalie pour ses services, la paya d'un billet de cent euros, et ses enfants jouant dehors avec Cerebro depuis plus d'une heure, il les invita à venir avec lui sur le canapé. Prenant le livre de comptines, il les écouta alors chacun lire une histoire en commençant par Jean, pour constater leur niveau de lecture.

— C'est très bien ma chérie, la félicita-t-il une fois qu'elle eut terminé.

Phileas l'embrassa sur le front et leva les yeux vers le tableau de la nuit étoilée de Van Gogh. Puis il demanda à Adrien de lire l'histoire suivante. Le petit garçon n'en était toutefois même pas arrivé à la moitié de la première page, que Phileas ayant machinalement de nouveau regardé le tableau, s'aperçut que l'une des étoiles clignotait. Son visage changea alors du tout au tout.

— Jean, Adrien, allez jouer dans votre chambre, ordonna-t-il inquiet.

— Je ne finis pas l'histoire ? demanda Adrien.

Une seconde étoile s'alluma, puis encore trois autres étoiles, avant de toutes les cinq clignoter sous ses yeux.

— Tu la finiras ce soir au lit d'accord ? lui répondit Phileas en souriant.

Le jeune garçon acquiesça, et les deux enfants montant à l'étage, ils se rendirent dans leur chambre. Le visage dur, Phileas se dirigea alors vers le buffet, le tira, et sortit de derrière son fond un Walther PPK. Fixant le tableau, il vit une nouvelle étoile s'allumer. L'individu était à une dizaine de mètres de la maison maintenant. Levant son arme qu'il tint à deux mains, il en pointa le canon vers la porte vitrée de la cuisine, où les alertes de périmètre lui indiquaient la présence inconnue.

Quand il le vit.

Baissant son arme, Phileas soupira rassuré. Il ouvrit la porte, et se dirigeant vers l'évier, commença à faire sa vaisselle. L'*Artificier* entra alors dans la maison, en toge et masqué.

— Bonjour, annonça-t-il d'une voix déformée.

— Bonjour, déclara Phileas.

— Comment allez-vous ? Félicitations pour vos enfants, c'est fantastique que vous les ayez retrouvés.

L'homme du club tourna la tête vers l'individu et scruta son masque comme pour percevoir de qui il s'agissait en dessous. Puis il reprit ce qu'il faisait, la chose étant inutile. Si cela se trouvait, il ne connaissait d'ailleurs même pas la personne qui se trouvait en face de lui.

— Je suis à la retraite *Artificier*, s'exclama-t-il juste, je suis désormais neutre.

L'*Artificier* hocha imperceptiblement de la tête, et s'avança vers lui.

— Nous avons un souci. Nous avons croisé *M*... il s'avère qu'on bosse sur la même enquête.

Phileas ferma les yeux, et soupira en faisant une moue.

— Je vous demande de ne pas interférer alors, répondit-il, laissez l'enquête à Adélaïde et au *Service*.

L'*Artificier* balança la tête.

— Négatif. On en sait plus qu'elle et on veut tout détruire. Il y a plusieurs groupuscules concernés. *M* s'intéresse à l'affaire de Demonwood et à Sterne mais ils ne représentent qu'une infirme partie de la chaîne.

Phileas sembla embêté et se tourna vers l'*Artificier*. Il savait qu'il aurait beau dire ce qu'il voudrait, ce serait voué à l'échec, il tenta donc de lui rappeler qu'ils se battaient selon les mêmes idéaux.

— Ne lui mettez pas de bâtons dans les roues, n'oubliez pas que vous êtes dans la même équipe, annonça-t-il presque inquiet.

— Nous le savons, s'exclama l'individu, mais nous tenions à vous prévenir. Rien ne garantit que nos chemins ne se croiseront pas.

Phileas acquiesça.

— C'est Karen qui est en mission, Céline et Adélaïde n'interviendront qu'en cas d'absolue nécessité.

— Karen ? Votre remplaçante ? Une blonde plutôt jolie ?

— Oui, c'est elle.

L'*Artificier* joignit le bout des doigts de ses deux mains, et les écartant, ils s'illuminèrent et projetèrent une image de Karen au bal de charité.

— Oui, c'est bien elle, confirma Phileas.

L'*Artificier* serra les poings pour éteindre l'hologramme et regarda l'homme du club.

— Bien, on va mettre son téléphone sur écoute et nous ferons notre possible pour garder nos distances d'elles, déclara-t-il.

— Parfait, merci.

Phileas crut distinguer une salutation dans le mouvement de tête de l'*Artificier*, et le voyant s'en aller, soupira. Il sentait qu'il allait y avoir conflit. Se retournant, il termina de faire sa vaisselle. Au moins, son système de détection était efficace. Tout mouvement ayant pour point d'origine les murs d'enceinte était signalé sur le tableau. Ses capteurs fonctionnaient bien et son algorithme aussi.

Chapitre XIV

Double-zéro Six

Karen enfila ses bas et les monta avec délicatesse sur ses jambes. Elle sortit ensuite de sa valise un string noir en dentelle légère, et le passa sur son sexe qu'elle venait d'épiler. L'ajustant correctement, elle se regarda dans le miroir et sourit. Elle ferait son effet, c'était certain. La nouvelle *Double-zéro Six* prit sa robe noire, et plaçant ses jambes dedans, la remonta sur elle et la passa sur ses épaules. Fermant dans son dos la fermeture éclair, elle vérifia le rendu dans le miroir. La robe était près du corps et s'arrêtait à mi-cuisse, juste au-dessous de ses bas. Pressant sa poitrine à travers, elle vérifia si elle avait besoin de mettre un soutien-gorge, mais ce n'était pas nécessaire. Ses seins n'étaient pas écrasés par le tissu, et ils rendaient parfaitement bien. Karen mit donc des boucles d'oreilles, se maquilla, et passa du rouge à lèvres sur ses lèvres. Puis elle boucla légèrement ses cheveux et les attacha en un catogan. Satisfaite de son allure, elle se regarda une dernière fois dans le miroir pour vérifier qu'elle n'avait rien oublié. Elle vérifia ses dents, s'assura qu'aucune fibre ou poussière ne traînait sur sa robe, et constatant que non, enfila ses bottines et prit son sac à main. Karen mit son téléphone portable, son traceur GPS, son tube de rouge à lèvres, les clés de la voiture, et ses faux papiers dedans, et quittant enfin sa chambre, elle la referma à clé et descendit. Sterne avait écouté sa proposition de développement à travers le pays, ce qu'elle comptait faire avec sa marque, et intéressé, il voulait discuter autour d'une bonne viande et d'un bon vin de la hauteur des conditions d'un éventuel accord.

— Cela me laissera le temps de passer des coups de fil pour voir avec mon banquier et certains amis de la viabilité de l'idée, et surtout de combien il faudra mettre sur la table, avait-il annoncé.

— Bien entendu, lui avait répondu Karen.

Partant pour le rejoindre Victor et lui, Karen descendit les escaliers et passant dans le hall, sortit de l'hôtel. Le restaurant était à seulement cinq cents mètres à pieds. Profitant de la douceur de la nuit, elle y alla donc en marchant tout en réfléchissant à la mission. En certains points, elle ne se différenciait pas de celles qu'elle exécutait auparavant pour Emma Xavier. Elle vengeait une injustice faite aux femmes, et comme souvent, elle allait devoir affronter un homme odieux et machiste. À dire vrai, elle était même surprise que *M* ait accepté qu'elle la prenne, elle ne pensait pas que le *Service* s'occupait de ce genre d'affaires. Preuve était faite qu'elle se trompait à leur compte et qu'elle avait bien fait de les rejoindre. En tout cas elle appréciait de changer d'air, d'agir à plus grande échelle, et de pouvoir travailler avec des hommes. Certes elle reprenait du coup la place de Phileas, mais au-delà de la déception de ne pas pouvoir refaire équipe avec lui, elle avait apprécié que *M* lui accorde sa confiance pour devenir une agente autorisée à tuer. C'était donc d'une certaine façon un mal pour un bien.

Karen continua à marcher, distinguant le restaurant au bout de la grande rue, quand soudain en passant à côté d'un type, elle se fit claquer les fesses.

— Hey, mademoiselle, tu ne veux pas me sucer dans une ruelle ? s'exclama l'individu en se prenant pour un prince charmant.

Karen s'arrêta net en fermant les yeux. Elle serra les dents et rouvrant les paupières, les plissa de colère. Puis se tournant vers le jeune homme en jeans, casquette et hoodie, elle lui sourit faussement.

— C'est une jolie fille ça…

Alors qu'il la dévisagea de haut en bas en se léchant les lèvres, Karen saisit vivement sa main, et sans hésiter, lui brisa les doigts avant de lui faire une clé de bras et de le lui casser sans aucun remords. L'individu hurla de douleur, pris de surprise et souffrant comme jamais, mais Karen n'en démordit pas, et se pencha à son oreille.

— Tu fais moins le malin, petit enculé…

— Pardon, pitié ! Je suis désolé mademoiselle ! pleura le jeune homme.

Karen saisit sa main, et brisa son poignet dans un craquement net accompagné d'une plainte effroyable.

— Oh bordel, tu m'as bousillé la main, putain…

L'individu saisit son bras en pleurant et se releva pour partir.

— Petit con…

Karen réajusta ses cheveux, et reprenant son sac qu'elle avait fait tomber par terre, continua à marcher. Désormais irritée, elle vociféra intérieurement. Elle détestait ce genre de mecs, cette engeance qui se croit tout permis ou qui pense qu'une robe courte est un appel au viol et une justification pour toucher le corps d'une fille. Manque de pot pour celui-là, elle était en mesure de se défendre, et particulièrement intolérante à ce genre de pratique. Karen continua de marcher en tâchant de se calmer. Elle repensa à la mission. Elle avait passé la nuit avec Victor et se comportait comme sa petite copine. C'était le moyen idéal de rester dans le coin et l'entourage de Sterne si jamais l'investissement capotait. Elle espérait toutefois que la mission ne durerait pas trop longtemps. Victor était louche, elle avait le sentiment qu'il était de connivence avec Sterne. Karen n'était sûre de rien, mais c'était instinctif, cela se dessinait dans sa tête comme une évidence, il était de mèche avec Sterne, et son frère Alain l'était aussi. Ils étaient si proches que cela en devenait mathématique : s'il est coupable, eux l'étaient également. Enfin, Karen devrait bien entendu le vérifier, mais pour elle ils étaient mêlés aux meurtres de la forêt. D'ici là, elle continuerait à lui faire des fellations, à avaler, à se faire peloter et à le prendre dans les fesses s'il n'avait pas de préservatif. Et puis il était plutôt beau, bien équipé et doué, elle n'avait pas trop à s'en plaindre. Du coup, comme le lui avait appris Emma, quand on est belle, autant s'en servir à leurs dépens. « *Embrasse-les, suce-les, mais le moment venu, s'ils sont coupables, mets du poison sur tes lèvres ou mords assez fort pour qu'ils ne puissent plus rien faire avec.* »

Karen arriva devant le restaurant, et repéra le long du trottoir la GT500 Shelby de Sterne. Discrètement, vérifiant que personne ne la regardait, elle s'en approcha, et s'accroupissant, fixa en dessous son traceur GPS. Puis elle se releva, et entra dans l'établissement en souriant. Distinguant Sterne et Victor assis à une table, elle les rejoignit alors.

— Bonsoir, s'exclama-telle.

— Tu es radieuse, répondit Victor en se levant.

Il l'embrassa sur la bouche, et Karen regardant Sterne, lui tendit la main.

— Heureuse de vous revoir.

— Et moi donc mademoiselle, vous êtes sublime ! annonça le vieil homme en la lui serrant.

Karen se montra flattée, et Victor tirant sa chaise, elle s'assit.

— Vous nous excuserez, nous avons commencé sans vous, déclara Sterne en buvant une gorgée de son apéritif.

— Mais il n'y a aucun souci.

Victor appela le serveur, et Karen regardant la carte, commanda une coupe de champagne.

— Alors, comment s'est passée votre fin d'après-midi ? lui demanda Sterne une fois l'homme parti chercher sa boisson.

— Très bien, et la vôtre à tous les deux ?

— Ma foi, chargée, répondit le professeur.

Karen tourna la tête vers Victor, qui la regarda avec séduction.

— J'ai fait un jogging sur la plage et quelques achats, déclara-t-il simplement.

— D'accord d'accord.

Karen lui jeta son plus beau sourire, et le jeune homme posant sa main sur sa cuisse sous la table, elle la saisit et l'amena au contact de la dentelle de son string. Les lèvres immédiatement caressées, Marie regarda alors Sterne, et décida de le tester un peu.

— J'ai lu dans le journal qu'il s'était passé des meurtres horribles ce week-end ici. Vous en avez entendu parler ? demanda-t-elle choquée.

Sterne ne sembla pas réagir, mais Karen sentit que les doigts de Victor se figèrent un instant. Il recommença toutefois bien rapidement à lui flatter le sexe et glissa même un doigt sous son string pour lui mettre une phalange.

— Oui, c'est plutôt horrible, s'exclama Sterne. J'ai lu l'article dans le journal et je ne comprends pas ce qui peut passer par la tête de ces gens-là.

— De ce que j'ai compris, elles étaient très jeunes en plus, c'est effroyable, rajouta Victor.

Karen les regarda tour à tour, et son champagne arrivant, trinqua avec eux.

— À, je l'espère, une collaboration fructueuse ! annonça-t-elle enjouée.

— Oh oui !

— Avec plaisir.

Karen but une gorgée de son champagne, et reposa sa flûte. Puis les menus arrivèrent pour qu'ils puissent passer commande. S'agaçant intérieurement, elle sentait toutefois Victor farfouiller du doigt dans son vagin et bien qu'elle fit bonne figure, elle commença à franchement en avoir assez. Elle lui susurra donc de la rejoindre aux W.C, et s'y rendant, attendit qu'il arrive. Le jeune homme se présentant aux toilettes des dames à peine une minute plus tard, elle l'embrassa fougueusement, puis s'agenouillant, lui pompa la bite jusqu'à ce qu'il jouisse. Avalant toute sa semence, elle ressortit alors en se montrant mielleuse, puis revint s'asseoir. Buvant une gorgée de champagne, elle fit disparaître le goût de sa bouche et replongeant le nez dans le menu, commanda lorsque le serveur se présenta. Elle se promit que si elle avait raison et qu'il était l'un des instigateurs de la tuerie de la forêt elle se vengerait personnellement de tout ça, et y prendrait même plaisir. Elle l'avait certes chauffé, mais il la masturbait tellement qu'elle n'arrivait même pas à se concentrer.

Vingt minutes plus tard.

— Et vous pourriez investir à quelle hauteur ? demanda Sterne.

Karen regarda au ciel, pensive.

— Je dirais dans un premier temps, un million et demi, voire deux, puis si je suis sûre que cela me rapportera assez, pourquoi pas cinq de plus ?

Sterne sembla intéressé, et Karen découpant un morceau de son filet de bœuf, le trempa dans sa sauce au poivre puis le porta à sa bouche.

— Cela représente un tiers de la somme nécessaire pour ouvrir les cinq succursales, déclara le professeur.

Karen acquiesça.

— Cela peut vous sembler dur, mais je tiens à pouvoir m'assurer de retomber sur mes pieds si nous n'obtenons pas tous les contrats, répondit-elle.

Sterne fit une moue et mangea un morceau de sa viande, puis quelques légumes.

— Bien que je le comprenne, il va me falloir plus, c'est vous qui êtes venue me voir.

Marie Johnson sourit en avalant sa bouchée, puis regarda le professeur.

— Trois millions deux dans un premier temps, cela vous conviendrait-il mieux ?

— Voilà qui est plus intéressant !

Le professeur s'essuya la bouche avec sa serviette, puis prenant son verre, en but une gorgée.

— Mais quelle serait la part de tes intérêts ? demanda Victor tout en lui caressant la cuisse.

Karen regarda son amant, et se voulut ferme.

— 30 à 40% le temps de regagner ma mise, puis 15 à 20% une fois celle-ci récupérée.

Sterne et Victor se regardèrent en souriant.

— Ah ça, elle en veut la demoiselle, sourit le professeur.

— Elle est douée, hocha de la tête Victor.

Karen termina son assiette et les regarda tour à tour.

— Nous avons un deal ? interrogea-t-elle.

Sterne reprit son verre et l'avança par-dessus la table. Karen et Victor trinquèrent alors avec lui.

— Nous avons un deal ! répondit Sterne.

Karen sourit.

Une heure plus tard.

Karen monta les marches de l'escalier pour accéder à sa chambre. La soirée s'était bien passée même si elle ne lui avait rien appris. Cela dit, maintenant qu'elle avait scellé un accord et était en place, elle pouvait enquêter. Elle demanderait au petit matin à la section juridique du *Service* de lui rédiger un contrat pour les succursales, espérant que Sterne ne ferait pas d'enquête sur qui était son avocat, et d'ici à ce que le contrat soit édité, puis relu par la partie adverse, cela lui laisserait quelques jours pour mener son investigation. Karen était en attendant heureuse d'être définitivement ancrée dans l'entourage de son suspect. *M* le sera cependant moins en apprenant la facture. Amusée, Karen savait en effet que si elle ne trouvait pas ce qu'elle cherchait d'ici une quinzaine de jours, elle devrait signer pour maintenir sa couverture. Ou bien il faudrait qu'elle mette les voiles. La jeune femme se voulait toutefois confiante, elle était certaine qu'elle aurait résolu son affaire d'ici là.

Karen rentra dans sa chambre, retira ses chaussures, et allumant la lumière, se rendit jusqu'au miroir. Fixant son reflet, elle retira ses boucles d'oreilles et défit ses cheveux. Puis elle ouvrit la fermeture éclair de sa robe et la retirant, la fit tomber au sol. S'asseyant sur le lit, elle enroula ensuite ses bas au fur et à mesure qu'elle les enleva, puis une fois que ce fut fait, elle fit glisser son string le long de ses cuisses et fila sous la douche. Se rinçant sous le jet salvateur, elle se lava rapidement. En sortant du restaurant, elle avait eu un dernier rapport avec Victor, se faisant prendre dans sa voiture, assise sur lui, puis il l'avait déposée à son hôtel. Karen avait donc eu besoin de se rafraichir. Elle évacua le sperme qu'elle avait entre les fesses, ne comprit pas pourquoi il n'avait pas pris de préservatifs, et se rappelant d'en acheter pour en avoir sur elle dès que les magasins seraient ouverts, elle se nettoya du mieux qu'elle put. Ensuite, une fois propre, elle sortit de la douche, s'essuya hâtivement, puis repassa dans sa chambre. Enfilant rapidement un soutien-gorge, une culotte, des chaussettes, puis par-dessus des chaussures, un pantalon et un pull noirs, elle ressortit et regagna sa voiture. Elle avait une demi-heure à tout cassé de retard sur Sterne, mais elle tenait à le suivre pour savoir s'il faisait quelque chose durant la nuit. Ouvrant son coffre, elle en sortit donc la paire de jumelles qui s'y trouvait, puis venant s'installer au volant, démarra la Bentley, activa l'écran tactile, et affichant le signal GPS de la Shleby de Sterne, se dirigea vers elle. La voiture arrêtée, elle se retrouva malheureusement bien vite devant chez lui, une propriété moderne dans le quartier en haut de la falaise. Coupant le contact, elle le distingua dans son salon, lisant un livre, et le fixant avec ses jumelles, l'observa. Guettant ses mouvements, elle resta ainsi jusqu'à ce qu'il aille se coucher. Ce soir il ne se passait rien, mais ce n'était que partie remise.

Chapitre XV

Seconde journée

Vendredi 12 mai

Adélaïde se réveilla et éteignit son réveil. Elle soupira, et les cheveux en bataille, la bouche pâteuse et les yeux tirés, se leva.

— Bordel, je hais ce taf.

La jeune femme s'étira et retirant son débardeur et son tanga, partit sous la douche. En quittant l'usine hier elles s'étaient avec Céline reposées, puis elle avait appelé ses enfants, et après être allées dans un restaurant, elles s'étaient fait un cinéma. Épuisée en sortant du film, elle avait alors immédiatement rejoint sa chambre et s'était couchée.

Adélaïde se nettoya le corps et les cheveux, et propre, sortit de la douche et se brossa les dents. S'habillant, elle quitta alors sa chambre et descendit déjeuner.

Trois quarts d'heure plus tard, Melody et Kate partirent à l'usine. Toujours en poste à la chaîne de tri, elles travaillèrent toute la matinée à séparer le plastique et le verre du reste, méthodiques et silencieuses, appliquées, mais attendant avec impatience le repas de midi. Et lorsque l'instant salvateur arriva, les deux jeunes femmes se retrouvèrent à la cafétéria et se mirent à l'écart pour pouvoir discuter en français.

— Bon sang, j'en ai déjà marre, s'exclama Adélaïde.

Céline acquiesça tout en mangeant son entrée.

— Vous regrettez votre décision de venir ? l'interrogea-t-elle.

Adélaïde tiqua.

— Je n'ai pas à interférer dans la mission de Karen, mais je dois dire que pour l'instant, on ne lui apporte rien et on s'ennuie assez, concéda-t-elle.

— Cela ne fait que deux jours… la subtilité demande du temps. Tout le monde n'est pas Phileas, ou *Double-zéro Dix-Neuf,* sourit l'agente.

— Ça…

Adélaïde but une gorgée de sa boisson, quand elle remarqua que Céline semblait préoccupée.

— Tout va bien ? l'interrogea-t-elle.

— Oui… je me demandais juste, enfin…

— Oui ?

Céline releva les yeux vers sa cheffe en avalant sa bouchée, embarrassée.

— Vous aviez couché avec Karen, vous et Phileas, cette nuit-là à Rome ?

Adélaïde regarda son agente, quelque peu surprise.

— Pourquoi cette question ? s'étonna-t-elle.

— Je ne sais pas… j'étais probablement curieuse de savoir je pense.

Adélaïde mangea un peu de son saumon, et hocha de la tête.

— Oui, nous avons passé la nuit ensemble. On était tristes, on était prêts à abandonner, et cela s'est fait comme ça, elle a tenu à nous remonter le moral.

— Bien, d'accord.

Céline continua à manger, acceptant la réponse qu'elle reçut.

— C'est de la jalousie ou… ? demanda Adélaïde.

166

La jeune femme releva les yeux et la regarda gênée.

— Non, je me demandais juste… Je ne sais pas, hier soir dans mon lit, j'y ai repensé et je voulais savoir si elle aussi avait…

— Avait ? la reprit *M.*

Céline sembla gênée.

— Allez-y, dites-le, l'incita à parler Adélaïde.

Son agente prit une inspiration, puis se lança.

— Vous ne m'avez jamais dit que vous m'aimiez madame. Je veux dire, ce n'est pas que je cours après les sentiments, mais je sais que vous aimiez presque amoureusement Billy, Chloé et certainement Bella, que vous leur disiez les aimer, et je me demandais si j'étais plutôt comme Karen ou bien…

Adélaïde regarda son agente, incrédule. La rétorque lui fit un choc. Avalant ce qu'elle avait en bouche, elle tenta toutefois de retrouver ses esprits, et bien que la question la gênait, elle se voulut honnête.

— Pour être franche, j'aimais sincèrement et profondément Billy. Parce que je me suis rendu compte qu'il avait toujours été là pour moi professionnellement, et que c'était le premier homme que j'ai connu depuis des années… Je suis tombée amoureuse de Phileas et on a fait notre vie ensemble si rapidement que je n'ai jamais réellement profité. Donc ce sang neuf m'a fait du bien et a éveillé avec le temps des sentiments, même si je ne l'ai jamais autant aimé que je n'aimerais Phileas.

— Je comprends.

— Mais ce n'est pas une raison pour en parler avec vous, je suis votre cheffe Céline.

— Je…

Céline fut mal à l'aise et se taisant, plongea le nez dans son assiette.

— Je veux dire, se reprit rapidement Adélaïde en se rendant compte qu'elle avait été trop dure, j'ai conscience qu'on a largement dépassé le stade professionnel toutes les deux, nous avons été amantes durant plus de deux ans, et on en a fait des choses ensemble vous et moi, souvent à ma propre initiative.

La jeune femme hocha de la tête.

— Seulement, expliqua la Reine, j'aimerais que cela ne soit plus évoqué. Je ne le regrette pas, mais le passé est loin derrière et il faut passer à autre chose.

— Bien madame.

Céline continua à manger sans rien dire, presque amère, mais la voyant réellement blessée, Adélaïde soupira.

— Je m'excuse… je n'avais pas à vous parler comme ça. En plus je me suis mal exprimée.

Céline détourna le regard, les yeux devenus humides.

— J'aimerais tirer un trait sur cet aspect de ma direction, honnêtement, avoua alors *M* pour développer son ressenti, j'ai fait des partouzes avec mes agents et je n'en suis pas spécialement fière.

Céline essuya ses yeux et trouva la force de la regarder en face.

— C'est juste qu'hier encore vous me demandiez pour Billy et Bella, et maintenant vous me parlez comme si je vous avais manqué de respect.

Ce fut à Adélaïde de baisser les yeux.

— En fait je m'en veux à moi-même et votre question me l'a rappelé… J'en veux un peu aussi à Phileas mais je m'en veux principalement à moi. On aime le sexe lui et moi et on s'est laissé aller à nous trouver des amants au *Service*, et je ne veux pas qu'on se souvienne de moi en ces termes. Et j'ai beau dire, j'ai adoré, j'ai aimé toutes ces années avec vous, mais j'aimerais ne plus les entendre évoquées, même si je le fais moi-même…

Céline ricana nerveusement, comprenant où elle vouait en venir.

— Du coup vous voulez que les autres le fassent pour vous.

Adélaïde rigola à son tour, un peu honteuse.

— C'est cela, parce que je n'ai pas la force de le faire moi-même. Je suis à la fois Adélaïde, Méphala, et *M* vous savez. Et cette dernière se doit d'être une femme stricte, dure, mais elle est paradoxalement celle qui a le plus dérapé. Je crois que j'ai plus eu de rapport au *Service* qu'en tant que Reine au Club des Damnés ou dans ma vie civile. C'est dire.

— Vous savez, ce n'est pas parce qu'on a eu des rapports sexuels qu'on ne vous respecte pas, que ce soit Corie, Billy, Bella ou moi, se voulut rassurante Céline. Regardez Karen, elle agit même comme si rien ne s'était passé.

— Ce n'est pas ça… c'est que…

— C'est que ?

Adélaïde regarda sa subalterne et soupira.

— Vous avez demandé pourquoi je ne vous ai jamais dit que je vous aimais.

— Oui…

Adélaïde but une gorgée d'eau, et soupira avant de se lancer.

— Je sais que mon mari et Corie s'aimaient. Pour ma part j'ai réellement aimé Billy, et Chloé, elle, étant ma meilleure amie, je l'aime en tant que telle. Mais vous, Bella et Corie…

Céline regarda sa cheffe, redoutant sa réponse.

— Je n'ai jamais pu aimer Bella parce qu'elle m'intimidait. Elle était une agente plus expérimentée que moi, plus âgée, et je n'arrivais pas à me sentir à la hauteur avec elle. J'étais épanouie quand on était ensemble, il n'y avait aucun souci, mais de ce fait, à cause de cette intimidation, dès que cela s'est fait, c'était pour moi plus un trophée qu'une femme que je pourrais aimer. Et j'aimais ce trophée, c'est pourquoi je le lui disais. Pour Corie, ce n'était que du sexe, une autre jolie fille à mettre dans mon lit. Un autre trophée.

— Et me concernant donc…

— Vous concernant, je n'ai jamais pu vous aimer parce que vous étiez la fille de l'homme qui a enlevé mes enfants. J'étais bien avec vous, je vous adore, votre corps m'a fait rêver et m'excitait à la folie… mais vous n'étiez qu'un trophée de plus.

Adélaïde regarda son agente, gênée.

— D'accord, répondit celle-ci. Merci de votre franchise.

— Désolée, sincèrement, je sais que c'est dur à entendre et j'en ai honte mais…

— Non, non, c'est honnête au moins, concéda Céline.

Adélaïde regarda la jeune femme essuyer ses yeux, et piquant dans ses pommes de terre, les porta à sa bouche.

— Vous aviez des sentiments, vous ? se risqua-t-elle à demander une fois sa bouchée avalée.

Céline recommença à manger, et soupira, essayant de se remettre.

— Je ne sais pas trop, surtout que je ne me voyais pas du tout avec des femmes… mais je me suis attachée, et… Vous et Phileas, vous êtes les premiers à m'avoir permis de vivre. J'ai eu des relations avant vous, mais j'ai toujours vécu avec l'ombre de mon père, où que j'aille, j'avais toujours cette épée de Damoclès qui me pesait au-dessus de la tête, ce sentiment que rien dans la vie ne pourrait jamais remplacer la terreur et combler le vide qu'il avait laissés en moi. Même au début quand j'ai rejoint le *Service* je n'arrivais pas

à me défaire de ça, c'était asncré. Puis quand Phileas s'est intéressé à moi pour votre jeu, puis qu'on a couché ensemble, j'ai réalisé que vous auriez dû sur cette planète être les deux personnes qui me détestaient le plus. Au lieu de ça vous m'avez fait confiance, et vous vous êtes intéressées à moi. Certes ce n'était que pour le sexe, mais c'était déjà beaucoup. Vous êtes venus vers moi, non seulement alors que vous devriez me haïr, mais parce que je vous plaisais. Et puis c'est devenu sérieux quoiqu'on en dise. Même si vous alliez voir ailleurs, on était en couple…
Adélaïde hocha de la tête, elle comprenait.

— Comme on en parlait avec Phileas, on a fait beaucoup de torts avec cette histoire. On a brisé des cœurs.
Céline approuva.

— On sait tous que vous avez fait ça pour pallier la disparition de vos enfants, pour profiter, et on a accepté le jeu, mais je crois que oui, j'ai eu un peu le cœur brisé. Et je me demandais du coup hier pourquoi je n'avais jamais eu de *« je t'aime »* là où les autres en recevaient.
Adélaïde sourit, et tendant sa main par-dessus la table, saisit chaleureusement celle de son agente.

— Je n'ai jamais été amoureuse de vous, mais je vous aimais. J'ai honte de moi, car vous étiez un trophée, mais vous m'avez beaucoup apporté Céline. Vous, Bella, Corie, Nathalie… vous m'avez aidée pendant quatre ans à tenir face à la chose la plus difficile à endurer. Avec Phileas cela n'aurait peut-être même pas tenu si on n'avait pas fait ça ensemble, si vous n'aviez pas été là pour nous. Alors sachez une chose Céline, vous n'avez pas à être jalouse de Billy, Bella ou de Chloé. Parce que vous m'avez tout autant qu'eux aidée à tenir le coup.

Céline balança la tête, et reprit un peu de son saumon avant qu'il ne refroidisse.

— Cela va mieux ? lui demanda Adélaïde.

— Oui, pardon madame.

Céline s'essuya les yeux, et rigola nerveusement.

— Bon sang, soupira-t-elle, je suis désolée.

— Il ne faut pas… Et vous savez, c'est dur aussi pour moi, je dois me contenir. Si je m'écoutais, je plongerais mes mains dans votre chemisier et je vous aurais rejointe au moins dix fois cette nuit.

L'agent ricana.

— J'ai aussi hésité à vous le proposer, mais je sais que vous tenez à rester professionnelle.

Adélaïde sourit.

— Alors par pitié, aidez-moi à l'être en essayant de me relancer le moins possible.

— Promis, j'essayerais de ne plus en parler.

M regarda son agente avec duplicité.

— Ne vous empêchez pas de vous habiller sexy pour autant, ne pas toucher et ne pas parler ne veut pas dire ne pas regarder.

Céline ricana nerveusement.

— Bien madame. Je dois vous avouer que je vous regarde moi aussi.

*

Adélaïde et Céline étaient revenues à leurs postes depuis près d'une heure. Triant encore et toujours des déchets, elles avaient hâte que la journée se termine, la lumière du soleil leur manquant et la monotonie les endormant. Lorsqu'elles virent arriver Victor à l'usine. Sa venue réveillant leur

172

instinct d'agent secret, le suivant du coin de l'œil tout en travaillant, elles l'observèrent donc monter à l'administration et finalement redescendre, son frère et Sterne étant vraisemblablement occupés ou n'ayant pas envie de les rejoindre. Il avait en tout cas du temps à tuer visiblement, car se faufilant parmi les chaînes de tri, il inspecta avec curiosité le travail effectué. Passant entre les employées de la chaîne 4, il regarda leur efficacité, jaugeant leur rendement, quand il finit par remarquer Melody et Kate.

— Bonjour mesdemoiselles, vous êtes nouvelles ? demanda-t-il.

Adélaïde tourna la tête vers lui et lui sourit.

— Oui, répondit-elle enjouée.

Victor sembla s'en satisfaire et s'approchant d'elle, se colla dans son dos.

— Et quel est ton nom ma douce ? demanda-t-il.

Adélaïde réfléchit au quart de tour avant de répondre. Deux options s'offraient à elle. Ou bien elle le repoussait au risque de se faire virer, ou bien elle le laissait faire, avec l'espoir que cela puisse amener d'une manière ou d'une autre l'individu à commettre un acte l'incriminant dans l'affaire pour laquelle elle était ici. Fermant les yeux, elle essaya de penser à ce qu'elle voulait vraiment, à ce qu'elle était prête à faite pour sa mission. Rangeant sa dignité au vestiaire, elle préféra venger ces cinq filles massacrées dans la forêt et choisit la seconde option.

— Je m'appelle Kate, répondit-elle.

— Mmmh, c'est un joli nom, souffla Victor à son oreille.

Passant ses bras autour d'elle, il ouvrit sa blouse et glissa ses doigts en dessous au niveau de sa poitrine. Adélaïde se laissa faire, priant pour que Phileas ne l'apprenne pas. *Pitié*, pensa-t-elle, *il ne faut pas que Phileas l'apprenne.*

— C'est bien ma jolie, tu sais où est ta place…

Victor passa ses doigts dans son chemisier et commença à lui caresser le sein, soupesant sa chair, prenant son téton entre ses doigts pour le faire gonfler.

— Monsieur, il faut que je travaille, s'exclama Kate.

— Ne t'inquiète pas, tes déchets seront toujours là à la fin de la journée…

Victor continua à peloter le sein d'Adélaïde sans gêne. Quand un bruit se fit soudain entendre quelques chaînes plus loin. Victor tourna la tête, aux aguets, et Adélaïde faisant de même, ils remarquèrent Karen. Retirant en un éclair sa main, le jeune homme au visage d'ange s'éloigna alors d'elle et se rendant auprès de sa nouvelle petite amie, l'embrassa amoureusement.

— Bonjour ma chérie, lui lança-t-il.

— Bonjour toi !

Adélaïde les regarda partir vers l'administration, et referma son chemisier puis sa blouse. Dès que cela lui serait possible, elle tenait à faire le point avec son agente sur la situation. Les autres employées la fixant du regard, elle reprit en attendant son travail, indifférente à leurs jugements, quels qu'ils soient. Elle tenait tellement à rendre justice à ces jeunes filles qu'elle serait prête à n'importe quoi pour arriver à ses fins. Mariée ou non, s'il fallait qu'elle aille plus loin, elle le ferait certainement, même si elle savait qu'il ne faudrait jamais que Phileas l'apprenne.

*

Plus loin.

— Tu as bien dormi ? demanda Victor.

— Oui, et toi ?

— Parfaitement, même si ta compagnie me faisait défaut.

Karen le regarda, mielleuse, attendrie.

— C'est mignon Victor…

Elle s'approcha de lui, et déposa les lèvres sur les siennes.

— Peut-être ce soir mon chéri…

Se rendant jusqu'au bureau de Sterne, Karen frappa à la porte, mais Victor sûr de lui ouvrit pour qu'ils entrent. Pénétrant donc à l'intérieur, Karen afficha son plus beau sourire, quand elle constata que Sterne était occupé. En effet, se relevant à son approche, un vieil homme en costume trois-pièces lui tendit la main.

— Bonjour, Karl Smith, attaché du ministère de l'Environnement pour le contrôle de qualité.

— Bonjour, Mary Johnson, entrepreneuse et investisseuse, répondit Karen.

Karen lui serra la main, puis en fit de même avec Sterne et Alain.

— Votre visage m'est familier, s'est-on déjà vus ? lui demanda alors l'attaché intrigué.

— Peut-être, je ne sais pas, sourit-elle.

Karen se doutait bien que ce n'était pas possible, n'étant pas réellement une entrepreneuse, et encore moins anglaise. Mais elle joua le jeu.

— On s'est peut-être croisés à Londres, annonça-t-elle.

— Cela me reviendra peut-être, pouffa l'homme.

Karen lui sourit, et regardant Sterne, se voulut mal à l'aise.

— Nous dérangeons peut-être ? Nous sommes entrés sans permission.

— Non, non, du tout, s'exclama l'homme aux deux cicatrices sur le crâne, nous discutions justement de ce nouvel accord, sourit-il ensuite.

Le professeur lui indiqua un des sièges libres, puis lui proposa un verre de Whisky.

— Volontiers.

Victor lui servit son verre, puis s'en prépara un.

— Je discutais avec le représentant du ministère de notre envie de nous étendre à travers le pays et du projet de récolte océanique, annonça alors Sterne.

Le dénommé Karl Smith se tourna vers Karen et la regarda.

— Souhaiteriez-vous investir dans le projet de nettoyage des océans ? s'exclama-t-il.

Karen fut prise de cours et les regarda tour à tour, hésitante.

— Euh, oui, bien sûr, pourquoi pas, l'idée me semble riche d'intérêt. Mais il me faudrait plus de détails avant de me décider.

— Et bien c'est entendu, frappa dans ses mains satisfait Sterne, nous allons préparer tout ça.

Karen sourit, n'étant pas sûre de l'entreprise dans laquelle elle s'embarquait, mais tenta de reprendre le dessus en dirigeant la conversation vers le contrat qu'elle avait été autorisée à négocier.

— J'ai contacté mon avocat, il devrait vous envoyer les papiers d'ici deux ou trois jours, annonça-t-elle.

— Parfait, parfait, sourit Sterne, c'est tout bonnement magnifique.

Il leva son verre, trinqua avec tous par-dessus son bureau, puis descendit son whisky d'une traite.

— Que diriez-vous d'un dîner, ce soir ? Je cuisine, une macédoine de légumes maison avec un filet de thon rouge.

Karen regarda Victor, qui semblait l'encourager à accepter, puis Sterne.

— Avec plaisir, dit-elle en levant son verre.

— Monsieur Smith, vous êtes invité aussi, pour que nous parlions de ce projet et du soutien que le gouvernement pourrait nous apporter !

— Mais bien entendu, ce sera avec plaisir, répondit l'homme du ministère.

— Disons vingt heures chez moi, conclut Sterne. Mary, je vous laisse voir avec Victor pour l'adresse ?

— Parfait.

Karen but une gorgée de son whisky, incertaine de ce qu'elle faisait. Elle avait ce dangereux pressentiment que l'étau se resserrait autour d'elle. Elle ne savait pas pourquoi, mais elle était peu rassurée.

*

Mary Johnson portait une robe bleue col roulé aux épaules et au dos nus. Coiffée d'un chignon, elle remonta la route de la falaise, conduite par Victor, une main dans son pantalon caressant ses testicules. Fixant la demeure qu'elle était venue observer une bonne partie de la nuit, elle était songeuse. Il serait risqué de l'explorer pendant le dîner, mais elle pourrait faire du repérage pour revenir en journée et fouiller. C'était une aubaine. En tout cas, elle avait tous les éléments en main pour définir si Sterne était bien son homme.

— Tu as l'air préoccupée Mary ? demanda Victor.

Karen tourna la tête vers lui et revint à la réalité.

— Oui, pardon, j'avais la tête ailleurs.

Elle lui sourit pour tromper les apparences, et continuant à lui malaxer les testicules, varia les plaisirs en le masturbant.

— Tu sais que j'aime beaucoup les fellations en voiture ? annonça-t-il alors en souriant du coin de la bouche.

Karen comprit le message et se retint de lui briser la nuque.

— N'en dis pas plus, s'exclama-t-elle faussement enjouée.

Elle se pencha sur lui, et passant ses lèvres autour de son sexe, commença à le sucer avec dévotion.

— Tu es tellement douée, c'est un plaisir…

Quelques minutes plus tard, sonnant chez Sterne, Victor et Karen attendirent qu'il vienne leur ouvrir. Une brise rafraichissant les bras et le dos de l'agente, elle essaya d'oublier le goût cette fois-ci très salé du sperme de Victor. Trouvant d'ailleurs le jeune homme de plus en plus désagréable, elle faisait toujours bonne figure, mais elle avait hâte que cela se termine. D'autant plus qu'elle ne savait pas pourquoi, mais elle avait l'impression d'être entraînée dans une spirale infernale. Elle n'en était pas certaine, mais elle commençait à se sentir utilisée, à réaliser qu'on la menait où on voulait bien la mener. Victor et Sterne passaient beaucoup de temps ensemble et elle ressentait les événements s'enchaînant comme un piège. Ce second repas cette fois chez Sterne, cette omniprésence du professeur et du second frère, Alain autour d'eux… cela commençait à devenir suspect, comme si on lui laissait de moins en moins de manœuvres, de moins en moins de temps seule…

La porte s'ouvrit et Sterne leur fit face en souriant.

— On vous attendait les tourtereaux ! s'exclama-t-il la chemise retroussée jusqu'aux coudes en s'essuyant les mains avec un torchon de vaisselle.

— Laurence, voyons ! rétorqua embarrassé Victor.

— Quoi ? sourit le professeur.

Karen lui fit la bise, puis lui tendit la bouteille de vin qu'elle avait apportée.

— Oh, mais qu'est-ce donc ?

— Une tradition que j'ai apprise en France, toujours apporter un bon vin, déclara-t-elle.

— Parfait, cela ira à merveille avec le repas ! répondit Sterne en lisant l'étiquette.

Le propriétaire des lieux referma la porte d'entrée derrière eux, et les invitant à se rendre au salon, les y conduit. Tout en avançant, Karen en profita pour admirer l'intérieur de la maison, et constata, qu'il soit mauvais ou non, que le professeur avait du goût. Des murs couverts de toiles, une architecture et un mobilier stylisés et épurés, toute la partie tournée vers la mer faite de baies vitrées, il semblait posséder les moyens et vivait dans un confort certain, mais surtout il savait marier l'esthétique et l'art. Sa maison était belle, grande, et idéale.

— Bonsoir.

Karen salua Karl Smith, l'attachée du ministère, et celui-ci la regardant charmeur, il lui fit un baisemain.

— Vous êtes superbe !

— Merci beaucoup.

Karen se montra flattée, mais serrant la main d'Alain, essaya de ne pas relever ses yeux rivés sur sa robe. De la part du professeur et des deux frères cela ne la gênait pas, mais de la part de l'homme de l'environnement, c'était lubrique et cela l'incommodait. Il était juste un homme présent par hasard au cours de sa mission et elle ne se sentait pas à l'aise face à des regards concupiscents banalisés. Les trois autres, elle savait les gérer, car ils étaient ses cibles, des ennemis qu'elle pensait mauvais, mais celui-là, c'était simplement un type lambda vicelard, qui pensait que mater une jeune femme de la sorte était normal. Cela l'écœurait.

— Bien, dînons-nous ? demanda Sterne.

— Avec plaisir, je meurs de faim, s'exclama Alain.

*

Dans une chambre d'hôtel, probablement le même que celui d'Adélaïde, Céline et Karen, l'*Artificier* regarda la scène sur son écran d'ordinateur. Son drone planant à une centaine de mètres de la résidence, il filmait à travers les baies vitrées les lieux pour suivre l'évolution de la soirée. L'agente *Double-zéro Six* était assise à table avec Sterne, Victor, Alain et l'attaché du ministère, un dénommé Karl Smith d'après le logiciel de reconnaissance faciale. Les observant tout du long, l'homme aux lunettes prit des notes. Il ne savait pas ce que comptait faire l'agente du *Service*, mais sa méthode lui paraissait efficace quoique peu conventionnelle. En l'espace de deux jours, elle avait su s'approcher de Sterne, devinant visiblement d'entrée de jeu son implication dans les événements, et s'étant liée sexuellement à Victor, l'un des deux frères Wells, elle était désormais bien placée pour résoudre son enquête. Si tant est que Sterne fasse une boulette cela dit, ce qui n'était pas certain. Intelligent, il semblait mener son jeu comme un chef et même lui ne savait pas où déceler la preuve de son implication. L'*Artificier* espéra donc que la remplaçante de

Phileas se montrerait à la hauteur pour démêler le vrai du faux, et le lui souhaitait en tout cas de tout cœur. De son côté, lui cherchait le carnet à la couverture de cuir noir. Dedans étaient couchées les opérations de Sterne et c'était là la clé pour résoudre les meurtres et tout le reste. Observant la scène, il étudiait donc les faits et les consignait, pour pouvoir dès que l'opportunité se présenterait, essayer de trouver ce qu'il cherchait. Le carnet n'était pas à l'usine, et bien qu'il ait voulu venir fouiller sa maison dans la journée, il avait préféré suivre l'individu, par peur qu'il ne s'occupe de ses affaires illégales et ainsi rater le coche. Ce ne fut hélas pas le cas et il était donc là, à les regarder manger.

— Tiens tiens…

Zoomant un peu plus, l'*Artificier* n'en crut pas ses yeux. Alain, le frère de Victor, avait posé sa main sur la cuisse de *Double-zéro Six*. Il ne voyait pas la réaction de la jeune femme, de dos, mais la sachant avec Victor, il se doutait qu'elle fut surprise. Il imagina sans mal la gêne qu'elle dût cacher sur son visage. L'homme aux lunettes écarquilla les yeux, une nouvelle fois surpris. Victor mit lui aussi sa main sur sa cuisse. L'*Artificier* fronça les sourcils. Il attendit de voir comment le repas avançait, prêt à enfiler sa tenue si l'agente avait besoin d'aide, quand après une demi-heure de repas où la jeune femme fut caressée dans le dos par Victor et aux fesses par Alain, la situation évolua de façon encore plus surprenante. Après le dessert, l'attaché du ministère s'en alla en effet, et se retrouvant seule avec les trois hommes, la jeune femme s'installa alors sur le canapé. Alain la rejoignant, elle se fit alors avec expressément embrassée, mais ne constatant aucune réaction de la part de Sterne et Victor, elle accepta son baiser et se laissa faire.

L'homme aux lunettes ne savait pas dans quoi elle s'était embarquée, mais elle était bien dedans en tout cas. Puis Victor les rejoignit, s'installa de l'autre côté de la demoiselle, et l'embrassa à son tour. Se déshabillant, Alain lui présenta alors son imposant sexe devant la bouche pour qu'elle le suce, et finissant rapidement tous les trois nus, sa consœur du *Service* fit l'amour avec les deux frères. C'était chaud à regarder. Ils la prirent sans ménagement sur le canapé d'angle, et prise entre les cuisses et la bouche pleine, elle était visiblement le dessert des deux frères, sous les yeux de Sterne qui filmait. Ils la baisèrent ainsi, car c'était le mot, pendant plus de deux heures. Bien qu'ils ne la brutalisèrent jamais, force était de constater que la scène était assez effroyable. Sterne se comportant comme une figure paternelle, il regardait ses deux *garçons* s'amuser avec la jeune femme, contrainte par les événements et sa mission à jouer le jeu, dépassée par les événements. La question qui se posait du coup, c'était de cerner la mentalité du trio. Sterne, Victor et Alain étaient coupables, le *Service* semblait le penser, et eux le savaient. Mais mis à part cet événement et deux trois autres isolés, rien n'indiquait qu'ils étaient ce qu'ils recherchaient. Tout portait à croire qu'ils avaient juste une sexualité déviante et une forte tendance à se comporter en connards machos. Où était le problème alors ? Faisaient-ils fausse route ? L'*Artificier* regarda la jeune femme nue allongée sur le canapé se faire lécher le corps et plus particulièrement les seins et l'entrejambe, et repensa sans cesse à cette question. Faisaient-ils fausse route ? Faisaient-ils tous fausse route, elle y compris ? Lorsqu'elle reçut les décharges simultanées de Victor sur le visage et d'Alain sur le ventre et les seins, les deux se masturbant devant leur bien docile nouvelle amie, l'*Artificier* coupa la vidéo et fit rentrer le drone au point de récupération. Il en avait assez vu pour la soirée.

Interlude

La nouvelle chasse

La nuit était sombre mais douce. L'été était proche et cela se ressentait.

L'homme psalmodia dans un dialecte incompréhensible, son couteau dressé en l'air, les flammes des torches se réfléchissant dans la lame, la tirant de l'obscurité.

— Non, pitié ! Pitié ! hurla la jeune fille.

Abaissant son fer, l'individu au visage masqué par sa capuche saisit le haut de la demoiselle, et le découpa du tranchant de son arme.

— Pitié, monsieur, pitié...

La jeune fille supplia pour qu'on la libère, qu'il arrête, mais rien n'y fit, l'individu continua à fendre son vêtement en se moquant de son consentement. Puis l'arrachant avec violence, il révéla son soutien-gorge, et d'une main gantée, dégagea un sein de son bonnet et le pressa.

— Je vous en supplie...

L'homme fit glisser impassible sa main le long de son ventre jusqu'à son jeans, défit le bouton et la braguette, le lui retira en le découpant, et abaissant sa culotte, découvrit son sexe tout juste recouvert d'un duvet brun. Il passa ensuite son doigt entre ses lèvres, atteignit son clitoris, et le titilla.

— Je vous en prie, pleura la jeune fille, je suis encore vierge… pitié, libérez-moi…

L'homme ne l'écouta pas. La jeune fille, Abigail, sanglota alors et leva les yeux au ciel, fixant le firmament à travers la cime des sapins. Vidant toutes les larmes de son corps tandis que deux hommes vinrent en silence lui replier les jambes, les lui attacher dans cette position, et lui mettre un coussin sous les fesses, elle observa les étoiles, suppliant, priant pour son salut. Puis elle hurla. Installée sur l'autel, pieds et poings liés, elle vit un immense chien monter sur elle et la regarder. Il lui renifla le visage, lui lécha de sa grosse langue, et finalement posant ses pattes sur son buste, cherchant son entrée en elle.

Abigail hurla à l'aide en pleurant, l'animal écrasant sa jeune poitrine, son sexe tapant contre son entrecuisse. Puis dans l'horreur, il réussit à trouver son entrée et déchirant son hymen, la déflora avec violence et dans les larmes. Abigail avait quatorze ans. Plus loin, sur un autre des autels, une enfant blonde à peine plus âgée, Kristen, était déjà morte. Attachée nue le ventre sur la pierre, le bouc avait éclaté sa cage thoracique de son poids et gisant sans vie, du sang s'écoulant de sa bouche, les yeux vides, elle ne reverrait jamais le soleil. Montée elle par un âne, la jeune Sandy, treize ans, eut une déchirure vaginale et hurla de douleur tout en criant, traumatisée par les événements.

Quelques minutes plus tard, les éjaculations faites, Sandy et Abigail furent relâchées, et dans les cris, les hommes de la cérémonie leur donnèrent alors la chasse, armes brandies et torches dressées.

Abigail ne fit pas cent mètres avant de se faire décapiter d'un coup de hache, et Sandy courut à peine plus loin avant de se faire attraper par les cheveux et de voir une sorte de piège à loups se refermer sur son visage.

186

Chapitre XVI

Fausse piste ?

Samedi 13 mai 2017, 06h03.

Le bout du majeur sur son clitoris, Adélaïde se massa énergétiquement.

— Mmmh, mmmmmh…

La jeune femme pressa son sein gauche avec sa main, et tout en frottant son clitoris, mit la tête en arrière de plaisir. Bon Dieu, cela faisait longtemps qu'elle ne s'était pas masturbée et cela lui faisait un bien fou. Elle glissa deux doigts dans son sexe, et faisant de rapides va-et-vient, augmenta son plaisir avant de venir pincer son clitoris.

— Mmmmmmmmmh…

Se caressant le sexe, elle profita de son plaisir, pensa au sexe de son mari labourant ses chairs, et après quelques minutes d'attentions intensives, atteignit l'orgasme. En sueur et haletante, épuisée, elle souffla alors et se retournant, mit la tête sur son oreiller et savoura. Cela faisait des mois qu'Adélaïde ne s'était pas elle-même occupée de sa petite chatte et cela lui fit du bien. Elle regrettait juste que dans ces moments-là, elle ne ressentît pas de sperme chaud couler au fond d'elle, mais elle était malgré tout satisfaite, cela lui avait manqué.

Puis son téléphone sonna. À la musique, elle sut immédiatement que c'était Phileas.

— Allo, mon amour ? demanda-t-elle en répondant.

— *« Hey, salut ma chérie, comment vas-tu ? »*

Adélaïde se remit sur le dos et sourit.

— Tu as de la chance, une minute plus tôt, je t'en aurais voulu pour avoir dérangé une jeune femme se faisant du bien.

Phileas rigola à travers le téléphone.

— *« C'était bien ? »* l'interrogea-t-il.

— Oui, plutôt… Même si recevoir ta semence au fond de mon petit minou faisait défaut.

Phileas sembla apprécier, et soupira.

— *« Je suis dans mon lit là, et tu me donnes envie. »*

— Je t'en prie.

Adélaïde sourit, et passant sa main libre sous les draps, releva sa culotte sur son sexe.

— *« Comment se passe tes journées ? »* l'interrogea Phileas.

— Bah je travaille à l'usine, j'ai un boulot plutôt chiant, et avec Céline le soir on se fait des restaurants et on flâne.

— *« D'accord, et Karen ? Sa mission avance ? »*

— Je ne sais pas, on va faire un rapport dans la journée je pense, j'ai besoin d'en savoir plus.

— Bien.

Phileas rigola encore dans son téléphone.

— *« J'ai vu Caroline avant-hier au Club. »*

— Ah ?

— *« Oui, elle portait une lingerie blanche en dentelle… Bon sang, ce que j'ai eu envie de la baiser. »*

Adélaïde sourit, imaginant sans mal son amie dans la tenue qu'avait aperçue son mari.

— Ses seins sont un peu plus petits que ceux de Céline, mais plus lourds et fermes, et il m'est arrivé de la faire jouir rien qu'en mordant ses tétons, le titilla-t-elle.

— « *Arrête, il va falloir que je me branle maintenant.* »

La jeune femme ricana.

— Je ne comprends pas pourquoi tu n'as jamais essayé de te la faire avant, lui demanda-t-elle. Tu es le Maître des Reines, tu pouvais toutes les sauter si tu le voulais.

— « *Parfois je me dis que j'ai été trop con.* »

Adélaïde sourit.

— En effet… En tout cas moi j'en ai bien profité, je l'ai bien baisée. Et les autres aussi…

La jeune femme se satisfit d'entendre son mari se masturber à travers le téléphone, quand cela toqua à la porte.

— Chéri, je dois te laisser.

— « *Euh, OK…* »

Adélaïde raccrocha et mit la lumière.

— Oui ? demanda-t-elle.

— Madame ? C'est Céline, répondit cette dernière à travers la porte.

Adélaïde dégagea ses draps et se leva. Elle était seins nus mais elle ne s'en soucia pas. Se rendant jusqu'à la porte, elle l'ouvrit et passa la tête dans l'entrebâillement pour regarder son agente.

— Que se passe-t-il ? l'interrogea-t-elle.

La jeune femme la regarda chagrinée.

— Il y a eu de nouvelles victimes, annonça Céline.

Adélaïde la regarda, effarée. Puis la stupeur de son visage laissa place à la colère.

— Envoyez un message à Karen, ordonna-t-elle.

*

Un agent de police déroula la rubalise le long de la zone tandis que ses collègues repoussèrent la masse de gens réunis comme un troupeau. Karen arriva à l'orée du bois au volant de la Bentley, et se dirigea vers la foule amassée devant le spectacle. Approchant de la rubalise, les reconnaissant, elle rejoignit *M* et l'agente *Double-zéro Neuf*. Amère comme elles, elle regarda alors en silence les corps des deux filles, plus jeunes que les précédentes.

— Pitié, mon enfant, non, pas mon enfant ! s'exclama une mère que des policiers s'efforçaient d'éloigner du corps de sa fille. Je vous en supplie seigneur !

Pleurant en tenant le corps sans vie de sa défunte fille, la dame était abattue, perdue, dans l'incompréhension.

— Il y en a une troisième au pied de Satan, annonça Adélaïde à son agente. Elles ont elles aussi été marquées post-mortem.

Karen sembla contrariée et regarda le policier se démettre avec la mère pour lui retirer le corps de son enfant.

— J'étais avec Sterne, Alain et Victor toute la nuit, annonça-t-elle. Ce n'est pas eux…

Mal à l'aise, c'était tout ce que Karen avait pu répondre. Prise au dépourvu, démunie devant une telle situation, elle était incrédule en réalisant qu'elle avait fait fausse route. Adélaïde tourna la tête vers son agente, furieuse, leur en voulant à toutes les trois pour ne pas avoir su empêcher ça.

— Avez-vous des indices, quelque chose de concluant ? demanda-t-elle sèchement.

Karen secoua la tête, abattue.

— Non, rien pour l'instant.

— Bien.

Adélaïde regarda les corps des petites filles, et expira fortement.

— Céline et moi irons à l'usine aujourd'hui. Si nous n'avons rien de probant d'ici là, nous n'irons pas travailler lundi et il faudra poursuivre une autre piste.

— Bien madame, acquiesça Karen.

M regarda une dernière fois les deux cadavres, aigrie.

— La plus âgée avait seize ans, la plus jeune treize, annonça-t-elle alors à son agente.

Sur ces mots, elle repartit en direction de l'Interceptor, passant à côté d'un homme à lunettes qui semblait attristé, et Céline regardant une dernière fois sa collègue, la salua de la tête et lui emboita le pas. Karen observa une dernière fois les deux corps sans vie. Le visage d'une des victimes disparaissant dans le sac que le coroner referma sur elle, elle s'en voulut terriblement.

— Madame ! interpella-t-elle *M*.

Suivant Adélaïde et Céline, elle les rattrapa près de l'Interceptor, certaine au fond d'elle qu'elle avait quand même raison.

— Je ne sais pas ce qu'il en est exactement, mais je suis sûr que Sterne y est mêlé, se défendit-elle.

— En attendant, il ne semble pas coupable, déclara Adélaïde.

— Sauf votre respect, c'est un monstre, il m'a filmée pendant qu'Alain et Victor me prenaient sur son canapé.

Adélaïde haussa un sourcil, surprise de cette annonce. Elle ne se permit toutefois pas de la juger mais se montra ferme, n'y voyant là rien d'illégal.

— Une sexualité dépravée n'est pas un crime. Victor m'a pelotée hier avant que vous n'arriviez. Être des connards machos ne fait pas d'eux les responsables de tout ce foutoir.

Karen regarda sa cheffe, puis sa collègue.

— J'ai la conviction qu'ils sont coupables.

Adélaïde coupa court à la conversation.

— Il me faut des faits, *Double-zéro Six*, des faits.

Adélaïde monta dans l'Interceptor, et Céline la suivant, démarra et s'en alla alors, laissant là la jeune femme.

— Vous pensez qu'on fait fausse route ? interrogea Céline une fois la route regagnée.

Adélaïde regarda droit devant elle.

— Je ne sais pas…

Perdue dans ses pensées, la cheffe du *Service* vociféra intérieurement. Elle pensa à *D* et à ce qu'elle aurait dit si elle était toujours vivante. Elle se l'imagina à sa place, lui criant dessus. *« N'avez-vous pas pensé un instant que cela pourrait se reproduire ? Vous ne vous êtes pas dit qu'ils recommenceraient ? »*

Adélaïde soupira de rage. Non, elle ne s'était pas dit un seul instant que ces fumiers recommenceraient au même endroit. Mais maintenant, elle était encore plus déterminée qu'avant à obtenir le fin mot de cette histoire.

Chapitre XVII

Pas une troisième fois

Karen prit sa voiture et longeant par la route la forêt, se gara à plusieurs kilomètres de là où les deux jeunes filles avaient été retrouvées mortes. Pénétrant Demonwood, déterminée et énervée, Karen se rendit alors l'arme au poing vers le pied de Satan. Marchant parmi les arbres, elle arriva au bout d'une heure près du site, et distinguant la police et le coroner encore sur place, se mit à couvert derrière un buisson.

— Oui, voilà, fais encore deux ou trois photos, puis on y va, déclara un des policiers.

— Bon Dieu, tu t'en rends compte, la mort qu'a eue cette pauvre enfant…

— Oui, c'est moche.

Karen baissa les yeux, amère. Elle se sentait responsable. Elle était persuadée qu'elle aurait pu éviter leur mort si elle avait été plus vigilante et efficace. Silencieuse, triste, elle se promit qu'elle vengerait ces jeunes filles. Il n'y aurait plus d'autres victimes et elle attraperait leurs bourreaux, coûte que coûte. C'était une promesse sur l'honneur.

Après une quinzaine de minutes, les agents de police et le coroner partirent finalement, ayant réuni tous les indices nécessaires à leur enquête et transportant le troisième corps dans un sac mortuaire.

— Bordel, quel genre de malades reviennent au même endroit recommencer leurs crimes ? Faut avoir un sacré culot.

— Comme tu dis.

Karen les écouta s'en aller, et leurs voix disparaissant au loin, elle se dirigea en pointant son arme tout autour d'elle vers les cinq autels, vérifiant qu'elle était bien seule. Constatant que la voie était libre, elle souleva la rubalise condamnant la scène, déposa son sac sur l'un des autels, et l'ouvrant, en sortit ses capteurs. Elle se dirigea ensuite vers les arbres alentour et les positionna à leurs pieds en quadrillant la zone pour ne laisser aucun angle mort. Elle ne referait pas une nouvelle fois l'erreur. Cette fois, si ces salauds revenaient, elle en serait informée.

Sa tâche rapidement accomplie, Karen osa alors enfin vraiment regarder le lieu de torture. Elle ne l'avait vu qu'en photographie jusque-là et fut mal à l'aise. Des anneaux en fer rouillé sortant de chacune des bases pour pouvoir y attacher les cordes qui avaient maintenu les jeunes victimes, la pierre des autels marquée par le temps était froide, couverte de sang séché et de mousse. Observant tout autour d'elle en silence, l'agente remarqua dans la litière des lieux parmi la petite végétation les traces de sabots et de pas des deux cérémonies. Ressentant presque toute la douleur qui émanait de l'endroit, elle le trouva sordide, effroyable. Son sac sur le dos, elle reprit donc la direction de sa voiture et écrivit un message à Victor.

« Merci de m'avoir déposée à mon hôtel, désolée d'avoir dû partir si tôt. En tout cas merci pour la soirée. J'ai passé un très bon moment. »

Karen envoya son SMS et se dirigea vers l'orée de la forêt. C'était un mensonge, mais elle voulait maintenir sa

194

couverture. Elle était persuadée que Sterne et ses deux *fils* étaient louches et la petite partie de baise de la veille en était la preuve. Ils aimaient exercer du pouvoir sur les femmes, et se souvenant des mots d'Alain à son oreille, elle en frémit d'ailleurs encore.

— *Ton petit cul est terrible, je vais prendre plaisir à revenir me vider dedans.*

Bien qu'ayant si mal qu'elle n'en avait eu aucun plaisir, Karen avait joué le jeu et répondu en lui mordillant l'oreille. Mais cela lui avait glacé le sang. Elle l'avait perçu comme une menace.

— *J'ai hâte de voir ça, pourquoi pas dès demain ?*

Karen avait annoncé cela avec le sourire, mais assaillie par la douleur, son ventre la tiraillant, elle avait en réalité été terrorisée. Elle était forte, elle savait se battre, mais prise par les deux hommes en même temps, Victor dans son vagin et Alain dans ses fesses, elle avait réalisé qu'elle ne ferait pas le poids face aux trois individus réunis. Mordant l'oreille du jeune homme qui pour l'instant lui mangeait dans la main tout comme son frère, elle comprit écrasée entre les deux que si elle ne la jouait pas finement, qu'elle se faisait démasquer, elle aurait du mal à se défendre physiquement si elle n'avait pas d'armes. Sterne était fort, imposant et puissant, mais surtout Alain était beaucoup plus musclé et nerveux que Victor et lui, en plus d'être outrageusement équipé. C'était certain, si cela se passait mal, elle s'en sortirait difficilement.

Marchant parmi les arbres, les troncs à terre, et la végétation de la litière de la forêt, Karen ferma un instant les yeux. Puis n'y pouvant plus, elle prit appui sur un arbre et se concentra sur le chant des oiseaux et les murmures de la forêt pour essayer de s'apaiser, de se vider la tête, de se ressourcer. Elle resta ainsi plusieurs minutes, serrant les dents, essayant d'oublier sa douleur. Son médicament ne faisait plus effet et ses entrailles la déchiraient. Incapable de chasser le souvenir de sa nuit et sa douleur de son esprit, elle ne put soudain s'empêcher de repenser aux horreurs commises non loin. Violées puis pourchassées, les jeunes victimes avaient dû être affolées par le cauchemar qu'elles avaient vécu. Demonwood se transformait en un labyrinthe dangereux quand on courait pour sa vie et leurs assassins le savaient. Ils leur avaient donné l'illusion d'une sortie, l'espoir de pouvoir s'échapper, mais cela avait été un traquenard de plus. Cela avait dû être horrible.

Karen rouvrit les yeux, fit abstraction avec force, et après une longue marche, rejoignit la Bentley. Entrant à l'intérieur, elle prit son médicament contre les douleurs, l'avala sans eau, et enfin activa le traceur GPS de la voiture de Sterne. Retournant jusqu'à chez lui où il était encore, elle comptait passer la journée à suivre chacun de ses mouvements. Repartant en direction de West Bay, elle ne se doutait toutefois pas qu'elle était elle-même suivie par l'homme aux lunettes qui avait placé un traceur sous sa voiture et qui la suivait avec son drone.

« Coucou, merci pour ce message, et ne t'inquiète pas, ce fut avec joie. On se voit aujourd'hui ? »
Karen lut le message qu'elle reçut de Victor, et y répondit du mieux possible.
« Pas aujourd'hui désolée, je retourne en urgence sur Londres. Les affaires m'appellent ! »
Elle envoya son message, et se doutant qu'elle n'allait pas tarder à recevoir une réponse, l'attendit.

« Ah, dommage… »

La jeune femme sentit bien que le jeune homme était en manque, et se voulut donc rassurante, quoiqu'absolument pas intéressée.

« J'essaye de revenir d'ici lundi », écrivit-elle.

La réponse ne tarda pas : *« D'accord, parfait ! Bisous ! Bon week-end »*

Soulagée de terminer la conversation, la jeune femme soupira. Elle envoya un *« Bisous ! »* en guise de réponse et reposant son téléphone sur le siège passager, elle sirota son soda quand il vibra de nouveau. Elle venait de recevoir un nouveau SMS. Le reprenant, elle vit que l'expéditeur était cette fois Alain.

« Montre-moi tes seins et ta petite chatte ! »

Karen regarda son téléphone et relut deux fois le message, le visage blême. Ses mains tremblèrent imperceptiblement. Karen déglutit, mal à l'aise. Des trois hommes, Alain était celui qu'elle connaissait le moins, mais dont elle était le plus terrifiée. Seulement elle était en quelque sorte piégée, elle était obligée de jouer le jeu jusqu'à pouvoir arriver à ses fins, sinon autant renoncer à la mission. Arrêtée sur une place de parking le long du trottoir, elle regarda donc autour d'elle dans la rue si personne ne passait par là, puis souleva avec un peu de gêne son sweat et fit un selfie de ses seins. Déboutonnant ensuite son pantalon, elle le descendit sur ses genoux, et faisant glisser sa culotte, photographia son sexe épilé. Elle lui envoya alors les deux photos avant de se rhabiller.

Karen reçut en réponse quelques secondes plus tard une photo d'un énorme sexe dressé en train d'être masturbé, accompagnée d'un *« Merci ! »*. Karen supprima immédiatement l'image, et l'échine glacée, repensa terrifiée à la veille. Tout dans sa gestuelle et dans ses yeux, tout lui indiquait qu'Alain était un monstre. Cela se voyait dans son comportement, dans sa façon d'être… et dans ses envies sexuelles. Il ne l'avait jamais prise par devant. En deux heures de sexe, il ne l'avait pénétrée que par-derrière, et fier de son outil, elle n'avait pu que le sentir la dilater dans la douleur. Karen n'y avait ressenti aucun plaisir, que de la souffrance. Elle n'en avait jamais connu une aussi grosse et avait eu plusieurs fois le souffle coupé et les larmes aux yeux pendant leur rapport, le sentant au plus profond d'elle, endolorie par un sexe de près de vingt-cinq centimètres et d'une largeur de six qu'il enfonça au maximum de ses possibilités. Mais ce n'était pas la taille de sa verge qui l'avait convaincue de la monstruosité de la personne. Alors qu'elle suçait Victor, en levrette, Alain à l'intérieur de son être, elle réalisa qu'elle était coincée par sa longueur et son épaisseur, son pénis si enfoncé en elle qu'elle serait incapable de se dégager si elle le désirait. C'était ça qui l'avait prostrée de terreur. Et après lui avoir joui à la figure, Victor se déplaçant, elle avait alors vu le visage d'Alain dans le reflet de la vitre. Fixant son dos des yeux, il était frénétique, prenant son pied à avoir une telle emprise sur elle qu'une fois entièrement rentré, il était le seul à pouvoir les séparer. C'était une arme, cet homme utilisait son sexe comme un moyen d'immobiliser ses victimes, et donnant de puissants coups entre ses fesses en la maintenant fermement par les hanches, Karen ne pouvait que crier d'effroi, suppliant intérieurement pour qu'il finisse vite, obligée de subir une sodomie extrêmement douloureuse. Elle avait joué le jeu, accepté le deal en s'offrant, mais au fond d'elle, elle avait compris. Sans dire qu'elle s'était fait violer, elle avait réalisé qu'Alain était un prédateur qui n'aurait aucun mal à massacrer des victimes pendant l'acte s'il le désirait. Son sexe en elle, elle avait été dans l'impossibilité de se dégager et avide de pouvoir, il l'avait pilonnée jusqu'à jouir bruyamment et abondamment en elle.

Karen reçut un autre message, qui la sortit de ses réflexions. Saisissant son téléphone, elle cliqua dessus et découvrit que c'était une vidéo. Elle se vit nue, le gros sexe d'Alain en bouche sans avoir pu y rentrer un tiers, et regarda le moment où il se libéra de ses lèvres et lui envoya toute sa semence au visage. Karen ferma les yeux, peu fière de ce qu'elle avait accepté de faire. En plus d'avoir eu l'impression qu'il lui avait éjaculé des litres de spermes au visage, son gourdin en main, il l'avait ensuite biflée avant de la forcer à lui nettoyer le gland encore couvert de sperme. Karen supprima la vidéo et jeta son téléphone à côté d'elle. Elle n'était vraiment pas fière de ce qu'elle avait accepté de faire pour s'approcher du trio infernal, et se maudit. Elle n'avait plus qu'une hâte, que cette mission se termine.

Karen suivit Sterne durant tout le reste de la journée, aussi fastidieux cela soit-il. Quittant sa demeure vers onze heures, il passa d'abord à l'usine où il resta jusqu'à quatorze heures. Puis lorsqu'il en sortit, il se rendit dans un magasin pour faire des courses qu'il laissa dans son coffre avant de finalement aller au cinéma. Karen le suivit à bonne distance à chacun de ses déplacements, mais voyant les heures défiler, elle commença à désespérer, se demandant si elle ne faisait vraiment pas fausse route. Il faisait beau dehors, et il faisait bon. Elle pourrait être sur la plage à bronzer, elle pourrait être dans une piscine ou même en train de lire sur un transat, mais elle était là, à suivre cet homme. Karen se massa le front, perplexe.

— Bordel, tu fous quoi là, se demanda-t-elle.

Elle reprit un cachet, et regarda l'entrée du cinéma en soupirant de dépit. Bon Dieu, que faisait-elle ici à le suivre ? Sérieusement ? Pourquoi ne pouvait-elle pas admettre qu'elle s'était trompée ?

Sterne sortit vers dix-huit heures de son film, son pot de pop-corn en main, et retourna à sa voiture. Karen émergea de sa torpeur, éreintée par l'ennui, et démarra son moteur. Tandis qu'il partit vers le Nord, elle fronça toutefois un sourcil. Il ne prenait pas la direction de chez lui ou de l'usine. Le suivant intriguée, elle laissa assez de distance entre eux pour qu'il ne la remarque pas et traversant la ville, roula toujours plus au Nord sur des kilomètres sans connaître la destination.

— Où est-ce que tu vas ?

Karen de plus en plus curieuse continua à le suivre, quand arrivant dans un quartier pour ainsi dire désert et malfamé, il s'arrêta finalement devant une vieille propriété laissée à l'abandon. Se garant une trentaine de mètres plus loin dans la rue, l'agente le vit alors sortir de sa Mustang, prendre ses courses, et passant le portail du domaine, se diriger vers la maison en haut de la colline.

— Alors c'est là que tu viens passer tes week-ends…

Karen saisit son téléphone, et appela le *Service*.

— Il me faut un nom, j'ai une adresse. …5, Churchill Street, West Bay… Bien, j'attends. …Parfait. Merci, merci beaucoup.

La jeune femme raccrocha. La maison appartenait à Suzanne Haller, la défunte mère de Sterne. Sortant de la Bentley, Karen évalua les environs, mit son arme dans son dos et en cacha la crosse avec son sweat, puis se dirigea vers la propriété. Il n'y avait personne dans le coin, la rue était déserte. Elle grimpa donc discrètement au mur, et se faufilant dans le domaine, se mit à couvert derrière des rosiers qui n'étaient plus que des immenses amas d'épines et de roses presque morts et aussi difformes que dangereux.

L'agente du *Service* regarda une nouvelle fois autour d'elle pour être sûre qu'on ne l'avait pas repérée, et assurée que non, elle se rapprocha à pas feutrés des fenêtres de la vieille maison pour regarder à l'intérieur. Observant à travers les vitres sales un salon vieillot et encrassé, elle vit alors Sterne monter des escaliers pour aller à l'étage. Elle le suivit du regard, intriguée, quand une porte s'ouvrit soudain face à elle de l'autre côté de la pièce. Karen se mit rapidement hors de vue, mais curieuse, elle ne put résister et regarda de nouveau. C'est alors qu'elle sut qu'elle avait eu raison depuis le début. Sortant de la pièce, Victor remontait son pantalon sur son sexe, laissant recroquevillée dans le coin du mur une jeune femme nue et en pleurs. Karen serra les dents de rage. Elle ne pouvait dire si elle était marquée, mais elle venait assurément de se faire violer. Puis Alain entra, et elle le vit de dos abaisser son pantalon. La jeune femme s'avança alors à quatre pattes vers lui et resta sur ses genoux pour lui faire une fellation. La porte se referma et Karen s'adossa au mur à couvert. Furieuse, elle sortit son arme de sous son pull et se tint prête. Soufflant, fulminant, elle allait leur régler leur compte.

Beaucoup plus loin, l'*Artificier* prit les commandes du drone, et descendant, vint le positionner près de la fenêtre du bureau de Sterne, au premier étage, de l'autre côté de là où l'agent *Double-zéro Six* se trouvait. Malheureusement pour lui, la fenêtre était ouverte.

— Merde…

L'*Artificier* prit un peu de hauteur, et le drone faisant heureusement très peu de bruits, put se permettre de le laisser en vol tout prêt pour au moins écouter ce qu'il se passait à l'intérieur. Il mit donc son casque, et prêta l'oreille, attentif.

— *Je vous appelle par respect, pour la sureté de nos affaires. Cette fille, je me souviens d'où je l'ai déjà vue. Elle n'est pas ce qu'elle prétend être, c'est une de ces amazones dont je vous ai déjà parlé*, s'exclama une voix, certainement un téléphone mis en haut-parleur.

L'*Artificier* s'effraya de découvrir que sa collègue était démasquée, et entendit le bruit sec d'un crayon qu'on cassa sous la colère.

— *Merci de m'en avoir informé. Je vais régler le problème*, annonça alors Sterne, la voix furieuse.

— *Une fois le troisième rituel effectué, nous partirons de West Bay*, déclara alors l'autre voix.

— *D'accord. Vous avez tout ce qu'il faut pour ce soir ?*

— *Oui, Davros va nous trouver des filles en ville.*

— *Ce ne sera pas lui, il s'occupe d'un convoi qui doit partir pour être emmené par bateau en Thaïlande.*

— *Ah ?*

— *Oui, on a un cargo qui arrive à Portsmouth pour charger soixante colis et repartir d'ici deux heures.*

— *Peu importe, du moment que le produit est fourni, cela me va.*

— *Parfait, à demain alors. Et ne vous en faites pas, je vais régler notre petit problème.*

— *J'y compte bien.*

Sterne sembla raccrocher, et l'*Artificier* l'entendit fulminer.

— *Victor !* hurla-t-il.

L'*Artificier* tâcha de rapprocher le drone un peu plus. Puis il entendit une porte s'ouvrir.

— *Oui ?* demanda le jeune homme.

— *Ta copine, Mary, tu sais où elle se trouve ? Dis-lui de te rejoindre quelque part le plus rapidement possible.*

— *Elle m'a dit qu'elle rentrait sur Londres, qu'elle essayerait de revenir d'ici lundi. Pour ses affaires.*

Il y eut un blanc qui inquiéta l'*Artificier*.

— *Il y a un problème ?* interrogea Victor.

— *Oui... Viens, on va aller vérifier notre stock à l'usine, dis à ton frère de rester ici et de surveiller Esméralda.*

— *D'accord.*

— *Et on va prendre des armes.*

L'*Artificier* s'effraya en entendant la porte claquer, et faisant faire le tour de la maison au drone, il le fit aller de l'autre côté. Avec horreur, il vit l'agent Double-zéro se diriger vers l'entrée.

— Bordel !

Le jeune homme fit se poser le drone sur le toit de la maison et courut à perdre haleine en direction de Churchill Street. Affolé, sortant son arme, il espérait ne pas arriver trop tard.

Karen se dirigea vers l'entrée, l'arme au poing. Déterminée, elle était prête à surgir dans la demeure pour les tuer tous sans se douter que de l'autre côté de la porte, Sterne et Victor prenaient des armes dans la réserve. Même si elle réussissait à en abattre un, elle n'aurait toutefois pas le temps de tuer le deuxième qu'elle serait morte. S'approchant de l'entrée, elle ne put cependant s'en douter, persuadée d'avoir l'effet de surprise, et à l'intérieur, Sterne et Victor prévinrent Alain et revinrent vers l'entrée.

L'*Artificier* courut le plus vite possible et arriva finalement à l'entrée de Churchill Street. C'est alors qu'il vit Sterne et

Victor rejoindre la Mustang et monter à l'intérieur. S'arrêtant net, il reprit son souffle abasourdi. Tandis que la voiture partit, il se dirigea vers la propriété et regarda à travers le portail. *Double-zéro Six* longeait le mur jusqu'à la porte d'entrée. Ne comprenant pas trop, il expira, soulagé, mais le temps jouant contre lui, il retourna à sa propre voiture. S'il se dépêchait, il arriverait peut-être à Portsmouth avant le départ du cargo.

Karen avança de nouveau vers la porte d'entrée. Elle avait entendu quelqu'un s'en approcher et était rapidement revenue à couvert. Elle avait soudain réalisé que sa haine pour les trois hommes l'aveuglait. Ils n'avaient pas commis la deuxième série de viols et de meurtres du pied de Satan. Si elle fonçait tête baissée, elle risquait de ne pas avoir toutes les réponses à ses questions, sans compter que cela pouvait mal tourner. Elle était donc repartie à l'angle de la maison pour se mettre hors de vue, et voyant Sterne et Victor s'en aller, sourit. Cela voulait dire qu'il ne restait plus qu'Alain avec la pauvre fille, et c'était parfait, ce sera plus facile comme ça.

Karen appuya sur la clenche de la porte d'entrée, non verrouillée, et l'ouvrit.

Son arme brandie, sur le qui-vive, elle pénétra lentement et silencieusement dans la demeure. Entendant le parquet craquer à l'étage au-dessus d'elle, elle leva les yeux. Il devait s'agir selon toute vraisemblance d'Alain. Elle pointa donc son arme vers l'escalier pour le cas où il en surgirait, et progressa à pas feutrés vers la pièce où elle avait vu par la fenêtre la jeune femme. Retirant le loquet, elle ouvrit la porte et regarda à l'intérieur. La demoiselle était toujours là, nue et recroquevillée dans son coin, installée sur une couche à même le sol qui lui servait de lit. S'avançant vers elle, Karen constata qu'elle était couverte à plusieurs endroits de bleus et de saleté et que son épaule était marquée au fer rouge du signe d'Engedelmes Feleség, la corne d'Odin terminée par les trois symboles féminins.

— Qui... qui êtes-vous? demanda-t-elle surprise en la voyant.

— Comment vous appelez-vous? l'interrogea Karen.

La jeune femme essuya ses larmes et regarda son interlocutrice.

— Je m'appelle Esméralda, annonça-t-elle.

L'agente du *Service* acquiesça, et referma la porte derrière elle.

— Je suis ici pour vous délivrer, et faire payer à Sterne, Alain et Victor pour tout ce qu'ils vous on fait à vous et à d'autres, s'exclama Karen en s'accroupissant devant elle.

Esméralda pouffa, visiblement peu convaincue.

— Vous n'y arriverez pas, personne ne peut.

Karen soupira intérieurement en regardant la jeune femme. Ce défaitisme touchait bon nombre de victimes dont on avait retiré tout espoir, et pour l'avoir déjà entendu des centaines de fois, elle ne se laissa pas démonter et voulut au contraire lui prouver qu'il y en avait toujours.

— Allez, venez... déclara-t-elle en lui tendant la main.

— Non.

Terrifiée, Esméralda se recroquevilla un peu plus sur elle-même, apeurée par les conséquences si elle tentait de s'enfuir.

— Alain est encore là et il va vous trouver, ajouta-t-elle.

Karen ne chercha pas plus à brusquer la jeune femme. Il fallait qu'elle la convainque d'abord qu'elle était libre avant de pouvoir la libérer.

— Vous voyez ça? C'est une arme à feu et je vais le tuer avec, annonça-t-elle en lui montrant son revolver.

Esméralda balança de la tête, refusant ses mots, et quoique s'impatientant, Karen tâcha de ne pas s'énerver. La jeune femme était probablement séquestrée et violée depuis des semaines, elle ne pouvait décemment pas la blâmer d'être terrifiée par ses bourreaux.

— Est-ce que vous savez s'il y en a d'autres comme vous ? demanda-t-elle. Est-ce que vous savez s'il y a ici, de quoi avoir des noms, des indices ou de preuves?

Karen la regarda presque suppliante, et la jeune femme sembla quelque peu s'ouvrir.

— Dans le bureau du professeur en haut, il a un carnet où il note tout, tout ce qui concerne sa marchandise, révéla-t-elle.

Karen acquiesça et la remercia de la tête. Elle récupérerait le carnet, tuerait Alain, et elle espérait qu'une fois celui-ci mort, Esméralda la suivrait cette fois convaincue de sa liberté. Se relevant, elle se dirigea donc vers la porte.

— Restez là, je reviens tout de suite, annonça-t-elle.

— Attendez ! l'interpella Esméralda.

L'agente du *Service* se retourna et regarda la jeune femme. Une faible lueur de désir de justice était apparue au fond de ses yeux, comme si elle voulait que son calvaire ne soit plus infligé à quiconque.

— Quoi? lui demanda-t-elle.

— Je sais qu'il y en a d'autres, à son usine, dans le souterrain. C'est là que j'étais avant, avec d'autres femmes.

Karen lui sourit, reconnaissante, et prit son téléphone pour appeler *M.*

— J'avais raison madame, révéla-t-elle.

Elle expliqua rapidement à sa cheffe la situation et demanda à ce que *Double-zéro Neuf* aille à l'usine voir ce qu'il en était.

— « *Nous allons y aller ensemble. Bon travail Double-zéro Six* », répondit Adélaïde.

— Bien madame.

Karen raccrocha, et se tourna vers Esméralda.

— Restez là, je reviens tout de suite.

La jeune femme hocha de la tête, et l'agente sortit de la pièce en vérifiant qu'Alain n'était pas dans le salon. Il devait toutefois toujours être en haut, pensa-t-elle, car elle aurait dû l'entendre s'il était redescendu. Son arme en joue, elle se rendit donc jusqu'à l'escalier, et aux aguets, lentement, monta le plus silencieusement possible. Lorsqu'arrivée en haut, le plancher grinça soudain sous ses pieds. Tel un forcené, Alain surgit alors de la pièce juste à côté d'elle et la percuta brutalement. Entraînés par son élan, ils basculèrent tous les deux dans l'escalier et dégringolèrent en se heurtant violemment aux marches. Atterrissant endoloris en bas, ils essayèrent tant bien que mal de se relever, mais l'arme de la jeune femme tombée non loin de lui, Alain s'en saisit et la visa rapidement à la tête. Karen s'effraya mais lorsqu'il tira, il n'y eut qu'un cliquetis.

— Cadeau du *Service*, seule moi peux m'en servir ! sourit-elle le nez en sang.

Furieux, Alain la saisit par les cheveux et voulut lui donner un coup de poing d'une telle puissante qu'elle en serait tombée dans les pommes, mais Karen le para du bras, hurla de douleur, et le frappa en réponse de toutes ses forces à l'estomac, hélas sans succès. Alain la projeta contre le mur, et la jeune femme le heurtant de plein fouet poussa un cri, son auriculaire gauche tordu.

— Je vais tellement te tuer salope ! s'écria Alain.

Karen lui échappa de justesse alors qu'il essayait de la saisir, et basculant sur la table couverte de poussière, atterrit de l'autre côté de la pièce et reprit son souffle. Agitée d'une frénésie vengeresse, en colère, voyant les fils du téléphone, elle les arracha pour qu'il ne puisse pas joindre Sterne et Victor, et criant, le nez et la bouche en sang, lui fonça dessus tête baissée tel un bélier pour le renverser. Alain malheureusement beaucoup plus fort et puissant qu'elle, la bloqua sans sourciller. La retournant d'ailleurs ensuite sans mal, il passa son bras autour de son cou pour l'étrangler. Se sentant privée d'air, Karen se débattit, essaya de le faire lâcher prise, mais rien n'y fit. Saisissant son sexe à travers son pantalon, elle le serra avec le maximum de force qu'elle put mettre dans ses doigts pour lui faire mal et la libérer, mais ses jugulaires pressées, elle s'endormit finalement impuissante.

Chapitre XVIII

Reprise du service

En France, le téléphone portable de Phileas sonna soudain sur la table de la salle à manger. Rentrant justement du jardin avec les enfants, l'homme du club l'attrapa et décrocha.

— Allo ? demanda-t-il.

— *« Monsieur, M est en danger ! »* s'exclama en panique un *Artificier*.

— Quoi ? fut surpris l'homme du club.

— *« Elle est partie à l'usine de Sterne pour libérer les esclaves mais elle ne sait pas que Sterne s'y rend aussi ! »*, déclara son interlocuteur.

— Ola, ola, du calme, il y a Karen et Céline avec elle, et elle sait se défendre, se voulut rassurant Phileas.

— *« Vous ne comprenez pas »*, reprit l'*Artificier* visiblement affolé, *« la situation peut devenir grave, Karen est occupée ailleurs, et il ne faut pas sous-estimer Sterne et Victor. Ce sont de véritables monstres ! »*

— Alors agissez, le somma Phileas, intervenez !

L'*Artificier* répondit avec regret.

— *« Négatif monsieur »*, révéla-t-il à contrecœur, *« J'ai entendu une conversation, je dois me rendre à Portsmouth avant qu'il ne soit trop tard. Sinon on va perdre la trace d'un convoi d'esclaves ! »*

Phileas pesta devant une telle situation.

— Je vous rappelle ! s'exclama-t-il.

Il raccrocha, et appela immédiatement Adélaïde.

— Répondeur, conclut-il inquiet en raccrochant.

Il contacta Céline, espérant qu'elle alors décrocherait, mais son téléphone basculant lui aussi automatiquement sur le répondeur, Phileas commença à paniquer. Il réessaya plusieurs fois de les joindre, malheureusement sans plus de succès. Affolé, il contacta le *Service*. Il fallait qu'il demande à Daniels de l'aide.

—Billy, ici Phileas, est-ce que tu peux me donner la position de ma femme s'il te plait ? Que je sache ce qu'elle fait ? demanda-t-il dès que l'assistant décrocha.

L'homme du club attendit que l'ancien amant d'Adélaïde lui réponde, mais malheureusement en vain.

— *« Je suis désolé monsieur, la directrice M a spécifié qu'aucune information ne devait vous être donnée, car vous êtes à la retraite »*, annonça catégorique Daniels.

Phileas fulmina intérieurement contre cette directive à la con.

— Passe-moi Bella ! ordonna-t-il alors.

— *« Elle n'est pas là, elle est en déplacement et injoignable pour le moment. »*

— Bon, s'impatienta Phileas, vérifiez où est Adélaïde, j'ai un mauvais pressentiment, je n'arrive pas à les joindre elle et Céline ! Envoyez une équipe à West Bay !

— *« Écoutez monsieur je... »*

— Non toi écoutes Billy, je n'ai pas le temps de te laisser jouer au con ! Je n'arrive pas à joindre ma femme ni Céline, et je n'ai pas le numéro de Karen, alors tu les appelles, et si toi aussi tu n'arrives pas à les avoir, tu envoies une équipe sur place ! Il en va peut-être de la vie de ta cheffe !

— « *Je vais le faire* », fut intimidé Daniels.

— Parfait !

Phileas raccrocha, et de plus en plus inquiet, réfléchit au quart de tour à ses possibilités.

— Ça va papa ? lui demanda Jean un peu effrayée.

L'homme du club regarda sa fille, et composant finalement le numéro de Brigitte et Robert sans lui répondre, appela ses beaux-parents.

— « *Allo oui bonjour ?* » demanda sa belle-mère après quelques secondes.

— Brigitte, je n'ai pas le temps de t'expliquer, je dois laisser les enfants seuls à la maison, tu peux venir les surveiller avec Robert ? Merci ! Il faudra juste réchauffer le repas.

— « *Mais que…* »

Phileas raccrocha, et s'accroupissant regarda Jean et Adrien.

— Papa doit s'en aller, je vais devoir vous laisser seuls quelques instants. Mamie Brigitte et papi Robert vont venir s'occuper de vous, d'accord ?

Ses deux enfants hochèrent de la tête, bien qu'anxieux.

— Il se passe quoi ?

— Tu vas où ?

Phileas leur sourit pour se montrer rassurant, et leur fit à tous les deux un bisou.

— Je vous mets un dessin animé, d'accord ?

Les deux enfants vinrent s'installer sur le canapé, et Phileas lançant un film, il les salua de la main. Puis il alla en hâte éteindre le feu sous sa marmite, sortit sur la terrasse et referma la baie vitrée. Il courut alors en direction de la grange de l'autre côté du terrain et composa le numéro de téléphone de Darignac.

— « *Allo ?* » répondit une jeune femme.

Phileas s'étonna un instant d'entendre une voix féminine, puis se souvint qu'Alice était actuellement chez son père.

— Alice ? Désolé de te déranger, c'est Phileas, l'ami de ton père qui s'est marié dernièrement. Est-ce qu'il est là ?

— *« Non, il est sorti en oubliant son téléphone, mais il rentre d'ici dix minutes je crois. Pourquoi ? »*

Phileas pesta encore en courant toujours plus vite.

— Écoute, j'ai besoin que tu me rendes un service, d'accord Alice ? J'ai besoin que tu joignes ton grand-père, et que tu lui dises que j'ai besoin d'un laissez-passer aérien.

— *« Quoi ? »*

— Il faut que je puisse circuler librement au-dessus du territoire ! Dis-lui de voir avec ton père pour plus d'informations ! Il saura de quoi je parle !

— *« Euh, OK... »*

— Bien, merci !

Phileas raccrocha et arrivant à la grange, en ouvrit la grande porte. Résolu, il prit alors le fusil à pompe et des cartouches qu'il conservait là, et monta dans l'avion expérimental qu'il avait construit, l'alluma, et referma le cockpit.

— Allez, fais-moi voir ce que tu as dans le ventre !

Il roula jusqu'à sortir de la grange, et activant le décollage vertical, s'envola dans les airs.

Puis il rappela l'*Artificier*.

— Envoyez-moi les coordonnées de l'usine dont vous m'avez parlé ! Donnez-moi toutes vos informations, je veux tout savoir ! ordonna-t-il.

*

Céline gara l'Interceptor sur le parking de l'usine, coupa le moteur, et sortant avec Adélaïde de la voiture, regarda sa montre.

— Il est sept heures moins le quart. Il ne doit plus y avoir personne, annonça-t-elle.

Adélaïde acquiesça de la tête, se dirigea vers le coffre de la voiture, et l'ouvrant, en sortit la pince monseigneur et un des holsters qu'elle accrocha à son pantalon. Céline fit de même avec l'étui de l'autre arme, saisit les deux lampes de poche, le kit d'effraction, puis referma. Se rendant jusqu'à la porte d'entrée de l'usine, *M* cassa alors le cadenas qui la bloquait, et Céline l'ouvrit avec la clé universelle créée par *Gadget* des années plus tôt. Pénétrant dans l'usine, elles allumèrent leurs torches, et la pince monseigneur laissée près de l'entrée, elles sortirent leurs armes de leurs holsters.

— Bordel, quand on est parties il y a deux heures, je me suis jurée de ne plus jamais refoutre les pieds ici, rechigna Adélaïde.

— Et moi donc, rétorqua Céline.

Avançant dans l'obscurité et longeant les chaînes de tri, elles se dirigèrent d'un pas décidé vers l'administration. Au moins cette fois-ci elles ne se feraient pas peloter ni ne jetteraient leur amour propre aux toilettes, pensèrent-elles chacune de leur côté. Car resongeant à leur journée, elles n'étaient pas du tout fières d'elles. Elles étaient arrivées en retard à cause de leur détour par la scène de crime, et entrant dans le vestiaire sans s'annoncer pendant qu'elles se changeaient, Victor les avait rappelées à l'ordre. Elles s'étaient confondues en excuses, prétextant un souci familial et que cela ne se reproduirait plus, mais il leur avait alors ordonné de ne rien mettre sous leurs blouses comme punition si elles ne voulaient pas perdre leur travail.

Désireuse de garder leur entrée dans l'usine, Adélaïde s'était donc exécutée, retirant gênée son haut et son soutien-gorge sous son regard autoritaire, lui révélant ses seins, et forçant du coup Céline à en faire de même.

— *En bas aussi*, dicta-t-il.

Adélaïde s'écœura en serrant les dents. Faisant ce qu'il disait, elle avait retiré son pantalon et sa culotte, et Victor s'avançant vers elle, il lui avait caressé les seins puis l'avait embrassée. Tout du long Adélaïde s'était docilement laissé faire, sans broncher, acceptant qu'il prenne ses fesses en main, acceptant ce qu'il fallait pour être sûre de rester dans le coin au cas où Karen aurait eu besoin d'elle. Songeant à toutes ces jeunes filles torturées, violées et assassinées, elle avait désiré leur rendre justice coûte que coûte. Et quand Victor lui avait demandé de lui sucer la bite devant sa petite sœur, elle s'était agenouillée prête à la lui faire, démontrant qu'elle était même capable de tromper l'homme qu'elle aimait si c'était pour terminer sa mission. Elle était agente secrète et c'était son travail.

Céline et Adélaïde arrivèrent devant les escaliers menant à l'administration, et une série de marches filant vers un niveau inférieur, elles les éclairèrent de leurs torches. La femme chez la mère de Sterne avait dit à Karen que les autres esclaves étaient dans un souterrain. Les empruntant, l'arme au poing et leurs lampes braquées, *M* et *Double-zéro Neuf* descendirent donc, et se séparant, ouvrirent une à une les portes qu'elles trouvèrent pour regarder derrière. Il y avait des débarras, des salles d'accès aux machineries, mais pour l'instant, aucune trace de ces filles.

Repensant à ce qu'il s'était passé, se dégoûtant elle-même, à genoux devant Victor Adélaïde avait pleinement eu conscience que ce qu'elle faisait ferait de la peine à Phileas et qu'elle devrait donc le lui cacher. Mais cette affaire étant importante à ses yeux, elle avait posé ses lèvres au contact de la peau de son sexe pour lui faire la meilleure fellation de sa vie, quand Céline s'était en fin de compte sacrifiée et avait débloqué la situation. S'avançant vers eux, elle lui avait retiré son pénis de sa bouche et avait annoncé avec malice qu'elle suçait nettement mieux que sa grande sœur. Victor avait immédiatement demandé à vérifier ça et avait congédié Adélaïde, qui avait alors mis sa blouse pour partir travailler. Son labeur accompli, un quart d'heure plus tard Céline était alors enfin venue prendre son poste. Elles avaient fait comme si rien ne s'était passé, mais en la voyant arriver, Adélaïde avait été morte d'embarras. Elle avait accepté d'aller jusqu'à se plier aux exigences de ce salaud et par conséquent de ne manifester aucune dignité, son désir de venger les victimes plus important que tout le reste, et Céline avait dû la suivre parce qu'elle était sa cheffe et qu'elle n'avait pas voulu qu'elle fasse quelque chose qu'elle aurait regretté. Cela fait partie du travail quand on est en infiltration, on doit parfois faire des choses qu'on n'aime pas, mais Adélaïde n'avait pu s'empêcher à ce moment-là de se haïr pour ses actes. Comment avait-elle pu se laisser autant dicter sa conduite par sa rage, par son désir de trouver à tout prix qui étaient les meurtriers ? Elle avait tellement été obnubilée par la mission, convaincue qu'elle devait rester dans cette usine pour avoir le fin mot de l'histoire, qu'elle aurait fait cocu l'homme qu'elle aimait si on lui avait ordonné. Adélaïde se répugnait.

— *Je suis désolée Céline*, avait-elle finalement déclaré à son agente.

Céline l'avait regardée, lui en voulant de ce qu'elle avait dû faire pour maintenir leur couverture tout en protégeant son mariage.

— Que voulez-vous que je vous dise madame ? J'ai dû lui sucer la bite, avaler tout ce qu'il m'a mis dans la gorge et maintenant j'aurai ce goût infect dans la bouche jusqu'à l'heure du repas.

Adélaïde s'était montrée terriblement gênée. Elle avait réalisé qu'elle l'aurait sucé, qu'elle l'aurait même prise en elle si besoin, mais c'était Céline qui l'avait fait. Elle avait apprécié que son agente se soit sacrifiée à sa place et l'ait empêchée de commettre l'irréparable, mais cela l'avait mise face à son manque de respect pour son époux. Et les autres employées ayant bien vu qu'elles étaient nues sous leurs blouses et s'étant doutées de ce qu'elles avaient accepté de faire, les messes basses et les noms fleuris pour les qualifier n'avaient pas tardé. Traitées comme des salopes faciles, Adélaïde avait eu honte de l'image qu'elle les avait forcées à donner d'elles. Et quand la journée de travail fut terminée et que Victor leur ordonna de travailler le temps qu'elles avaient manqué, elle avait compris que cela ne s'arrêterait pas là et qu'il les attendrait dans les vestiaires. Cela ne manqua pas. Les autres employées partant en détournant le regard, écœurées ou gênées, se doutant de ce qu'il se tramait, Céline et Adélaïde avaient réalisé que les harcèlements sexuels devaient être monnaie courante ici et avaient rongé leur frein en attendant de pouvoir faire payer leurs crimes à ces salauds. D'ici là, Céline avait accepté en silence quand Victor ouvrit sa blouse et lui lécha goulument les seins, et Kate forcée de regarder ce qu'il faisait à sa petite sœur, il s'était masturbé pour ensuite jouir sur son visage. Adélaïde en avait eu partout, jusque dans les cheveux, et se rendant dans les toilettes et se regardant dans le miroir, elle s'était dégoûtée. Elle s'était trouvée ignoble de ne pas broncher, d'avoir accepté ça alors qu'elle s'était déjà faite violer par le passé. Et surtout, elle se détestait d'avoir fait tout ça alors qu'elle aimait Phileas et qu'elle lui avait juré fidélité. Ils s'étaient fait une promesse, celle de rester fidèle, de ne plus s'amuser ailleurs, et voilà que dans son dos, pour être sûre d'arriver à ses fins, elle s'était laissée peloter, caresser, embrasser, et avait même déposé ses lèvres sur une bite et s'était fait jouir sur le visage. Adélaïde se débectait.

— Madame ?

Adélaïde tourna la tête vers Céline, qui éclairait de sa lampe la porte d'un bureau.

— Victor représente le syndicat de l'entreprise… alors pourquoi son bureau est ici et pas à l'administration ? demanda-t-elle.

Adélaïde vint auprès de son agente et essaya d'ouvrir la porte, mais elle était fermée à clé. Utilisant le passe-partout, elle la déverrouilla donc, et pointant leurs torches à l'intérieur du bureau, les deux femmes observèrent les lieux. Tout semblait normal. Il y avait des drapeaux et des affiches de mouvements syndicaux, il y avait une bibliothèque de livres pénaux, et sur le bureau, il y avait même des magazines dénonçant l'abus en entreprise et un fascicule contre le harcèlement. Tout était là, on aurait pu croire que Victor était réellement un bon syndicaliste et non pas un fils de pute de première. Et puis elles virent la porte protégée par un cadenas au fond de la pièce.

— Allez me chercher la pince monseigneur, s'exclama Adélaïde.

— Tout de suite madame.

Céline retourna en arrière en courant et Adélaïde restant là, souffla, toujours en colère contre elle-même. Essayant de comprendre son comportement, son absence de dignité et son manque de respect pour son mariage, elle avait finalement réalisé comme une évidence qu'elle avait entraîné son agente dans une vendetta personnelle jamais réglée avec Molarron. À l'époque, elle ne connaissait pas le *Service* et s'était contentée de le voir banni du Club des Damnés en punition pour l'avoir violée, puis de le savoir mort. Mais elle prit conscience qu'elle avait une rage en elle, qu'elle n'avait pas résolu son sentiment d'injustice, son envie de se venger pour ce qu'il lui avait fait. Maintenant qu'elle avait replongé dans le sordide sans filet ni Phileas, elle avait mis le doigt sur le fait qu'elle avait peut-être plus été marquée par ce traumatisme qu'elle ne le pensait. Son besoin d'être assouvie par son mari, se pliant à ses volontés comme un pantin, son désir de se faire sexuellement humiliée, prise par plusieurs hommes et femmes en même temps, le plaisir fou qu'elle avait ressenti quand il l'avait offerte à des dizaines d'inconnus pour son anniversaire, tout ça, tout ça venait peut-être de là. Et s'enrageant de cela, s'effarant que sa sexualité débridée puisse être une tentative inconsciente de revivre des abus sexuels dont elle n'a aucun souvenir, car elle était droguée et endormie, elle comprenait que paradoxalement, pour stopper ce genre de criminels, elle était prête à être à nouveau une victime. Adélaïde se haïssait. Bon sang, elle s'était laissée peloter, embrasser, et avait même accepté l'idée de sucer un monstre, tout ça pour arriver à rendre justice. Adélaïde ne savait pas quoi penser d'elle. Un agent secret devait être prêt à tout, surtout sous couverture, pour arriver au bout de sa mission, mais pourquoi l'avait-elle, elle, fait ? Ce n'était pas elle qui était en mission, elle était seulement là en renfort, en observatrice. Pourquoi tenait-elle donc tant à y participer, à rester dans cette usine alors qu'elle aurait pu en partir ? Désirait-elle une excuse pour être forcée à avoir des rapports sexuels ? Était-elle sous couvert de tout faire pour la mission, une victime volontaire ? Adélaïde s'interrogeait, prise de doutes. Avait-elle inconsciemment voulu que Victor abuse d'elle aux dépens de son mariage, pour pouvoir reporter sur lui la vengeance dont Phileas l'avait privée en tuant Molarron ? Avait-elle accepté tout cela dans le but d'avoir une justification pour le passer à tabac, car il était un violeur, son violeur ? Adélaïde se posait sincèrement la question, comprenant tout cela ; voulait-elle un nouveau Molarron pour pouvoir régler ses comptes avec lui ?

La jeune femme se répugna toujours en continuant à se poser la question, quand elle chassa soudain d'un seul coup ses réflexions de son esprit. Céline était revenue avec la pince monseigneur, et en ayant cassé le cadenas, elles ouvrirent la porte pour tomber nez à nez avec l'horreur dans ce qu'il y avait de plus abject. Apparaissant dans le faisceau de leurs lampes, elles découvrirent tout autour de la pièce des rangées de cages d'acier, avec à l'intérieur de chacune d'elles des femmes. Cachant leurs yeux, éblouies par la lumière de leurs lampes, elles étaient nues, sales, prostrées dans des coins ou allongées sur de la paille, terrifiées.

— Mon Dieu, s'effara Céline.

Trouvant l'interrupteur, elle mit la lumière sur cette abomination, et tandis que les appels à l'aide commencèrent à s'élever quand les jeunes femmes réalisèrent qu'elles n'étaient pas leurs bourreaux, elle s'avança vers la première cage, en cassa le cadenas, et entrant à l'intérieur, se pencha sur la fille qui y était allongée. À peine âgée d'une douzaine d'années, l'enfant était de type hispanique et souffrait de malnutrition avancée. Elle était presque dans un état végétatif, à deux doigts de mourir. Adélaïde regarda la scène, furieuse, et saisissant la pince au sol, voulant répondre à tous ces cris de détresse, ces regards meurtris et ces dignités bafouées, rangea son arme et cassa un maximum de cadenas.

— Depuis quand êtes-vous là ? demanda-t-elle.

— Depuis cinq jours, répondit une fille tout juste majeure, pitié, sauvez-moi !

— Libérez-nous ! hurla une autre.

— Vite, libérez-nous ! pleura encore une autre, plus loin.

— Pitié, sauvez-nous !

— Je vais vous sauver, je vais toutes vous sauver ! leur promit Adélaïde.

Elle cassa le cadenas d'une cage et se dirigea vers la suivante, quand elle entendit soudain des mains applaudir derrière elle. Toutes les esclaves se taisant immédiatement et tournant la tête vers l'entrée de ce lieu de cauchemar, elles se recroquevillèrent apeurées dans leur coin. Et se retournant à son tour, Adélaïde vit Sterne et Victor devant la porte.

— Magnifique ! s'exclama le professeur en frappant toujours dans ses mains, la fixant dans les yeux. Grandiose ! Adélaïde le regarda emplie de rage, et sortit son arme de son holster. Sans sommation elle visa sa tête et appuya sur la gâchette. Mais à la place du coup de feu, il n'y eut qu'un cliquetis. Ce bruit sonnant son glas, Adélaïde comprit et eut les larmes aux yeux. Cela y était, c'était fini. Et Sterne rigola de tout son être.

— Un jouet ? se moqua-t-il d'elle, il fallait en amener un vrai si tu voulais me faire peur !

Victor lui tendit son arme, mais le professeur la refusa de la main.

— Tiens-les en joue, j'adore quand elles résistent, annonça-t-il.

Céline sortit de la cage de l'enfant en tremblant de peur, devinant son arme inefficace et qu'elles étaient prises au piège, mais les tenant malgré tout en joue, se dirigea vers Adélaïde.

— Jetez vos jouets ! sourit narquois Victor en les pointant de son revolver.

Céline et Adélaïde pesèrent chacune le pour et le contre, mais devinèrent aisément qu'en cas de geste brusque, il n'hésiterait pas à tirer. N'ayant pas le temps de faire l'échange, les deux femmes obtempérèrent donc impuissantes, pestant de ne pas avoir réalisé qu'elles avaient inversé leurs armes, se condamnant à mort.

— Je pensais tomber sur la petite fouineuse mais j'en ai trouvé deux autres, constata alors Sterne.

Il s'avança vers les deux femmes en retirant son trench, son visage affichant un sourire satisfait, le reflet des néons illuminant son crâne, et se pavanant presque devant les femmes et filles qu'il avait mises en cage, il arriva à leur hauteur et les observa tour à tour. Les dépassant de presque une tête, il se délecta de lire la frayeur dans leurs yeux. C'était comme si elles savaient qu'elles allaient mourir. Puis son poing partit en direction de la tête d'Adélaïde. Évitant le coup elle répondit immédiatement en le frappant au sternum tandis que Céline visa son flanc, mais Sterne pivota, encaissa le coup d'Adélaïde, et saisissant sa comparse par le col, lui donna un puissant coup de tête sur

le front. Alors que son agente tomba à terre, Adélaïde
essaya de le frapper à la gorge pour lui écraser la trachée
avec sa pomme d'Adam, mais plus musclé et fort qu'il n'y
paraissait, Sterne arrêta son poing et la projeta en arrière. La
jeune femme tombant à la renverse sur le sol, elle se cogna
la tête sur le béton et poussa un cri de douleur. Étourdie,
elle se força malgré tout à se relever, et Céline l'y aidant,
elles se mirent en garde.

— Oh mais j'adore ça, vraiment, annonça Sterne.

Sous le regard silencieux des femmes en cages, obligées
avec tristesse d'observer le spectacle glaçant de brutalité, le
professeur avança vers Céline et Adélaïde toujours aussi sûr
de lui. Reprenant le combat, Adélaïde tenta de toutes ses
forces de lui porter un coup à la tête, qu'il para avec son
avant-bras tout en contenant sa douleur alors que Céline le
frappa à l'estomac, puis l'attrapant au visage, il lui projeta
la tête sur une des cages. S'écroulant au sol, Adélaïde fut
cette fois K.O.

Sous les rires de Victor, Sterne se tourna alors vers Céline.
D'un puissant coup au ventre qu'elle essaya en vain de
parer, il lui coupa le souffle et la fit tomber au sol. La
bouche en sang, la jeune femme essaya bien de se relever,
mais le professeur la roua alors d'une dizaine de coups,
faisant preuve d'une rare violence. Incapable de se redresser
après un tel matraquage, Céline ne bougea alors plus,
gémissante de douleur.

— ET CELA VAUT POUR VOUS TOUTES ! hurla
Sterne en regardant et pointant du doigt les filles en cage.

Baissant la tête, pleurant pour certaines, elles ne répondirent
pas. Sterne prit alors furieux Adélaïde et Céline par les
pieds et les amena au fond de la salle. Saisissant la jeune
Reine par le pull, il le lui déchira à la seule force de ses

mains, et arrachant ensuite son soutien-gorge, révéla sa poitrine. Puis il lui retira ses chaussures, ses chaussettes, son pantalon, et enfin sa culotte. Se penchant sur Céline, il fit de même et retira ses vêtements avec vigueur, la déshabillant entièrement.

— Oh, joli…

Il pressa un de ses gros seins, les trouvant parfaits, et se redressant, sourit à ses esclaves enfermées dans leurs cages. Il défit alors sa boucle de ceinture, et la resserra correctement.

— Papa va jouer avec ses nouvelles filles…

Chapitre XIX

Poupée de chair

Sterne ouvrit sa boîte d'instruments et se pencha sur Adélaïde et Céline, étendues nues et en sang sur le sol.

— Voyez-vous, en tant que médecin, de deux choses l'une, je déteste ôter la vie, déclara-t-il. C'est quelque chose que je réprouve, franchement. D'ailleurs, je ne veux pas non plus que mes hommes le fassent, et il faut avouer que vous deux étant plutôt jolies, ce serait vraiment gâcher de la bonne marchandise.

Sortant une seringue et une fiole de sa boîte, il en planta l'aiguille dedans, la remplit, puis éjecta un peu de liquide pour être sûr qu'il n'y avait pas d'air à l'intérieur. Les regardant alors de nouveau, déjà couvertes d'ecchymoses et probablement quelques côtes fracturées, tâchant le sol de sang, il soupira.

— Mais vous êtes deux petites fouineuses, ce qui m'amène à la seconde chose.

Avec l'aide de Victor, il saisit Céline puis Adélaïde au bras et leur injecta à toutes les deux un dosage précis d'anesthésiant.

— Je sais parfaitement quelle est la dose pour que vous restiez immobiles, incapables de bouger, mais que vous ressentiez quand même la douleur, révéla-t-il.

Sterne reposa sa seringue sur la table, puis inspira fortement.

— Vous partirez par le prochain chargement pour la Russie, annonça-t-il tandis qu'elles essayèrent une dernière fois de se relever avant que l'anesthésiant ne fasse effet. Je pense qu'ils apprécieront vos seins et vos sexes pour leurs soirées arrosées là-bas. Vous tomberez peut-être même enceintes et serez utilisées comme mères porteuses.

Il se pencha sur elles et observa leurs yeux figés de terreur.

— Sachez que vous serez toutes les deux tellement droguées que vous n'aurez plus jamais la force de vous libérer et de fuir pour échapper à vos tourments. Mais, d'ici là, vous allez devoir vous remettre, être présentables… Je dirais deux ou trois semaines d'après vos blessures. Le temps que cela se fasse, on va donc s'amuser un peu.

Sous le regard enjoué de Victor, Sterne prépara tout son matériel, et le stérilisa.

— Voyez-vous, reprit-il ensuite, quand on ôte à une femme tout espoir, à la fin, elle n'a plus la force de rien faire. Quand ces filles-là partiront ou qu'on viendra m'en acheter, elles seront lavées, maquillées et chacun pourra faire son petit marché en vérifiant la marchandise. Certaines voudront même la tester sur place avant de l'emporter. Si je dis ça, c'est pour que vous compreniez vraiment ce que c'est de perdre espoir. À la fin, elles se maquillent, se coiffent et surtout se rasent elles-mêmes avec des rasoirs qu'on leur donne, sans jamais chercher à autre chose qu'être belles… Parce qu'elles écouteront, parce qu'elles obéiront. Parce qu'elles auront compris qu'il est vain de chercher à s'en prendre à nous.

Victor s'approcha de la cage contenant une blonde d'à peu près vingt ans au corps de rêve et celle-ci recula au fond contre les barreaux, effrayée par son sourire.

— Vous, pourtant, vous êtes différentes, vous semblez être de vraies battantes, vous êtes venues dans un seul but, libérer ces femmes, annonça Sterne.

Il s'accroupit au-dessus d'elles et sourit de voir leurs yeux bouger sans pouvoir agir.

— Vous avez même accepté de vous faire peloter et de faire des pipes pour rester ici…

Sterne retint un ricanement, et Adélaïde et Céline regardant Victor, elles le virent se caresser le sexe à travers le pantalon.

— Mes pauvres, rigola joyeusement le professeur, je peux vous dire que vous allez regretter de ne pas m'avoir tué ce soir.

Il ricana encore, puis expirant fortement, se redressa. Saisissant Céline sous les épaules, il la tira jusqu'à une chaise, l'installa dessus, puis attrapant Adélaïde, l'assit sur elle. Immobiles, seuls leurs yeux se mouvant, les deux femmes déjà largement amoindries par leur combat le regardèrent alors passer derrière elles, l'esprit terrifié. Et trahissant leur terreur, leurs pupilles se mirent à bouger avec frénésie quand il revint dans leur champ de vision avec du fil et des aiguilles chirurgicales. Puis tirant une chaise, Sterne s'installa à leur côté, et sous le regard horrifié des femmes en cages autour d'eux, il planta son aiguille dans le bras de Céline, et la sortant, la passa dans l'épaule de la Reine. Alors que les deux jeunes femmes étaient conscientes mais incapables de bouger, elles ne purent que hurler intérieurement tandis qu'il les cousait ensemble, ressentant avec douleur chacune des entrées et des sorties d'aiguilles. C'était un cauchemar, c'était effroyable, horrible, les deux jeunes femmes dont la dignité était déjà bafouée par leur nudité imposée furent traumatisées par leur torture. Elles ressentaient avec une douleur inimaginable l'homme s'atteler avec minutie à coudre les bras, les cuisses et les mollets de Céline à ceux d'Adélaïde, à lier le cou de la jeune femme et une partie de son visage à celui de sa cheffe, joue contre joue, et à tisser des liens entre la peau de son ventre et de sa poitrine à son dos. Les larmes leur venant aux yeux, chaque fil tirant dans leurs chairs, chaque mouvement que faisait faire à leurs corps Sterne entretenant la douleur, Adélaïde et Céline souffrirent le martyre pendant l'heure la plus longue de leur vie, et continuèrent intérieurement à crier même après qu'il eut terminé de serrer le dernier point.

— Que je suis bête, souffla-t-il alors, j'ai oublié de coudre vos lèvres !

Reprenant sa bobine et son aiguille, il écarta les cuisses d'Adélaïde, forçant celles de Céline à s'ouvrir également, révélant leurs intimités à toutes les deux, tirant sur les points sans se soucier de la douleur que cela leur procurait, et s'accroupissant, s'approcha du sexe d'Adélaïde pour coudre ensemble ses lèvres. Quant au dernier moment, la pointe de son aiguille appuyée sur sa peau, il la regarda avec délectation.

— Allons, me prenez-vous pour un monstre ? rigola-t-il. Si j'abîme cet endroit, qui voudra de vous ?

Sterne reposa son matériel sur sa table, se pencha à l'oreille d'Adélaïde, et souffla narquois.

— C'est bien pour ça que je n'ai pas visé vos mâchoires, pour ne pas casser vos dents. Vous comprenez, je pourrais vous défoncer la gueule, vous mutiler, vous raser et même pire, ouvrir et retirer une partie de vos peaux pour forcer vos deux corps à cicatriser en un seul. Je pourrais le faire, je l'ai déjà fait et c'est de toute beauté… Mais vous me rapporterez bien plus en bon état, et vous souffrirez tout autant si ce n'est pire, privées de vos mouvements, violées jusqu'à la mort dans la tournante d'une cave froide et humide.

Sterne s'essuya les mains, rangea ses outils dans sa boîte, et tranquillement, avec Victor, mit de nouveaux cadenas là où elles les avaient cassés. Puis il prit un soda dans le frigo et en but une gorgée.

— Mmmh, ça fait du bien, le savoura-t-il.

Il regarda une dernière fois sa poupée de chair, et satisfait, se dirigea vers la sortie en remettant son trench.

— Vous voyez ? s'exclama-t-il le sourire aux lèvres à leur attention en marchant à reculons. Je ne vous mets même pas en cage, parce que dans une heure, quand vous récupérerez votre liberté de mouvement, vous hurlerez de douleur et me supplierez de vous séparer !

Sortant avec Victor de la pièce, il éteignit la lumière. Leurs yeux pleurants, leurs âmes meurtries et leurs corps bafoués et couverts des marques des coups qu'elles avaient encaissés, Adélaïde et Céline restèrent alors là, dans le noir, nues, cousues l'une à l'autre, entourées des femmes qu'elles avaient essayé de libérer.

Chapitre XX

Sauvetage

Phileas atterrit presque deux heures après avoir décollé. Posant son avion supersonique sur le parking de l'usine, il n'y vit que l'Interceptor que la branche anglaise avait louée pour Adélaïde et Céline, et s'en affola. Sortant du cockpit avec son fusil à pompe et sa lampe frontale, il se rendit alors en hâte vers l'entrée d'*Environnemental Footprint*. Trouvant malheureusement la porte verrouillée et cadenassée, il vociféra, et retournant en courant jusqu'à son avion, prit le chalumeau de poche qu'il y conservait. L'allumant, il fit alors fondre le cadenas et la serrure, et entra. Karen avait parlé d'un souterrain quand elle avait demandé à ce que Céline vienne ici, l'*Artificier* le savait, car il avait placé son téléphone sur écoute. Se rendant vers les escaliers, il descendit donc au niveau en dessous, et misant sur sa chance, espérant ne pas se tromper, vérifia chaque porte. Il en fit une douzaine hélas sans succès, quand il vit le bureau de Victor Wells, l'un des trois enfoirés dont lui avait parlé l'*Artificier*. Haletant, paniqué, il fit fondre sa serrure, entra, et vit au fond de la pièce une autre porte cadenassée. Priant pour avoir vu juste et ne pas s'être trompé, il recommença et l'ouvrit. Distinguant des cages et des corps nus à l'intérieur, entendant des cris de surprise, il trouva alors l'interrupteur et alluma. Horrifié, il vit les cages, les femmes, et au fond de la salle sur une chaise, Adélaïde et Céline attachées dans une mise en scène macabre. Courant à leur rencontre tandis que les esclaves s'activèrent et lui demandèrent de les libérer, il constata la douleur et l'envie de pleurer dans les yeux de son amie et de sa femme et sortit effrayé son téléphone de sa poche.

— Je sors appeler des renforts et je reviens ! annonça-t-il en le leur montrant.

Puis courant le plus vite possible, le cœur battant la chamade, il remonta en haut, et sortant de l'usine, réactiva son téléphone et joignit Daniels.

— Il me faut une équipe médicale de toute urgence à l'usine de West Bay ! ordonna-t-il.

— *« Phileas, c'est Bella, on a envoyé une équipe depuis Londres ! Elle est partie il y a une heure et demie ! »* lui répondit son ancienne collègue.

Phileas hurla dans son combiné.

— Ton équipe arrivera dans une heure s'ils ont respecté les limites de vitesse et j'ai ici une quarantaine de femmes en état de malnutrition et j'ai besoin d'un médecin pour séparer Céline et Adélaïde !

— *« QUOI ? »*

Phileas pesta et raccrocha. Retournant à l'intérieur, il décida de se débrouiller tout seul. Revenant dans la pièce secrète, il se dirigea vers sa femme et Céline, et regardant tout autour, chercha un scalpel.

— Quelqu'un sait où il y a un scalpel ? demanda-t-il.

— Dans la caisse là ! la pointa du doigt la femme dans la cage la plus proche.

Phileas suivit son indication et remarquant la caisse, l'ouvrit. Saisissant un scalpel, il se rendit alors auprès de sa femme et commença à découper les fils la reliant à leur amie.

— Vite ! L'anesthésiant ne fera bientôt plus effet ! s'exclama paniquée une autre femme.

Tâchant de faire bouger les fils le moins possible, Phileas décousit les points qu'avait fait Sterne, et au bout d'une dizaine de minutes qui semblèrent à tous interminables, arriva finalement à les libérer. Prenant délicatement sa femme dans ses bras, il la déposa alors sur la seconde chaise et chercha de quoi la désinfecter et la panser.

Recommençant à bouger quelques instants plus tard, Céline et Adélaïde se mirent alors à crier de tout leur être en pleurant. Leurs cris de frayeur glaçant son sang, Phileas revint immédiatement vers elles et les prit dans ses bras.

— C'est fini, c'est fini ! déclara-t-il.

Adélaïde et Céline se serrant contre lui, elles pleurèrent toutes les larmes de leur corps, battues, mutilées et humiliées. Elles venaient de vivre un cauchemar.

*

Moins d'une demi-heure plus tard, l'équipe envoyée par le *Service* arriva et le docteur Potter dépêché avec eux vérifia immédiatement les blessures d'Adélaïde et Céline. Se montrant rassurant en voyant les marques des points, il constata qu'elles ne devraient au pire garder que de petites traces, mais que vraisemblablement tout devrait disparaître d'ici quelques semaines au grand maximum.

— Par chance si on peut dire, Sterne a des mains de chirurgien, annonça-t-il en désinfectant la dernière plaie sur la tempe d'Adélaïde.

La jeune femme acquiesça de la tête, et enveloppée dans une couverture, se leva et se changea. Enfilant ses vêtements, elle recouvrit tant bien que mal sa nudité, mais son pull étant déchiré, elle se rendit en silence auprès de son mari. Lui tendant un chocolat chaud qu'il avait pris au distributeur de la cafétéria, celui-ci retira alors le sien et le lui donna.

— Tiens…

— Merci.

Adélaïde le passa sur elle en faisant fi de ses douleurs. Puis une fois habillée, elle reprit la boisson qu'il lui avait prise, et Phileas voulut la prendre dans ses bras, mais finalement se résigna de peur de raviver ses douleurs.

— Tu es venu me sauver, fût-elle reconnaissante.

Phileas la regarda, constata les points de couture et les bleus de son visage, et lui sourit.

— Tu crois que je ne traverserais pas la planète pour sauver ma femme s'il le fallait ? lui demanda-t-il.

Adélaïde esquissa imperceptiblement un sourire.

— Tu as pris ta retraite, annonça-t-elle.

Phileas lui prit le menton et la força à le regarder.

— Si tu es en danger, je prendrais toujours les armes, déclara-t-il.

Adélaïde acquiesça, et ayant besoin d'un câlin, se blottit dans ses bras. Tandis qu'il la réconforta du mieux qu'il put, l'enlaçant, *M* regarda alors ses agents donner leurs vestes ou des couvertures aux jeunes femmes qu'ils libéraient.

— Merci, s'exclama timidement une enfant de treize ans.

Adélaïde tournant la tête de l'autre côté, elle regarda Céline. Assise sur la chaise où elles avaient été cousues, elle était recroquevillée sur elle-même, se balançant, tremblante, encore tétanisée par ce qu'elles avaient subi, toujours enroulée dans une couverture et ses vêtements au sol. La rejoignant, Adélaïde la prit dans ses bras. Phileas acceptant de les laisser se réconforter seules, entre elles, il prit une des piles de blouses que ramenèrent des agents, et en distribua aux jeunes femmes. Aidant du mieux qu'il pouvait, il fit ensuite des allers-retours pour les accompagner jusqu'à la cafétéria où elles purent s'asseoir sur les chaises et boire de l'eau et des boissons chaudes. Puis il discuta avec l'agent Simmons, qu'il avait déjà rencontré il y a quelques années en mission.

— On va prévenir la police, on sera obligé de le faire, déclara ce dernier. En attendant, on va faire venir un bus et les emmener en lieu sûr. Qu'elles aient en attendant de pouvoir rentrer chez elles des vêtements propres, un repas chaud, et un endroit où dormir, loin de cette usine.

Phileas approuva de la tête, même il avait encore du mal à réaliser l'horreur qui s'était produite ici. Dormant à même le sol sur de la paille, ces filles avaient été enlevées à leurs familles, traitées comme des animaux et dépouillées de leurs humanités. C'était inhumain. Ce qu'on leur avait fait subir était tout bonnement inhumain.

— On ne sait pas qui est à la botte de Sterne ici, peut-être que le maire et des agents de police sont dans le coup. Du coup ce serait bien de prévenir les autorités à Londres, suggéra-t-il.

— Oui, bonne idée.

— Et prévenez la presse et donnez des téléphones à ces filles, qu'elles puissent contacter leurs familles…

L'agent hocha par l'affirmative et prévint ses confrères. Phileas redescendit alors dans le souterrain pour aller voir Adélaïde et Céline. Le médecin était de nouveau avec elles, se montrant encore une fois rassurant.

— Même au visage il n'y paraîtra plus, répéta Potter. Et les instruments étaient stérilisés, alors étant toutes les deux en bonne santé, avec un cocktail pharmaceutique il ne devrait pas y avoir de problème.

— Merci docteur, déclara Adélaïde.

— En tout cas vous avez de la chance que votre mari vous ait trouvées, car si vous aviez bougé, vous auriez pu vous déchirer la peau.

Céline écarta les pans de sa couverture, et regarda son sein. En le cousant au dos d'Adélaïde, Sterne avait un peu tiré sur la peau et avec les tensions qu'il appliqua en attachant le reste de son corps au sien, elle avait une déchirure. Regardant la blessure qu'il avait pansée, le médecin sembla mal à l'aise.

— Là vous aurez une cicatrice malheureusement.

Céline hocha de la tête et se recouvrit. Phileas s'approchant et le médecin repartant, il regarda alors son ancienne collègue et sa femme.

— Souhaitez-vous que je reste ? demanda-t-il.

Céline hocha négativement de la tête, et Adélaïde en fit de même.

— Tu en as déjà assez fait, merci beaucoup, s'exclama la première en le fixant dans les yeux, reconnaissante.

— Rentre à la maison, tu es à la retraite et les enfants et mes parents doivent s'inquiéter, annonça alors Adélaïde.

— Vous êtes sûres ?

— Oui, ne t'en fais pas, on est bien assez maintenant.

Phileas accepta leur décision et embrassa sa femme. Puis il la serra chaleureusement contre lui, et prenant ensuite Céline dans ses bras, se voulut réconfortant.

— Trouvez-les, et faites les payer ! leur déclara-t-il.

— Oui, on y compte bien.

L'homme du club les laissa là et se dirigea vers la sortie pour regagner son avion et retourner chez lui, lorsqu'un coup de feu se fit soudain entendre derrière lui. Affolé et surpris il se retourna en craignant le pire, mais il se rassura bien vite. Et dans le silence qui suivit la détonation, chacun observa Adélaïde tenant son arme en main pointée vers le mur, le canon fumant. Muette, déterminée, elle avait repris son arme à elle et cette fois ne se tromperait plus.

Phileas repartit, et une jeune femme le remerciant sur son passage pour les avoir sauvées, *M* le regarda alors avec suspicion. Comment avait-il su précisément où elles se trouvaient ? Bien qu'elle fût reconnaissante de son intervention, elle ne pouvait que se poser la question. Certaine que la réponse qu'elle recevrait serait un mensonge, elle s'était toutefois bien gardée de le lui demander. Mais il était arrivé telle la providence dans un lieu qu'il ne connaissait absolument pas, et cela la rendait dubitative, il lui avait caché quelque chose. C'était certain.

Chapitre XXI

Le puzzle se dessine

— Où avez-vous été enlevée Jessy ? demanda l'agent Simmons.

— À Dublin, le 3 mai, répondit la jeune fille.

— Donc ce n'est pas Sterne lui-même qui vous a kidnappée ? Ni Victor ou Alain ? s'exclama l'agent en notant sa réponse sur son calepin.

Jessy s'emmitoufla un peu plus dans sa couverture et balança négativement de la tête.

— Non, c'était un type rencontré dans un bar.

Simmons acquiesça.

— Vous avez appelé vos parents ? Vous les avez prévenus ?

La jeune Galloise hocha de la tête.

— Oui…

— Bien, merci beaucoup.

Simmons la laissa en compagnie des autres filles, et rejoignit la table où étaient installées *M*, l'agent *Double-zéro Neuf*, et ses collègues.

— Quarante-deux femmes. Enlevées entre l'Écosse, l'Irlande, le Pays de Galle et l'Angleterre, toutes ces filles sont du Royaume-Uni. Âgées entre 11 et 25 ans, aucune n'est de West Bay.

— Mon Dieu, s'effara Adélaïde, devinant ce que cela impliquait.

L'agent Simmons regarda *M* en hochant de la tête.

— La petite Mathy a notamment été enlevée par un monsieur grand et noir durant un voyage scolaire à Cardiff, la jeune femme nommée Clara en rentrant chez elle la nuit à Manchester, et pour un autre exemple, Sarah est étudiante et répondait elle à un casting pour être actrice à Cambridge quand le mec de l'interview l'a kidnappée.

— Nous sommes donc face à un gigantesque réseau de traite des femmes, ne put qu'accepter l'agent Cameron. Gigantesque et organisé.

— Oui, mais ce n'est pas tout, souligna Simmons.

Céline et Adélaïde levèrent les yeux vers lui en silence, s'attendant au pire.

— J'ai interrogé ces filles, reprit-il, et elles sont toutes là depuis au maximum de trois semaines. Mais surtout elles sont catégoriques, quand je leur ai parlé des séries de meurtres survenues cette semaine, elles m'ont assuré que les victimes n'étaient pas ici avec elles.

Comprenant ce que cela signifiait, Céline balança écœurée la tête de gauche à droite.

— Donc celles qui sont mortes au pied de Satan ont juste été enlevées pour servir pour le rituel, c'est ça ? s'indigna-t-elle. Toutes ces enfants enfermées là en dessous étaient destinées à être vendues en Russie ou je ne sais où, mais celles de Demonwood ont été enlevées sur place juste pour être sacrifiées ?

— Oui, ce qui peut laisser croire qu'il y a deux affaires distinctes, comprit amère Adélaïde. En enquêtant sur Sterne, on a peut-être suivi le mauvais monstre.

— Et d'après ce qu'a dit *Double-zéro Six*, il y en aurait une qui servirait d'esclave sexuel à la maison de la mère de Sterne ? demanda l'agent Bachir.

Céline et Adélaïde hochèrent de la tête, puis la cheffe du *Service* se levant, elle fit quelques pas. S'étant violemment heurtée au béton du sol puis à deux barres en acier, ses blessures à l'arrière du crâne la lançaient, mais elle essaya malgré la commotion et la douleur de réfléchir. Il leur manquait des pièces. Sterne avait ici des filles provenant de tout le Royaume-Uni qu'il comptait revendre, mais il n'était pas responsable des crimes de la forêt. Cela ils le savaient avec certitude, car Karen avait passé la nuit dernière avec lui, Alain et Victor. Mais dans ce cas, qui avait enlevé les filles mortes au pied de Satan ? Et qui gérait le réseau d'enlèvement de Sterne ? C'était lui le grand patron ? Si oui, ne pouvait-il pas du coup avoir des hommes qui fournissaient également les rituels de Demonwood ?

Adélaïde s'interrogea à propos de toutes ces questions restées sans réponse, ne distinguant rien du puzzle qu'était cette sordide affaire, quand elle se rendit vers les jeunes femmes enlevées, suivie avec curiosité par Céline et les agents anglais.

— Qui est la fille qui est là depuis trois semaines ? demanda-t-elle à toute l'assemblée.

Levant timidement une main, une fille enroulée dans la veste de l'agent Cameron se manifesta. Adélaïde se rapprocha d'elle, et s'agenouillant devant elle, la regarda.

— Est-ce que des filles ont été emmenées ailleurs depuis que vous étiez enfermée là-dessous ? la questionna *M*.

La jeune femme hocha de la tête.

— Trois jours après mon arrivée, une brune nommée Cécile.

— Et est-ce que vous savez si avant de partir, elle a été marquée au fer rouge, d'une espèce de triskèle avec des symboles féminins ? demanda Adélaïde.

La jeune femme hocha une nouvelle fois de la tête.

— Victor a dit qu'elle partait pour Londres et avec Alain, ils l'ont marquée sur l'épaule.

— Merci, merci beaucoup !

Adélaïde se redressa et se tourna vers ses agents.

— Tout est bien lié. Quelqu'un fournit à Sterne les filles qu'il revend, et ce même quelqu'un a fourni les filles pour le pied de Satan.

— Mais celles du pied de Satan ont été enlevées ici et marquées post-mortem, souligna dubitative Céline.

— Oui, mais si ce symbole était comme une carte de visite ? s'exclama l'agent Cameron.

Céline et Adélaïde le regardèrent intriguées.

— Expliquez-vous ? l'interrogea *M*.

L'agent Cameron regarda ses collègues et sa cheffe, interpellé par les faits.

— J'ai lu le dossier qu'avait constitué *Double-zéro Six*, et je me pose la question suivante : et si ce n'était pas une secte comme elle le croyait ? On ne sait rien sur eux, alors peut-être qu'Engedelmes Feleség est en réalité un réseau d'esclavage, importé ici par Sterne, et qui fournit des prestations ?

Adélaïde eut froid dans le dos rien qu'à cette idée. C'était terrifiant.

— Ils enlèveraient des femmes pour les revendre dans d'autres pays, et s'occuperaient de trouver des proies pour des cérémonies sataniques ? supposa-t-elle.

— Par exemple, entre autres, ou pour toute personne désirant des esclaves sexuels.

Adélaïde regarda son agent, et réfléchit, essayant d'arranger les pièces du puzzle. Sterne était d'origine hongroise. Il pouvait avoir créé Engedelmes Feleség, qui n'était donc pas une secte mais un réseau de traite des femmes, et avoir fourni dans sa propre ville ici à West Bay une secte satanique. Cela pourrait se tenir et cela collait avec les faits.

— Tout cela implique en tout cas qu'il n'y a pas que Sterne, Victor et Alain qui sont mêlés à tout ça, déclara-t-elle. Il y a plus de monde, beaucoup plus de monde. Et je ne parle pas seulement du réseau, des gens qui enlèvent, mais aussi des acheteurs, ici à West Bay et ailleurs.

— Ici, ce sont les gens de Demonwod, comprit Céline.

— C'est cela, et ailleurs, ce sont des Russes, des Américains... je ne sais pas, n'importe qui.

— Et, annonça l'agent Bachir, le réseau s'étend peut-être même au-delà du Royaume-Uni. Il y a peut-être des kidnappeurs dans d'autres pays ?

Adélaïde, Céline et ses collègues acquiescèrent les propos du jeune homme jusque-là resté discret, réalisant l'ampleur de ce qu'ils venaient de découvrir.

— Il faut retrouver Sterne, conclut *M*, il faut les arrêter Alain, Victor et lui, et les interroger.

— L'agent *Double-zéro Six* nous avait donné une adresse, celle de la défunte mère de Sterne. On devrait s'y rendre, commencer par là, annonça Cameron.

— Oui, voir ce que fait Karen, suggéra Céline à Adélaïde.

— Votre assistant a dit qu'il n'arrivait pas à la joindre non plus, rappela Simmons.

M repensa à son agente et s'inquiéta. Prise d'un terrible doute, elle était peut-être elle aussi en danger. Les événements avaient été si... ils avaient été tellement dépassés par toute cette sordide histoire et leur torture qu'ils n'avaient pas eu le temps de penser à Karen.

— Bachir, ordonna-t-elle à son agent, vous et le docteur Potter resterez ici, et quand le bus arrivera, vous partez avec toutes ces filles à Londres. Là-bas, je veux que seuls des agents du *Service* valident leurs départs, et uniquement si des parents viennent les chercher ! Personne d'autre, c'est clair?

— Très clair.

— Pour les autres, vous les hébergez et vous les nourrissez jusqu'à ce qu'on vienne les récupérer. Dépensez sans compter, vêtements, nourriture, faites le nécessaire.

— Bien madame, et la police ? demanda-t-il.

— Quand ils arriveront, vous leur collez votre badge du P.I.S. sous le nez, et vous leur dites de lancer un mandat d'arrêt sur Sterne, Victor et Alain. Puis vous balancez toute l'information aux médias, je veux éclairer cette abomination au grand jour !

— D'accord.

Puis Adélaïde se tourna vers Céline, Cameron et Simmons.

— Vous, avec moi, on va à la maison de la mère de Sterne.

*

Trois heures et demie plus tôt.

Karen reprit peu à peu connaissance en ouvrant les paupières, et endolorie, grommela. La lèvre enflée, couverte de bleus, son auriculaire certainement cassé, elle avait mal partout.

— Mmmh…

Karen essaya malgré la douleur de retrouver pleinement ses esprits, quand elle prit soudain conscience que ses mouvements étaient entravés. Relevant affolée la tête pour regarder ce qui l'empêchait de bouger, elle réalisa qu'elle avait le buste allongé sur une table, les bras tendus sur les côtés et les mains liées par en dessous, et que ses jambes étaient solidement fixées aux pieds du meuble. Tournée vers la fenêtre d'où elle observait les lieux il n'y a même pas une heure, elle fustigea Alain de rage. Ce sale fils de pute, pensa-t-elle, il en avait fait une proie facile.

Regardant sa main gauche, Karen tira sur ses liens avec son poignet pour les tester.

— Tutut, fit la voix d'Alain derrière elle.

La jeune femme vociféra et tourna la tête pour essayer de le voir.

— Si tu me touches enculé, je te préviens, je te tuerais ! s'écria-t-elle.

Alain releva le pull de Karen sur ses omoplates, et découvrit son dos, nu, qu'il caressa.

— Je te jure que si tu me touches, je te couperais la bite ! reprit Karen en s'agitant pour qu'il retire sa main de sur sa peau.

Alain ricana.

— Tu sais que ton petit cul me plait à mort ? déclara-t-il. Et je n'ai jamais rencontré une salope qui la prenait en entier sans broncher !

Bien que Karen se débâtit toujours en lui sommant de retirer ses mains, il les passa en dessous d'elle et déboutonna son pantalon. Puis il ouvrit sa braguette, et tira sur le vêtement pour l'abaisser sur ses genoux. Il saisit ensuite sa culotte et en fit de même.

— La façon dont ton cul étrique ma bite, ta façon de te déhancher, continua-t-il sans écouter ses refus, bordel, rien que d'y penser je bande déjà.

Alain prépara Karen en lui glissant deux doigts dans le sexe puis dans l'anus tout en lui pelotant les fesses. Puis après à peu près une minute d'injures de la part de la jeune femme, la trouvant assez dilatée, il sortit son sexe de son pantalon, et le tenant, présenta son gland entre ses fesses.

— Je vais te tuer sal…

Karen ne termina pas sa phrase, le souffle coupé. Le sentant rentrer en elle, elle ferma les yeux et crispée par la douleur, serra les dents. La largeur de son sexe était effrayante, elle le sentait dilater son rectum comme jamais.

— Sors de là ! SORS DE LÀ ! essaya-t-elle de hurler.

Alain sourit, et s'enfonçant d'un coup sec de dix centimètres de plus, soutira un cri d'effroi à Karen.

— Bon sang, ce que j'adore ça !

Le jeune homme continua à s'enfoncer entre ses fesses, rentrant centimètre par centimètre, prenant son temps, puis fut finalement entièrement en elle. La saisissant par les hanches, il la maintint bien contre la table, et commença alors ses va-et-vient. Lui arrachant des hurlements, il la sodomisa ainsi avec violence, son bassin bougeant frénétiquement d'avant en arrière sans jamais s'arrêter, ne se souciant pas de la douleur qui déchirait les entrailles de sa victime. Endurant, il resta là à la pilonner sans interruption, jusqu'à jouir après presque six minutes de viol. Déchargeant son sperme en abondance dans son anus, il savoura son orgasme, son sexe parcouru de spasmes qui soutirèrent encore à Karen quelques crispations, puis il se retira et se pencha à son oreille.

— Je vais nettoyer tout ce sang que tu m'as mis sur la bite, je vais monter à l'étage regarder un épisode de ma série, et je reviens ensuite pour le round deux, lui expliqua-t-il.

Il lui déposa un bisou sur le front et Karen laissée seule, retint son sanglot. Du sperme mélangé à son sang et un peu de matière fécale s'écoulant de son anus, elle essaya de faire avec la douleur qui lui tiraillait l'intérieur du corps. Elle souffrait le martyre.

Il y a une heure et quart.
Karen entendit des pas dans l'escalier et releva la tête, aux aguets et paniquée. Se jurant de ne pas montrer à son violeur à quel point elle souffrait, elle réprima tant bien que mal sa douleur et essaya de se concentrer sur sa rage pour tenir.

— Bon sang, Westworld[6], c'est vraiment une excellente série ! s'exclama Alain en arrivant dans le salon. J'ai regardé deux épisodes d'affilé tellement c'était passionnant. Karen ne lui donna pas la joie de lui répondre, et silencieuse, serra toujours les dents. Elle avait horriblement mal et redouta une douleur qui lui serait encore plus intense s'il la violait de nouveau. S'attendant donc au pire, elle s'apprêtait à ce qu'il la masturbe pour la préparer, quand étonnamment, elle entendit une porte s'ouvrir derrière elle.

— Viens-là Esméralda, parla Alain.
Prêtant l'oreille, l'agente du *Service* écouta attentivement et perçut la jeune femme se lever et venir dans la pièce. Comptait-il la violer elle aussi, l'attacher en face d'elle ?

— Prends des lingettes, et nettoie-moi ça ! ordonna Alain.
Karen s'intrigua de cette consigne toute simple, quand honteuse, elle sentit quelque chose de frais lui frotter les

---

[6]—Westworld ©2016 Home Box Office, Inc. Tous droits réservés.

fesses, le sexe et les cuisses. Ça, comme il l'avait désigné, c'était son bas-ventre. Terriblement gênée de se faire ainsi nettoyer les parties intimes par la jeune femme, Karen coucha la tête sur la table et ne prononça rien, abattue. Il les abaissait à des objets, des outils fonctionnels, il en faisait des esclaves, et épuisée, son rectum lui faisant mal depuis déjà des heures, elle était à bout. Elle n'avait pas la force de lutter.

— Bien, retourne dans ta chambre maintenant, commanda Alain.

Karen entendit des bruits de pas puis une porte grincer, et enfin qu'on bougeait un loquet.

— Voilà, tu es toute propre…

La jeune femme appréhenda le pire, et sentit le gland d'Alain appuyer sur son anus tuméfié.

— Pitié, demanda-t-elle d'une voix implorante, endolorie.

— Quoi ? l'interrogea Alain.

— Pitié, reprit Karen.

Elle supplia avec sincérité, à bout de force, totalement impuissante et faible. Malgré sa fierté, elle ne voulait pas souffrir encore plus, la douleur qui lui déchirait les viscères était déjà insupportable et elle ne voulait pas que cela recommence en pire. Mais son violeur s'en moqua. Alain ricana avec amusement, et son sexe forçant son entrée, il la pénétra alors de nouveau. Sanglotant à chaudes larmes, Karen essaya de retenir un maximum de temps ses cris de douleur, pour ne pas le satisfaire, par orgueil, mais elle ne put se contenir quand il s'activa frénétiquement en elle. Elle hurla de douleur tout en pleurant, subissant une torture sans précédent, pilonnée avec puissance et virulence, et son rectum distendu et déjà parcouru de déchirures de sa précédente pénétration, elle l'implora d'arrêter pour ne pas mourir de ses sévices. Sa douleur atteignait son paroxysme, elle vivait un calvaire inhumain. Mais Alain l'encula encore plus férocement sans l'écouter. Et son esprit cédant finalement, Karen tomba dans les pommes sous la douleur.

Maintenant.

Attachée sur une chaise branlante, Karen reçut de l'eau sur la figure et se réveilla en sursaut.

— Bien dormi ? lui demanda Alain.

La jeune femme leva les yeux vers lui, et suivant son enseignement, tout en serrant les dents, elle balança malgré sa douleur et son épuisement les yeux de gauche à droite pour identifier les lieux. Ils étaient dans ce qui servait de chambre à Esméralda. La jeune femme était d'ailleurs là, installée dans le coin du mur non loin d'elle. Recroquevillée nue sur sa couche, la tête baissée, elle essayait de ne pas regarder la scène, détournant déjà le regard de la torture qu'il lui ferait subir. Karen eut pitié de cette femme. Ses cris avaient dû être éprouvants à entendre, déchirants de douleur. C'était d'autant plus un spectacle horrible à supporter que chacun de ses hurlements avait dû lui rappeler sa propre condition, ses propres viols répétitifs de la part des deux frères. Et elle-même subissant désormais cette déshumanisation, cet abus d'elle, Karen imaginait facilement à quel point elle devait avoir perdu espoir et souhaitait fermer les yeux.

Puis Karen soupira, se crispant à cause de ses blessures. Elle essayait tant bien que mal de maîtriser la douleur qui l'assaillait continuellement, toutefois à cet instant précis elle avait été trop forte. Son anus était enflé et endolori et son rectum lui provoquait des souffrances atroces, mais les mains liées par un collier serflex derrière le dossier d'une vieille chaise bancale, la position assise lui était un supplice, à tel point qu'elle manqua déjà en moins d'une minute depuis son éveil de plusieurs fois sombrer dans les vapes. Karen avait mal comme jamais, et chaque mouvement de la chaise branlante, chacun de ses gestes, tout accentuait ses douleurs.

— Tiens…

Alain lui tendit un cachet, mais elle refusa de le prendre, méfiante.

— Prends, c'est un analgésique.

Karen ouvrit la bouche, acceptant son aide, et il le déposa sur sa langue. Puis son verre encore à moitié plein, il la fit boire.

— Parfait, comme ça tu seras consciente pour le troisième round ! sourit-il.

Karen avala le médicament, et Alain fit alors demi-tour son verre en main pour sortir de la pièce.

— Hey, Alain, l'interpella-t-elle cependant.

Le jeune homme se retourna pour la regarder, attendant qu'elle lui dise ce qu'elle avait à lui dire, mais Karen l'observa simplement en silence, presque amorphe, immobile. Puis elle prit appui sur ses pieds. Sa douleur avait atteint son paroxysme, mais faisant un effort surhumain pour ne pas s'évanouir ou crier, elle se redressa calmement devant lui pour se tenir debout malgré la chaise et lui montrer qu'il l'avait sous-estimée en la pensant fragile.

— Que…

— Ne sous-estime jamais une femme déterminée et revancharde…

Karen lut sa surprise dans ses yeux, puis prenant de l'élan, elle se laissa violemment tomber en arrière. La chaise cassa nette sous son poids et elle hurla de douleur, mais quoique les mains toujours attachées dans le dos, elle se retrouva alors libre. Alain se précipita au plus vite vers elle pour l'immobiliser mais Karen redressa rapidement ses jambes pour les rabaisser, et se faisant basculer, utilisa sa lancée pour lui donner un coup de tête dans le nez. Les deux tombant au sol en s'écriant de douleur, Alain le nez cassé et en sang, et Karen un mal de crâne pas possible, ils restèrent ainsi hagards quelques instants, essayant chacun de reprendre ses esprits, sonnés, mais la jeune femme faisant toujours fi de sa douleur, déterminée, prête à tout pour se libérer de son joug, elle se fit de nouveau basculer pour avoir de l'élan pour se mettre accroupie et se relever. Ses fesses lui faisaient un mal de chien et son pantalon était taché de sang, mais boitant, elle se dirigea vers la porte lorsqu'Alain la rattrapa et la retourna. Donnant tout son élan dans son coup, elle le frappa alors immédiatement à nouveau sur le nez et fut une nouvelle fois un peu sonnée, mais Alain hurlant de douleur, il porta ses mains à son visage et elle put sortir de la pièce. Cherchant une surface tranchante, elle repéra sur la table où il l'avait violée un couteau à trancher la viande avec le reste de ses anciens liens, et le saisissant, sectionna les nouveaux. Cela y était, elle était libre.

Hurlant en courant du mieux qu'elle pouvait, Karen se dirigea alors vers son tortionnaire et évitant le coup qu'il tenta de lui asséner, toujours portée par l'adrénaline, elle s'abaissa et lui planta le couteau derrière le genou. Tombant au sol, Alain cria encore et Karen ouvrant rapidement son pantalon, saisit derechef son sexe et essaya de le découper. Il la frappa au visage pour se défendre, mais Karen était inarrêtable. Sa colère ayant pris le dessus, l'adrénaline inondant son cerveau et surpassant sa douleur, elle attrapa toujours frénétique son imposant sexe et continua à le découper, lui arrachant des cris effroyables jusqu'à finalement le détacher dans le sang pour l'avoir en main. Regardant alors son violeur en souriant, du sang plein les dents, elle le lui montra.

— Tu vois, je te l'avais dit ! dit-elle alors qu'il continua à hurler de douleur.

Puis son sourire s'effaçant pour laisser place au visage d'une assassine impitoyable aux yeux vides, elle lui planta la lame du couteau dans la jugulaire. Alain arrêta de crier, et portant sa main à son cou, n'eut pas le temps de faire quoi que ce soit d'autre qu'il mourut.

Karen balançant sa tête en direction d'Esméralda et essuya son nez du revers de la main, la verge de leur violeur toujours dans son poing.

— Je te l'avais dit que je te délivrerais, déclara-t-elle chancelante.

Chapitre XXII

Quel état

Adélaïde, Céline, et les agents Simmons et Cameron arrivèrent devant la demeure de la mère de Sterne et sortirent de leurs voitures armes et torches en mains. Ouvrant le portail du domaine, inquiets pour leur collègue, ils remontèrent en courant la colline vers la maison pour lui venir en aide, quand Esméralda et Karen en sortirent justement. L'ancienne esclave soutenant l'agente qui tenait à peine debout, ensanglantée et dans un état lamentable, les deux jeunes femmes s'arrêtèrent et les regardèrent en protégeant leurs yeux de leurs torches, ne sachant qui se trouvait en face d'eux.

— Vite, il faut l'emmener à l'hôpital ! s'exclama Esméralda en réalisant soulagée que ce ne fussent pas Sterne et Victor.

— Bon Dieu, ça va ? demanda affolée Adélaïde en arrivant vers elles.

Karen leva son pouce.

— Nickel, répondit-elle à bout de souffle.

— Vous êtes dans un état lamentable ! s'effraya Adélaïde en l'examinant.

— Vous vous êtes regardée madame ? Que s'est-il passé ? demanda-t-elle en la voyant couverte de bleus et de croutes de sang séché.

Adélaïde attrapa Karen, et avec Simmons, ils l'aidèrent à revenir en arrière à l'intérieur de la maison.

— Appelez une ambulance et Potter, qu'il vienne en urgence ! ordonna-t-elle à Céline et Cameron.

— Je m'en occupe ! sortit son téléphone ce dernier.

— Bonne idée, ironisa Karen, j'aurai bien besoin d'un tour de magie.

Adélaïde et Simmons amenèrent Karen à l'intérieur et voulurent la faire s'asseoir, mais celle-ci les en empêcha et se plaqua contre le mur.

— Non, debout ou couchée, mais pas assise, déclara-t-elle en serrant les dents.

— Il s'est passé quoi ?

Adélaïde regarda interrogatrice Karen puis Esméralda.

— Alain est derrière cette porte, mort, annonça *Double-zéro Six* en désignant l'ancienne chambre de la jeune femme.

— Il l'a violée, expliqua celle-ci.

Adélaïde regarda son agente, bouche bée. Elle voulut dire quelque chose mais Karen regarda gênée ses collègues et leur indiqua l'étage.

— En haut dans le bureau, il y a un carnet en cuir, Esméralda, montre-leur, il y a dedans tout ce qu'il y a à savoir.

Les agents et Esméralda acquiescèrent, et la jeune femme menant Simmons et Cameron en haut, Karen regarda Céline et sa cheffe, adossée au mur. Seule avec elles, elle accepta alors de leur raconter sa torture.

— Il m'a prise de force, j'ai des lésions rectales, en tout cas c'est ce que je déduis de mes saignements et de ma douleur.

— Bon sang, s'effara d'une voix étouffée Céline.

— C'est ce qui arrive quand un type avec une bite de vingt-cinq centimètres pour six de large vise votre glotte en passant par votre cul, rigola jaune Karen.

— Ne vous en faites pas, on va vous faire aller à l'hôpital, se voulut rassurante Adélaïde. Potter va vous donner de la morphine, et vous serez soignée.

Karen souffla, toujours tiraillée par la douleur, et acquiesça.

— Et vous ? demanda-t-elle alors.

Adélaïde et Céline se regardèrent, encore un peu éprouvées.

— Sterne et Victor nous sont tombés dessus quand on libérait les femmes prisonnières à l'usine. Sauf qu'on s'était trompé d'armes et qu'on n'a pas pu tirer.

— Fuck… et ils vous ont fait quoi ?

Adélaïde se voulut honteuse et énervée. Honteuse de l'horreur dont elle avait été victime à cause de sa propre faute, et énervée en repensant à l'ordure qui la lui avait infligée.

— Sterne nous a roués de coups puis nous a cousues ensemble, avoua-t-elle embarrassée.

Karen fit des yeux ronds et les observa plus attentivement. Elle remarqua en effet que les petites croutes de sang sur leurs visages ici et là étaient plus ou moins alignées et pouvaient correspondre aux blessures d'une aiguille.

— Je ne sais pas ce que je préfère… souffla-t-elle toujours endolorie, mais au moins maintenant ils sont tous les trois morts vu que vous êtes libres.

— Même pas, annonça abattue Céline, ils ont eu le temps de partir avant que Phileas ne vienne nous sauver.

— Phileas ? s'étonna la jeune femme.

— Oui, il est venu à la rescousse avant de repartir, clôtura le sujet *M.*

Adélaïde aborda brièvement ce passage, car elle était toujours soupçonneuse quant au sauvetage providentiel de son mari. Mais c'était un point auquel elle réfléchirait plus tard. Pour le moment, elle se concentrait sur leur affaire.

— Bien, alors cela veut dire que Sterne et Victor ne vont pas tarder à arriver je pense, suggéra Karen, on ferait mieux de se préparer.

Adélaïde et Céline hochèrent de la tête, leurs armes toujours en main, quand l'agent Simmons redescendit avec le carnet et les regarda déconfit.

— Tout est en hongrois madame, déclara-t-il gêné.

Adélaïde leva les yeux vers lui, incrédule, et Céline et Karen fermèrent elles les paupières en soufflant de mécontentement, décontenancées.

— Non, ne me dites pas que c'est inutilisable ! s'effraya-t-elle.

Elle le rejoignit dans l'escalier, et lui prenant le carnet des mains, le feuilleta rapidement. Hélas, tout était effectivement écrit dans une langue qu'elle ne comprenait pas, rien n'était déchiffrable pour le moment. Adélaïde pesta.

— Fait chier ! On a un agent chez vous qui parle hongrois ? demanda-t-elle.

— Oui, mais il faut retourner sur Londres, s'exclama Cameron.

Adélaïde soupira contrariée.

— Amenez-le-lui ! lui tendit-elle le livre, je veux que cela soit décodé en quatrième vitesse ! Qu'il soit en train de dormir ou torché dans un pub, je veux qu'il me le traduise dès votre arrivée !

Cameron acquiesça, et descendit précipitamment les marches pour repartir. Adélaïde fulminant frappa alors contre le mur. Elle avait besoin de décharger sa frustration. Elle était dans une colère noire, elle était furieuse comme jamais.

— Bordel ! On n'a rien putain ! On ne sait pas où sont Sterne et Victor, et avec la chance qu'on a, s'ils ne sont pas cons ils ont filé à l'anglaise, et on n'a aucune information concernant le reste du réseau ! CETTE PUTAIN DE MISSION EST UN ÉCHEC ! vociféra-t-elle. ON N'A RIEN !

Adélaïde tapa encore du pied dans le mur, toujours en colère, quand en se retournant, elle vit Esméralda aux côtés de Simmons. Gênée en voyant la pauvre jeune femme, elle déglutit et se calma immédiatement, honteuse.

— Pardon, s'excusa-t-elle, on vous a délivrées vous et les filles de l'usine et c'est important.

Esméralda hocha de la tête, comprenant sa frustration, mais montant les marches qui les séparaient, Adélaïde se voulut gênée et lui tendit son téléphone portable.

— Tenez, joignez votre famille, dites-leur que vous êtes libre…

Adélaïde l'invita à rassurer ses proches, puis la jeune femme allant dans le bureau pour passer son coup de fil, elle regarda ses agents. Simmons allait bien mais Karen était adossée au mur, retenant sa douleur, blême, tremblante, et Céline était encore elle traumatisée par ce qu'elles avaient subi. Adélaïde s'assit dans l'escalier et mit sa tête entre ses mains pour souffler. Cette mission était un échec, constata-t-elle. Elles s'étaient fait humilier de A à Z, et bien qu'elles aient sauvé quarante-trois femmes, rien n'était fini. Oh, elle avait conscience que c'était déjà une belle réussite en soi, mais avec ce qu'elles avaient toutes les trois enduré, elle voulait une victoire. Et mis à part Alain qui gisait à côté, ils n'avaient rien. Ni démantèlement du réseau, ni informations sur lui…, ni vengeance. Quant au carnet… pour l'instant il était inutile. Elle espérait qu'il lui permettrait de comprendre un peu plus toute cette affaire, qu'il lierait les pièces du puzzle entre elles, mais en attendant, ce n'était que du hongrois.

— Il doit arriver d'où votre médecin ? demanda Karen à bout, prise de sueurs froides.

— Il ne devrait pas tarder, s'exclama Céline en la prenant dans ses bras pour la réconforter, on n'a mis que dix minutes à venir. Et l'ambulance devrait aussi venir très rapidement.

Karen acquiesça mais toujours crispée par la douleur, elle avait de plus en plus de mal à tenir.

— Tu arriveras à tenir ? Tu es sûre que tu ne veux pas t'asseoir ? lui demanda sa collègue.

— Non, avec les coutures du jeans j'appuie directement dessus. L'idéal ce serait d'être dans de l'eau en fait.

— D'accord…

Tous attendirent que Potter et l'ambulance arrivent, lorsque l'agent Simmons reçut soudain une alerte sur son téléphone. Les trois femmes levèrent la tête vers lui, quand il le sortit de sa poche. La lisant immédiatement, il sut instantanément qu'elle ne plairait pas à sa patronne et à ses collègues d'outre-Manche.

— Sterne est mort, annonça-t-il mal à l'aise.

— Quoi ? pesta Céline.

Adélaïde le regarda en jetant des éclairs et Simmons descendit les marches jusqu'à elle.

— Lui et Victor ont été retrouvés dans un champ, déclara l'agent.

Il afficha les photos sur son téléphone, et le passa à *M* qui se releva.

— Un appel anonyme a annoncé à la police la présence d'une voiture abîmée sur un arbre dans une clairière. En arrivant sur place, les policiers ont trouvé deux corps mutilés. Sterne a eu les mains broyées dans une presse jusqu'à ce qu'il n'en reste plus rien, et Victor le sexe coupé. Adélaïde prit le téléphone et vociféra en faisant défiler les photos, furieuse que leurs morts lui aient été retirées. Non, ce n'était pas possible ! Comment ? Pourquoi ? Qui ?

— D'après la police, le sexe de Victor était encore coincé dans la pince dans le champ quand elle est arrivée.

Adélaïde regarda le visage de Sterne sur le téléphone. Il était mort, une balle dans la tête, mais elle ne voyait qu'une chose : on lui avait volé sa vengeance.

— Qui a pu les tuer ? demanda Céline.

— Pas moi, annonça avec peine Karen, même si j'aurais bien voulu.

Adélaïde râla et dut se retenir de jeter le téléphone. Descendant les escaliers elle le passa à Céline et constata encore plus furieuse que si le carnet en hongrois ne révélait rien, ils n'avaient plus aucune piste pour poursuivre leurs investigations. Et en plus de ça, ils n'avaient toujours pas d'éléments concrets concernant les individus de la forêt. Ni noms, ni informations d'achats, rien. Ils n'avaient rien, que des suppositions, aucun fait ! Et bon sang, qui avait tué Sterne et Victor à sa place ?

Chapitre XXIII

Et maintenant ?

L'ambulance emmena Karen à l'hôpital, et Adélaïde et Céline la regardèrent s'en aller en silence. Inquiètes quant à son état, elles avaient été rassurées par Potter et les ambulanciers mais elles imaginaient bien que Karen avait morflé et continuerait à douiller. Crèmes, suppositoires, morphines, elle aurait un traitement de choc et même si ses jours n'étaient pas engagés, elles se faisaient du souci pour la jeune femme. Elle était la dernière agente en date du *Service*, était compétente, et de la savoir clouée dans un lit d'hôpital au cours de sa première mission, violée dans de telles conditions, cela leur laissait un goût amer au fond de la gorge. Enfin, certainement pas autant qu'à elle.

— Elle s'appelle Juliette, annonça Adélaïde affligée.

— Pardon madame ? demanda Céline en la regardant.

— Karen, désigna-t-elle l'ambulance au loin, son vrai prénom c'est Juliette. Quand on l'a rencontrée à Rome, elle nous a donné un faux nom, et quand je l'ai engagée je lui ai proposé de le garder pour protéger sa vie civile.

Double-zéro Neuf hocha de la tête puis la saisit par le bras pour qu'elle la regarde.

— Venez madame, rentrons.

Adélaïde acquiesça, aigrie, et retournant à leur hôtel, abattues et exténuées, les deux femmes laissèrent Cameron et Potter gérer le reste de l'affaire. Le bus chargé d'emmener les filles à Londres passa prendre Esméralda et le médecin, et Simmons lui s'occupa de la police, exposant les faits pour leur refiler la paperasse. Elles, elles avaient besoin de repos.

*

Adélaïde était déboussolée. Assise sur son lit dans sa chambre d'hôtel, elle buvait un café chaud, emmitouflée sous sa couette. Elle était épuisée mais elle avait eu besoin de prendre une bonne douche puis de se réchauffer en réfléchissant. La journée avait été éprouvante, chargée en émotion, et surtout elle avait une rage au fond d'elle qu'elle n'arrivait pas à apaiser. C'était plusieurs choses qui auraient dû seulement l'irriter, la préoccuper ou lui donner envie de frapper quelqu'un, mais mises bout à bout, elles la travaillaient et la mettaient hors d'elle. Elle avait réalisé avec écœurement qu'elle aurait été prête à tromper Phileas pour régler à travers Victor ses comptes avec Molarron, il leur manquait la grande vue d'ensemble du tableau sans pouvoir pour l'instant avancer plus, son mari avait débarqué elle ne savait comment pour la sauver, et enfin, il y avait Sterne. Ce monstre l'avait frappée et en avait fait sa marionnette, une poupée de chair qu'il avait cousue main à Céline pour son seul plaisir sadique. Adélaïde bouillait donc de colère à cause de tout ça. Tout se mélangeant dans sa tête, sa culpabilité, ses doutes, son besoin de vengeance, elle ne savait pas ce qu'il fallait penser de tout ça et en était à se demander qu'est-ce qui pouvait lui arriver de pire à cet instant, quand on toqua à la porte.

— Entrez, autorisa-t-elle.

Adélaïde attendit que la personne qui avait frappé ouvre, mais elle se souvint en voyant la poignée s'abaisser sans résultat qu'elle l'avait verrouillée. Se relevant donc, elle alla ouvrir et trouva Céline sur le pas de sa porte.

— Je peux venir avec vous un petit peu ? demanda-t-elle.

Adélaïde accepta de la tête, et la fit entrer. Puis lui servant un café, elle l'invita à s'asseoir avec elle sur le lit.

— Vous n'arrivez pas à dormir vous non plus ?

— Non, pas encore. J'ai trop de colère en moi, trop de rage. Et il me manque trop de faits.

— Je comprends, compatit Céline en buvant une gorgée du breuvage.

Appréciant sa boisson, elle ferma les yeux quelques instants pour savourer sa chaleur, puis les rouvrit pour regarder sa cheffe. Bien qu'elle fût assise en face d'elle, *M* avait cependant les yeux dans le vide. Elle semblait aigrie et furieuse.

— Je sais que je dois me détacher de la mission, me ravir d'apprendre que Sterne est mort, mais je n'y arrive pas, avoua-t-elle soudain. Je voulais le tuer moi-même, le faire souffrir pour ce qu'il nous a fait…

— Moi aussi madame, moi aussi, lui répondit Céline.

Adélaïde leva les yeux vers son agente, et se blottit un peu plus sous sa couette.

— Toute cette mission me semble un échec pour l'instant, poursuivit-elle. Bien qu'on ait libéré des femmes de l'emprise de Sterne et qu'il soit mort, on n'a rien. On découvre que ce n'est pas qu'une histoire de meurtres mais bien une affaire de traite d'esclaves, cependant on ne sait pas comment ce réseau fonctionne vraiment. On a Sterne, on a de vagues descriptions de kidnappeurs, mais rien de probant. Il nous manque plein de maillons de la chaîne. Qui transporte les filles des lieux d'enlèvements au lieu de stockage à l'usine ? Qui expédie aux acheteurs ? Comment s'effectuent les livraisons, les paiements ? De plus rien n'indique ou n'explique si Sterne lui-même commanditait les enlèvements. Était-il vraiment le chef de tout cela ou juste le gérant du stock ? Le réseau d'enlèvement est-il seulement implanté en Angleterre ou alors l'est-il internationalement ? Y a-t-il d'autres lieux de stockages ailleurs dans le pays ou dans le monde, ou seulement à West Bay ? Et avec tout ça, on sait que les filles de Demonwood sont liées à cette affaire, toutefois elles ne proviennent pas de l'usine, elles ont été enlevées en ville. Pourquoi cette distinction ? Et Sterne a parlé de cargaison pour la Russie, ce qui signifie qu'il y a trafic international, donc des pattes sont graissées aux douanes, ce qui implique des fonctionnaires corrompus, des pots-de-vin, des enquêtes déjouées… Jusqu'où cela va-t-il ? Y a-t-il des ramifications jusque dans les hautes sphères gouvernementales ?

Céline regarda sa cheffe, tout aussi dubitative qu'elle.

— Je ne sais pas madame, honnêtement, je n'en sais pas plus que vous, et comme vous je ressens une rage que je n'ai pas pu évacuer. Et j'ai des questions…

Adélaïde se gratta le cuir chevelu, accaparée par une telle énigme, une telle monstruosité. Ils avaient découvert un iceberg dont ils avaient à peine effleuré la surface.

— Dès que je rentre, je fais changer le système des armes déjà, c'était une erreur impardonnable, concéda-t-elle. On a failli se faire tuer parce qu'on a été trop bête pour confondre nos armes dans le noir.

Céline souffla sur sa boisson, amère. Quoiqu'elle leur en voulut aussi pour avoir commis une étourderie qui leur avait coûté cher, ce n'était pas là qu'avait été selon elle le vrai problème.

— On a été négligentes, s'autorisa-t-elle à l'énoncer comme telle. On a cru que ce serait une simple infiltration, mais on s'est laissées déborder par les événements, par les individus. On a été submergées. Et du coup on a fait cette erreur.

Adélaïde approuva.

— C'était censé être une observation, et on s'est retrouvées au cœur même de ce que l'être humain peut faire de pire.

Les deux jeunes femmes se regardèrent, s'excusant mutuellement. Elles avaient commis des erreurs, pour *M* à cause de Molarron et à cause de son désir de justice, et pour son agente à cause de ce qu'elle avait dû faire pour maintenir leur couverture. Tout pourrait être reproché à Adélaïde pensa celle-ci, mais ce ne serait pas juste, car en réalité, derrière tout ça, elles s'étaient toutes les deux crues en vacances avant de réaliser qu'elles étaient en enfer.

— J'ai vu le sexe d'Alain dans la chambre de la fille, ne put s'empêcher de commenter Céline, cette fois elle les yeux dans le vide. Je n'ose imaginer à quel point Karen a souffert.

Adélaïde haussa les sourcils en hochant de la tête, consternée.

— Il l'a violée deux fois et pourtant elle a eu la force de se lever pour l'affronter, la lui découper et le tuer… Elle a une volonté de fer.

— Oui…

Les deux femmes se turent. Elles burent leur café en silence, effarées devant le fiasco de leur mission, devant l'horreur de leur échec. On pourrait dire ce qu'on voulait, elles ne pouvaient s'empêcher de voir toute cette affaire comme une grosse déculottée.

— *D* m'aurait incendiée, s'exclama Adélaïde en ricanant nerveusement. Elle m'aurait dit que j'ai laissé mon histoire personnelle influencer ma mission et elle aurait eu raison.

— Je ne l'ai pas connue, rappela Céline, mais de ce que je sais, c'était une femme sévère, mais juste, non ?

Adélaïde hocha de la tête.

— *D* fait partie de ces femmes qui vous marquent pour toute la vie. Oui, elle était juste, mais seulement après vous avoir engueulée. Elle avait la parfaite alliance des deux… Moi, parfois j'ai l'impression que je suis à côté de la plaque.

— Si je puis me permettre, se risqua alors à demander Céline en buvant son café, pourquoi avoir accepté tout ça de la part de Victor, alors même que vous ne souhaitez avec Phileas ne plus avoir d'amants ?

Adélaïde observa son agente et déglutit. Rougissant, embarrassée, elle se risqua à se confier avant tout à son amie.

— Peu de personnes le savent, mais j'ai été violée il y a de cela six ans. Le ministre Molarron venait dans la nuit à mon appartement, et pendant que je dormais, il me droguait et me violait. J'ai découvert cela après des semaines je crois, et je l'ai simplement réalisé parce que j'ai trouvé chez moi un sous-vêtement qui n'était pas à Phileas.

Céline regarda sa cheffe, bouche bée. Elle en tombait des nues.

— Je crois… je crois que j'ai voulu me faire violer une nouvelle fois. Inconsciemment, je pense que je cherchais à me faire violer, que Victor abuse de moi pour après pouvoir lui casser la gueule… Phileas a tué Molarron, et je n'ai jamais pu me confronter à lui. Alors honnêtement, aussi pitoyable que ce soit, je crois que j'ai voulu reproduire les faits, pour résoudre mon propre viol.

Céline écouta l'histoire de sa cheffe, et finalement hocha de la tête.

— Je comprends, vous avez eu besoin de vous venger.

— Oui, et maintenant, cet homme est mort lui aussi, on m'a enlevé sa mort, déclara amère Adélaïde. Alors je ne suis pas fière de ce que j'ai fait, et je vous en conjure, n'en parlez à personne, même pas à Bella, mais je n'ai même pas eu l'opportunité de le punir pour mes mauvais choix et ce qu'il nous a imposé.

— Promis, cela va de soi, ne vous en faites pas, répondit sincèrement Céline. Mais je comprends vous savez, cette rage que vous ressentez, j'ai vraiment la même. Victor m'a pelotée, et même si je l'ai fait pour la mission afin que vous n'ayez pas à tromper Phileas, j'ai eu envie de l'égorger pour ça. Pas parce qu'il me l'a fait, car j'y ai consenti pour la mission, mais parce qu'il s'est permis d'user de sa supériorité sur deux femmes qu'il avait prises à partie dans les vestiaires. S'il nous l'a fait à nous, combien d'autres l'ont subi ?

— Je comprends la nuance, ce n'est pas par rapport à vous, même si cela vous a mise hors de vous, mais parce qu'il fait ça tout court. Parce que c'est un monstre.

— Voilà, c'est cela… et puis il y a Sterne. Ce qu'il nous a fait, ce qu'il…

Céline baissa les yeux, toujours traumatisée.

— Il m'a humiliée en me frappant, en me déshabillant et en m'attachant à vous… j'aurai une cicatrice sur le sein à cause de ça… Et tout ce temps sans pouvoir bouger, tout ce temps à ressentir la douleur sans ne pouvoir rien y faire ni même l'exprimer… C'était inhumain, c'était… j'ai bien cru que j'allais mourir et j'ai eu envie de le tuer pour tout ça. Pour ce calvaire.

La jeune femme essuya les larmes qui vinrent à ses yeux, et sa cheffe relevant son visage, la regarda puis la prit dans ses bras.

— Je vous comprends parfaitement Céline.

Les deux jeunes femmes se blottirent l'une contre l'autre, ébranlées, subissant le contrecoup de leur torture, essayant de se réconforter… lorsque la porte de la chambre s'ouvrit. Dans un sursaut, elles se décollèrent par réflexe, mais Karen s'avança alerte vers elles sans s'en soucier.

— Karen ? Que faites-vous ici ? s'exclama surprise Adélaïde. Vous devriez être à l'hôpital !

La jeune femme montra son téléphone, excitée.

— Je suis sortie ! annonça-t-elle.

— Mais…

— Les capteurs se sont déclenchés, madame ! déclara la jeune femme en la coupant. Il y a de l'activité à Demonwood !

Chapitre XXIV

Le dernier rituel

La nuit était sombre. Il faisait chaud aussi loin parmi les conifères, et le crépitement des flammes des torches surchargeait l'air d'une ambiance de bucher païen. L'atmosphère était oppressante, c'était une nuit malsaine.

Au pied de Satan, quatre filles encore endormies avaient été installées sur les autels, et cheminant depuis l'Ouest, la procession illuminant les lieux d'une aura ésotérique, la cinquantaine d'hommes et de femmes venus se réunir pour donner la messe formèrent peu à peu, en silence, un cercle autour d'elles. Tous parés de leurs toges cérémoniales noires, les visages masqués, ils étaient là, rassemblés autour des quatre enfants offertes en sacrifice. Cette nuit marquait le dernier rituel.

Une des personnes encagoulées sortit du cercle et s'avança dans un silence de cathédrale vers le centre du pentagramme formé par les autels. Ses condisciples levant alors les mains paumes au ciel, ils récitèrent un cantique ancien, profond et impie qui transpira de la cime des arbres comme un affront au ciel. Puis l'homme avancé saisit le couteau posé sur l'un des autels, et regarda la jeune fille allongée dessus. Elle ne devait pas avoir plus de treize ans. Les mains attachées au-dessus de la tête, bras tendus, encore endormie, il lui retira peu à peu ses vêtements en les découpant, découvrant son corps, révélant sa nudité juvénile. Les psaumes rythmant le rituel d'une mélodie glaçante d'occultisme, la cérémonie éclairant toujours les étoiles de sa lumière blasphématoire, il passa ensuite au-dessus de chacune des autres jeunes filles, arrachant leurs habits de sa lame pour exposer leurs chairs. Puis il se tourna vers son assemblée et déclama dans sa langue morte son incantation, démarrant l'appel. Ce soir, ils sacrifieraient une dernière fois ces âmes puis ils repartiraient chacun chez eux, retournant à leurs vies en faisant croire à leur entourage et à la société qu'ils étaient des gens comme les autres, des gens normaux. Ils cacheraient leur véritable dévotion et redeviendraient de simples médecins, industriels, professeurs, banquiers, aristocrates ou encore commerciaux. Mais ce soir, c'était le dernier rituel, la dernière offrande. Ce soir, c'était l'avènement, c'était le retour de celui dont ils étaient les serviteurs et ils ne masqueraient pas leur véritable adoration. Posant tous un genou à terre en signe de révérence, ils continuèrent ainsi leur invitation à venir, leur invocation au mal, leur oblation pour qui huit enfants avaient déjà été tuées et pour qui on ôterait bientôt la vie à quatre autres.

S'extirpant de la masse de fidèles, une personne dans une toge rouge s'avança lentement au centre du cercle, et s'agenouilla face au clerc. Son couteau rituel dans sa main gauche, celui-ci déposa alors sa main droite sur sa tête et psalmodia une sanctification. Puis la personne abaissant sa capuche, se découvrit. Brune aux cheveux longs, belle, le visage fin, il s'agissait d'une femme qui, récitant à son tour des vers obscurs, déclama les yeux fermés sa ferveur, dévouée corps et âme à leur croyance. Et tandis que les voix du cercle autour d'eux invoquèrent toujours en chœur, se relevant, elle retira sa toge. Entièrement nue, elle s'allongea alors sur l'autel laissé libre. La suivant, le prédicateur planta le bout de son couteau dans la peau de son ventre rond, et pendant qu'elle continua à proférer sa soumission à cet être dont ils désiraient la venue, faisant fi de la douleur dans un fanatisme poussé à l'extrême, il dessina dans le sang un pentagramme sur sa chair.

Lorsqu'un cri strident retentit. Une enfant de seize ans encore vierge s'était soudain réveillée sur l'autel à droite de la future mère du réceptacle, attirant les regards. Constatant sa situation, elle cria horrifiée, hurla pour qu'on la libère, mais en vain. Les gens rassemblés autour d'elle continuèrent leur messe noire, leur célébration blasphématoire, l'ignorant. Et tandis que les autres offrandes s'éveillèrent à leur tour, s'insurgeant en larmes contre cette infamie, cette monstruosité, le prêtre saigna tour à tour le ventre de chacune d'entre elles, leur dessinant dans la souffrance un pentagramme dans la chair pour ensuite, de leur sang, maculer d'un signe de croix renversée le front de la future mère et remplir un calice auquel les plus hauts fidèles purent boire ce chaud nectar de pureté. Et finalement la mère porteuse se mit à pousser, son travail commençant comme par magie. Elle se contracta, son col de l'utérus se dilatant pour laisser sortir l'enfant, et les animaux furent alors amenés jusqu'aux autels pour l'accouplement infâme. Les offrandes s'écrièrent, s'horrifièrent, supplièrent, tentèrent de se débattre, mais sans succès. Les animaux montèrent sur elles et commencèrent à s'activer, cherchant à procréer entre leurs cuisses.

Et puis une balle de revolver fusa soudain dans un bruit assourdissant, et un des individus tomba au sol. Les psaumes s'arrêtèrent instantanément, et les têtes se tournèrent interrogatrices vers les arbres derrière eux.

Karen, Céline et Adélaïde s'avancèrent en silence, sortant de l'obscurité, leurs armes pointées vers la foule.

— Que personne ne bouge ! ordonna Karen.

Se frayant un chemin vers l'intérieur du cercle, les trois jeunes femmes les tinrent en respect, mais la situation leur glaça le sang. C'était terrifiant. Les cérémoniaires restèrent juste immobiles, obligés de les laisser interrompre leur liturgie, et ils en étaient furieux. Elles distinguaient sous leurs capuches des mentons et des bouches et s'effrayaient de la colère qu'ils exprimaient envers elles. C'était épouvantable. Elles avaient stoppé leur infamie et ils comptaient bien les en empêcher dès que l'occasion se présenterait. Leur progression se fit donc dans un silence pesant, mais les braquant toujours tous de leurs armes sans se déconfire, Adélaïde, Karen et Céline amenèrent le maître de cérémonie à les rejoindre, puis les deux agentes Double-zéro libérèrent en hâte chacune des quatre enfants, chassant les bêtes en tirant en l'air. Rejoignant *M*, elles se regroupèrent ensuite toutes pour assurer mutuellement leurs arrières face à ces monstres inhumains. Mais aussi bien les agentes du *Service* que les quatre filles étaient blêmes, conscientes de la situation. Saisies d'effroi par la scène, par le spectacle auquel elles prenaient part, il fallait maintenant pouvoir sortir de la forêt sans encombre. Et aussi loin en son cœur, la tâche ne serait pas aisée. Ces gens étaient des fanatiques, des monstres sadiques aux dessins obscurs, et ils les entouraient. Ils étaient juste là, amorphes, le visage caché, attendant simplement le moment opportun pour riposter, pour leur faire payer leur affront, et elles le savaient. Et alors qu'elles voulurent sortir du cercle, se mouvant comment une seule entité, les fidèles s'avancèrent finalement vers elles pour les acculer. Karen en abattit un sans sommation, mais cela ne dissuada pas les autres d'approcher. Adélaïde tira elle aussi, puis Céline, mais ils progressèrent toujours dans le calme et en silence vers elles, refermant peu à peu le cercle pour les coincer. Les quatre jeunes filles et les trois agents paniquèrent. Ils les avaient laissées entrer dans le cercle pour mieux les emprisonner. C'était un piège dans lequel elles avaient dû avancer et qui maintenant se refermait sur elles. Et certains saisirent alors près des cages où avaient été tenus captifs les animaux les haches de la chasse pour s'occuper d'elles. Toujours sans rien dire, ils avancèrent ainsi vers elles d'un pas ferme pour les maîtriser, certains tombant sous les pluies de balles, mais resserrant toujours plus l'étau. Se retrouvant coincées autour de la femme accouchant, les trois agentes et les quatre enfants furent alors finalement coincées, endiguées par la masse, à la merci des haches, prêtes à se faire torturer et dépecer vivantes. C'est alors que supposant les tenants et les aboutissants de leur messe, tentant le tout pour le tout, Karen pointa résolue son arme vers le ventre abritant le futur enfant à naître.

— Un pas de plus et je descends ce qu'elle a dans le ventre !

Ils s'arrêtèrent net, figés en silence, et fixant la femme qui s'apprêtait à donner la vie, les trois agentes tâchèrent d'imaginer une solution. Elles n'avaient pas gagné beaucoup de temps et essayèrent de réfléchir à comment se servir de la mère porteuse pour survivre. Elles ne pouvaient hélas pas la transporter, ni même ne prendre que l'enfant. Elles étaient donc toujours prises au piège, et elles allaient manquer de munitions. Adélaïde regarda Céline, Karen, puis les quatre filles terrifiées et en larme derrière elles. Elles étaient coincées, prêtes à être sacrifiées par une religion occulte et prenant ses racines dans le mal le plus abject. Il faisait nuit, elles étaient loin de tout, elles étaient cernées… C'était la fin. Allait-on leur donner la chasse ? Les brûler vives ? Les violer ? Les dépecer et les torturer ? Effrayées, elles se posèrent toutes ces questions, lorsque Karen prit sa décision.

— Allez-y, je vais les retenir, déclara-t-elle à sa cheffe, déterminée.

— Vous êtes folles, nous ne vous laisserons pas là ! déclara Adélaïde.

— Madame, je ne crois pas qu'on ait beaucoup le choix. Alors sauvez les filles, elles sont plus importantes.

M regarda son agente, puis les jeunes victimes. Et finalement acquiesça, amère.

— Bien, allons-y, annonça-t-elle à contrecœur.

— Merci madame, souffla une des enfants en passant à côté d'elle.

— De rien, lui sourit Karen.

La douleur revenant malgré la morphine, l'agente serra les dents, et Adélaïde et Céline quittèrent le cercle sous des regards qu'elles devinaient fulminants. Accompagnées des quatre victimes toujours nues et le ventre lacéré, elles s'engagèrent alors dans la forêt pour fuir le plus rapidement possible, abandonnant leur amie et collègue avec regrets.

— SI J'EN VOIS UN LES SUIVRE, JE TIRE ! hurla Karen.

Tandis que la jeune femme continua toujours à accoucher, elle fixa les cérémoniaires réunis autour d'elle. Ils restaient en place à la regarder, mais la fustigeaient, leurs dents grinçant de colère. Ils voulaient la faire frire pour ses

270

blasphèmes, mais ne voulaient pas risquer la vie de leur maître.

— ICI LA POLICE ! s'écria soudain avec puissance une voix.

Bon Dieu, souffla Karen en fermant les yeux, ils arrivaient enfin.

L'agent Simmons accourut avec les renforts parmi les arbres, et dans une débandade généralisée, les religieux se dispersèrent en courant dans la forêt. Entendant les interpellations, Adélaïde, Céline et les filles s'arrêtèrent soulagées dans leur fuite et regardèrent en direction du pied de Satan. Poursuivant les membres de la secte satanique dans les bois, Karen et les autres leur donnaient la chasse pour les arrêter.

Elles étaient sauves.

*

Un médecin soigna du mieux qu'il put les blessures des quatre jeunes filles, et elles furent emmenées à l'hôpital pour être recousues et recevoir un suivi psychologique. La nuit avait été difficile et éprouvante. Enlevées chez l'une d'entre elles, elles garderaient des cicatrices du pentagramme dessiné dans leur chair, et un chien ayant eu le temps de pénétrer la petite May, le traumatisme était grand. Concernant la nouvelle mère et son bébé, sur les ordres d'Adélaïde, celui-ci sera confié aux services sociaux et sa génitrice internée. Fustigeant, criant au blasphème, la demoiselle était furieuse, mais participant de son plein gré à cette folie, elle ne pouvait être autorisée à conserver l'enfant. Adélaïde avait tranché sans sourciller. En tous les cas, tout s'était terminé aussi bien que possible, et aucune victime innocente n'était à déplorer ce soir. Adossées au capot d'une des voitures de police, elle tâcha donc amère de se satisfaire de ça en buvant un café en compagnie de Céline.

— On a sauvé quatre autres filles, reprit cette dernière, ce n'est pas rien.

— Oui, annonça Adélaïde sceptique.

— Mais ? comprit Céline.

— Mais on ne traite que les symptômes, pas le vrai problème. Et on l'a échappé belle, on a bien failli y passer nous aussi…

La jeune femme regarda dans le fond de son gobelet le café, toujours autant en colère et aigrie.

— On vient d'arrêter un groupuscule de notables s'adonnant à des meurtres cérémoniaux en l'honneur de je ne sais quoi. Des agents de police continuent de les traquer dans la forêt pour qu'ils ne nous échappent pas tous. Mais aussi monstrueux soient-ils, ils n'étaient qu'un client. Et on n'a pas le vendeur…

Céline hocha de la tête, devinant son ressenti. Elle ne savait pas trop quoi répondre à ça mais elle préférait toutefois voir le bon côté de la chose.

— Je pense qu'il faut apprécier chaque petite victoire, madame, car sinon on va se laisser avaler par l'horreur, déclara-t-elle finalement. Vous ne devez pas oublier ce qu'on fait, ce que le *Service* fait. On fait la différence, et cela compte beaucoup.

Adélaïde releva les yeux vers elle, et resta circonspecte. Puis elle balança la tête, acceptant la situation telle qu'elle était, acceptant le monde humain dans toute sa noirceur.

— Vous avez raison, reconnut-elle, on a sauvé quatre autres filles ce soir, et cela n'a pas de prix.

Elle sourit à son agent, et Karen arrivant auprès d'elles, elles la regardèrent attentives.

— On a attrapé une quinzaine de personnes, mais on continue à chercher pour retrouver les autres, déclara la jeune femme. On a identifié où ils se garaient en tout cas, à deux kilomètres à l'ouest du pied de Satan. Des agents relèvent les plaques minéralogiques.

— Et leur chef ? demanda Céline

Karen fixa sa collègue, les yeux noirs.

— C'était Karl Smith, le type du ministère de l'Environnement.

— Bon sang, s'effara la jeune femme.

— J'ai dîné avec cette ordure en compagnie de Sterne, Victor et Alain, s'exclama amère Karen.

— Vous étiez la seule personne de valable à ce repas de monstres, constata Adélaïde.

— Oui…

Les trois femmes se regardèrent, ne sachant quoi ajouter, puis Karen vint s'installer en soufflant à côté de sa cheffe. Celle-ci lui tendant alors son café, elle en but une gorgée.

— Et maintenant ? demanda Céline.

— On verra bien, s'exclama Adélaïde.

— Je veux dire, on reste s'occuper du démantèlement d'Engedelmes Feleség ou on rentre?

Les trois femmes regardèrent le sol, éprouvées et fatiguées.

— La nuit porte conseil, on verra demain, reprit Adélaïde.

Elle se redressa et se dirigea vers l'Interceptor, quand son téléphone sonna.

— *M*, s'annonça-t-elle.

— *« Madame? On est en train de déchiffrer le carnet. Sterne ne gérait que le stock anglais, il ne dirigeait pas le réseau. »*, déclara l'agent Cameron au téléphone.

— C'est embêtant, grinça-t-elle des dents.

— « *Non, parce qu'on a le nom du grand chef.* »

La jeune femme plissa les yeux, se retourna, et regarda ses deux agentes encore adossées à la voiture de police.

— Je veux une adresse, demanda-t-elle.

Chapitre XXV

Le grand chef

Manchester, dimanche 14 mai 2017, 5h15.

Adélaïde, Karen, Céline et une poignée d'agents entrèrent dans le domaine en escaladant le mur d'enceinte, puis se placèrent à couvert derrière les buissons. Armes silencieuses aux poings, ils vérifièrent ensuite autour d'eux. D'après ce qu'ils avaient compris en traduisant le carnet, Lord Winston qui vivait ici dirigeait le réseau de kidnapping Engedelmes Feleség. Ses hommes enlevaient ainsi des femmes partout dans le monde et les revendaient ensuite à des groupuscules en tous genres. Ils en fournissaient ainsi notamment aux cartels mexicains et en Allemagne comme prostituées, en Asie pour le trafic d'organes, en Europe de l'Est pour le sport, et enfin aux États-Unis pour que les skinheads se fassent les poings et prennent du bon temps. Autant de monstres qu'Adélaïde aimerait tuer de ses propres mains. Tout n'était pas clair, il manquait encore des pièces du puzzle, mais toujours est-il, de ce qu'ils devinaient en tout cas, que *la marchandise* était stockée sous le contrôle de Sterne, qui la conservait à l'usine en attendant de l'expédier selon la demande, avec au passage des bonus comme Esméralda pour Alain, Victor et lui, qui était utilisée pour leurs plaisirs personnels. Trouvant un nouvel acheteur en la personne de Karl Smith, le chef du culte qu'elles avaient appréhendé dans la nuit, un des hommes de Winston, Davros, s'était occupé de lui fournir des filles d'un genre spécifique pour leurs rituels. Ces filles-là étaient ce que Sterne appelait des *fraiches*, c'est-à-dire des filles kidnappées sur place. Elles avaient aussi pour dénominatif *pures*, ce qui devait signifier qu'elles étaient jeunes, âgées de moins de 25 ans. Outre l'usage de ces mots horribles et qui mettaient Adélaïde, Karen et Céline dans une colère noire, le carnet révélait donc que le culte et Sterne n'étaient que deux des tentacules d'une pieuvre dont la tête était Winston. Et elles avaient à cœur de détruire cette organisation une bonne fois pour toutes en la supprimant.

— On entre en liquidant tout ce qu'on voit, et on fume ce salopard, annonça *M* à ses hommes en vérifiant son arme.

— Bien madame, annonça Simmons.

Adélaïde le regarda, puis fixa Céline et Karen. Elles en avaient bavé toutes les trois, elles avaient morflé avec cette affaire. Mais c'était la fin. Sterne, Victor, quelqu'un s'en était occupé à leur place, mais avec Winston, elles règleraient leurs comptes, elles se vengeraient pour tout. Les viols, les attouchements, les meurtres, la torture… ensemble, elles régleraient tout ça maintenant. Pour toutes les femmes qu'ils avaient malmenées, pour tous les sévices qu'ils avaient infligés, elles offriraient une justice.

— Engedelmes Feleség se termine cette nuit, déclara Céline.

— En espérant que les autres cellules retrouvent la trace des acheteurs, annonça Cameron.

— Faisons leur confiance, s'exclama Simmons.

— Allez, coupa court Adélaïde.

Ils avancèrent en silence dans la propriété et se faufilèrent parmi les arbres sur une centaine de mètres jusqu'aux abords du manoir Winston.

— Je repère déjà une dizaine de gardes, s'exclama Karen.

— On avance en éventails, ordonna *M*.

Partant d'une ligne, ils se séparèrent en arc de cercle et gagnèrent tous les environs de la maison, abattant de leurs armes chaque homme qu'ils croisèrent, gagnant du terrain, éliminant peu à peu toute menace armée. Ratissant le terrain, ils tuèrent ainsi sans hésiter une trentaine d'individus, sans aucun échange de coup de feu. Ce fut net, propre, sans bavure, du travail de professionnel. Puis ils arrivèrent devant la porte d'entrée de la demeure en elle-même, un magnifique manoir datant du 18ᵉ siècle, et entrant à l'intérieur du grand hall, ils se séparèrent. Les autres agents arpentèrent le rez-de-chaussée et continuèrent à liquider toutes personnes qu'ils croisèrent, abattant chaque membre de cet horrible réseau, coupant chaque tentacule, et Adélaïde, Karen et Céline, elles, empruntèrent les escaliers de marbre pour monter dans les étages jusqu'à atteindre le Lord, cette ordure qui vivait ici bien confortablement dans son immense manoir alors que des femmes étaient violées et massacrées dans des cages ou des caves pour son profit. Adélaïde, Karen et Céline fulminèrent rien qu'en y repensant. Toute la rage qu'elles avaient accumulée jusque-là au cours de la mission, toute cette colère, tous ces ressentis, toute la souffrance qu'elles avaient endurée, tout ça arrivait à sa fin. Le *Service* était en train de démanteler ce réseau d'êtres abjects profitant de leurs semblables pour s'enrichir en les vendant à des gens sans scrupules, et elles, elles allaient régler leurs comptes en assassinant l'ordure à l'origine de tout ça. À défaut d'avoir pu sauver trois filles de plus, et les cinq jeunes enfants mortes avant elles, à défaut d'avoir pu tuer Sterne et Victor, à défaut d'avoir pu empêcher des dizaines de filles et femmes d'être vendues, elles feraient ce qu'elles avaient à faire. Elles débarrasseraient le monde d'une énième immondice.

Quadrillant l'étage, elles abattirent tous ceux qu'elles croisèrent sans sourciller, mais elles ne purent que se rendre à l'évidence, elles ne trouvèrent pas Winston.

— À l'étage au-dessus, s'exclama Céline, résolue.

Adélaïde et Karen acquiescèrent, bouillant à la simple idée qu'il ne soit pas là, et fermement décidées à le trouver, elles montèrent au second. Une lumière filtrant sous la porte d'une chambre, elles se tinrent prêtes. Cela y était, elles avaient trouvé leur homme, celui à cause de qui Adélaïde avait failli tromper son époux, celui à cause de qui Céline s'était retrouvée cousue à sa cheffe, celui à cause de qui Karen avait été violée. Elles allaient entrer et elles allaient l'assassiner.

— À trois, chuchota Adélaïde. Un... deux... trois...

Ouvrant la porte à la volée, elles entrèrent dans la pièce armes au poing, prêtes à faire feu. Quand elles le virent.

Face à elles se tenait un être encapuché vêtu d'une toge noire avec à la place du visage un masque blanc pâle digne d'une tragédie grecque. Tournant la tête vers elles en silence, il tenait Winston par le cou. Il l'avait étranglé à mains nues et son corps sans vie pendait au bout de ses doigts... Puis les lumières se coupèrent soudainement, sa cape projeta un puissant et épais écran de fumée, et elles furent parcourues d'un puissant sentiment de peur qui leur glaça l'échine. Avant même qu'elles n'aient pu tirer, il disparut alors par la fenêtre ouverte sans un bruit.

— Bordel, c'était quoi ça ? s'écria Karen alors que la lumière se ralluma.

— C'est une farce ? demanda Céline.

Double-zéro Six se dirigea vers la fenêtre et regarda au-dehors, mais elle ne vit rien. Se retournant elle observa incrédule sa collègue et sa cheffe, mais alors que Céline s'étonna elle aussi de ce qu'elles avaient vu, *M* regardait elle dans le vide, là où se tenait l'individu juste avant. Et abasourdie, les pièces s'imbriquèrent les unes dans les autres dans son cerveau. Elle venait de découvrir leur existence. *Adélaïde était une hurleuse.*

Chapitre XXVI

Algarade

Phileas mélangea ses pommes de terre rôties puis les couvrit. Il était presque vingt-deux heures. Adélaïde n'allait pas tarder à rentrer et il tenait à ce que le repas soit prêt pour son retour. Il vérifia dans le four sa viande et se léchant les babines, savoura de sentir une bonne odeur de poulet grillé. Ce serait parfait. Adélaïde lui avait demandé par SMS de ramener les enfants chez ses parents pour qu'ils puissent être seuls, et il ne pouvait que s'impatienter de la voir arriver, de déguster en amoureux un bon repas, puis de lui faire l'amour comme un fou. Quand il entendit sa voiture remonter le chemin jusqu'à la maison. Phileas fut satisfait, heureux de retrouver sa femme, et la porte du garage s'ouvrant, après quelques instants, Adélaïde entra dans la cuisine en enlevant son manteau.

— Coucou ma chérie…

Phileas la salua en souriant, mais il n'eut pas le temps de terminer sa phrase que s'avançant furieusement vers lui, son épouse le gifla de toutes ses forces.

— C'EST TOI, C'EST ÇA ? C'EST TON ŒUVRE ! s'écria-t-elle en le pointant du doigt.

Phileas se massa la joue, surpris et prêt à s'invectiver, mais conscient en une seconde que ce qui devait arriver était arrivé, il baissa honteux les yeux. Sa colère quant à son geste disparut en un instant.

— Oui, avoua-t-il.

Il se massa toujours la joue et souffla, soulagé de pouvoir enfin se libérer de ce poids.

— J'ai créé les *Artificiers* oui, c'est ce que je faisais quand je suis parti après l'affaire Hécatombe, lui révéla-t-il.

— Et tu es fier de toi ? lui demanda Adélaïde rouge comme jamais.

— Comment l'as-tu deviné ? l'interrogea-t-il mal à l'aise.

— Tu plaisantes, tu me prends pour une débile ? s'insurgea-t-elle. Je sais additionner deux et deux ! Dans l'avion après Hécatombe, tu avais parlé à Bella de ton envie d'aller plus loin et tu as évoqué le mot *Artificier* ! Tu crois vraiment que je n'ai pas compris en en voyant un à l'œuvre ce matin ? En te voyant débarquer de nulle part pour me sauver et en sachant que Sterne et Victor sont morts dans un champ, tués par on ne sait qui ?

Phileas soupira de dépit et s'adossa au plan de travail en croisant les bras.

— Je les ai créés, car je pensais qu'on avait besoin d'aller plus loin encore dans notre action, notamment à cause de la C.I.A., mais sans risquer de compromettre le *Service*.

Adélaïde pesta. Elle était furieuse.

— Bon sang, tu es un parfait connard Phileas ! Un enculé de première ! l'engueula-t-elle.

Phileas regarda sa femme, choqué de ses mots. Il baissa les yeux. Il comprenait sa colère et savait qu'il était en tort, alors il ne pouvait lui en vouloir.

— Écoutes chérie, voulut-il faire amende honorable, ne nous disputons pas OK ? J'ai fait une erreur en ne te le disant pas et je suis désolé. Si on s'asseyait pour en…

— MAIS PUTAIN TU NE COMPRENDS PAS QUE J'EN AI MARRE DE TES MENSONGES ! TU ME SAOULES AVEC TES SECRETS !

Adélaïde avait coupé Phileas et lui avait hurlé dessus, outrée et rageuse comme jamais, et l'homme du club écarquilla les yeux, surpris.

— J'ai le droit d'avoir mon jardin secret, se défendit-il, j'ai le droit de…

— JE SUIS TA FEMME ET TA CHEFFE ! TU AS CRÉÉ UN SERVICE SECRET RIVAL DANS MON DOS ! C'EST INADMISSIBLE ! lui cria-t-elle encore dessus, s'époumonant de colère.

— Les *Artificiers* sont une réponse émotionnelle face à la société actuelle, tout comme le *Service*, commença à s'impatienter Phileas qui ne voulait pas se laisser faire, ils sont tout aussi légitimes que vous et s'occupent d'une injustice que vous ne pouvez pas forcément gérer.

— Tu nous as créé un adversaire Phileas, qui nous a mis des bâtons dans les roues ! s'indigna la jeune femme.

— Penser différemment et agir différemment ne veut pas dire ennemi ! s'irrita l'homme du club qu'elle réduise ainsi les choses en noir et blanc.

Adélaïde le regarda toujours furieuse.

— Tu ne peux pas me nommer cheffe puis agir comme si je ne l'étais pas ! Ce que tu as fait c'est de la trahison ! Tu as agi à l'encontre du *Service* et dans mon dos en plus !

Phileas ne dit tout d'abord rien. Se toisant du regard, les deux époux s'affrontaient comme ils ne l'avaient jamais fait. C'était la première fois qu'ils se disputaient réellement, et sous l'effet de la situation, chacun avait conscience que cette première et violente dispute était peut-être signe qu'ils n'étaient pas aussi unis qu'ils voulaient bien le croire jusque-là. Qu'ils franchissaient une étape dans leur relation. Et puis Phileas lâcha une bombe, des mots lourds de conséquences qu'Adélaïde perçut comme de l'arrogance. Il en avait eu assez de se faire crier dessus et voulut la remettre à sa place, lui rappeler la façon dont il voyait les choses, mais ses mots chargés de rage furent trop vaniteux.

— Je n'ai pas de comptes à te rendre Adélaïde, tu es peut-être la cheffe du *Service*, mais c'est moi qui l'ai réactivé je te rappelle, annonça-t-il exacerbé. Et de la même façon, en créant les *Artificiers*, j'ai fait ce qui me semblait juste, car j'ai estimé que c'était nécessaire !

Adélaïde regarda son mari abasourdie, le souffle coupé. Elle était sidérée par sa façon de voir les choses, par ses paroles. Même à la retraite, il refusait simplement de céder les rênes, d'accepter qu'elle était la cheffe du *Service* et qu'il n'avait pas à n'en faire qu'à sa tête. Il avait réfuté son autorité en créant une telle chose, et ne comprenant pas que cela la mettait hors d'elle, elle avait l'impression qu'il estimait qu'ils n'étaient pas assez compétents pour agir sans qu'il s'en mêle. Qu'elle et ses agents n'étaient pas dignes de confiance. Puis résolue, comprenant qu'elle ne pourrait jamais avoir le dernier mot avec lui et qu'il continuerait à se jouer d'elle, qu'il ne cesserait jamais de lui cacher des choses, elle renfila son manteau, prit ses clés, et se dirigea vers la porte du garage.

— Tu vas où ? lui demanda Phileas.

— Les enfants sont chez ma mère, je sors, répondit-elle sèchement. Si tu veux savoir je vais peut-être aller voir Billy ou bien quelqu'un d'autre.

Phileas l'observa d'un œil noir, comprenant parfaitement le message.

— Tu veux te venger en me trompant c'est ça ? l'interrogea-t-il.

Adélaïde tourna la tête vers lui.

— Peut-être bien oui, s'exclama-t-elle.

Phileas la regarda furieux. Il pouvait comprendre qu'elle lui en veuille pour lui avoir caché la vérité, mais là elle allait trop loin.

— Si tu fais ça Adélaïde, ce ne sera plus la peine de revenir ! lui annonça-t-il catégorique.

La jeune femme se retourna et le regarda. Les deux époux se toisèrent en silence un instant, s'affrontant du regard. Puis Adélaïde ouvrit la porte du garage, sortit, et la claqua derrière elle.

FIN

À suivre dans
Valentina